國際學術研討會

古龍武俠小說 領先時代半世紀

【記者賴素鈴／報導】江湖代有才人出，這廂古龍凋零二十載，那廂今朝懸賞百萬獎新秀，浪淘不盡，唯有武俠熱愛，不隨時間變易，在學術研討會上更見分明。以「一代鬼才：古龍與武俠小說」爲主題，淡江大學第九屆文學與美學國際學術研討會昨起在國家圖書館，展開爲期兩天的議程，紀念武俠小說家古龍逝世二十周年，新生代學者與古龍故舊齊聚一堂，以文論劍話武俠。

日前與淡大中文系教授林保淳共同發表《台灣武俠小說發展史》，武俠小說評論家葉洪生昨天在專題演講中，直批胡適1959年底發表「武俠小說下流論」是「胡說」，學界泰斗的不當發言以及隨即展開的「暴雨專案」，反而促成1960年起台灣武俠新秀的繁興，「武俠小說迷人的地方，恰恰在門道之上。」，葉洪生認定，武俠小說審美四原則在文筆、意構、雜學、原創性，他強調：「武俠小說，是一種『上流美』。」

集多年心血完成《台灣武俠小說發展史》，葉洪生認爲他已爲從十歲起迷上武俠小說的半世紀畫上完美句點，並且宣布他「以後決心退出武俠論壇，封劍退隱江湖」。

雖然葉洪生回顧武俠小說名家此起彼落，套太史公名言「固一世之雄也，而今安在哉？」，認爲這是值得深思的嚴肅課題，昨天意外現身研討會而備受矚目的溫世禮，則爲了紀念同是武俠迷的哥哥溫世仁，推出第一屆「溫世仁武俠小說百萬大賞」，即日起至今年10月3日截止收件，經兩階段評選後於明年12月7日公布首獎得主，預料將會是一場武林新秀的龍虎爭霸戰。

看明日誰領風騷？風雲時代出版社發行人陳曉林眼中的古龍，其實領先他的時代半世紀，以致如今雖然古龍逝世20年，陳曉林認爲大家對古龍的了解仍然有限，預言未來世代更能和古龍的後設風格共鳴。

昨天這場研討會，也凸顯武俠小說作爲一項文學研究門類，仍有待開發學習空間。多位與會者都指出，武俠小說的發表、出版方式和管道具考證難度，學術理論與論文格式的建立待加強。而武俠名家的版權之爭、市場競爭力，也增加出版推廣困難，古龍武俠小說的版權糾紛、司馬翎作品的版權官司也成爲研討會的場外話題。

與

武俠小說

第九屆文學與美

古龍兄為人慷慨豪邁，跌蕩自如，變化多端，文如其人，且復多奇氣，惜英年早逝。余與古兄當年交好，且喜讀其書，今既不見其人，又無新作可讀，深自嘆惜。

金庸

一九九六、十、十一 香港

武林外史

(四)

古龍精品集19

武林外史（四）

目錄

廿六　初探魔窟

「陸上陶朱」范汾陽果然不愧爲中原大賈，單只「晉城」一地，便開得有三處買賣，而且那生意還都不小。

范汾陽笑道：「若論小弟這三處買賣，最大的雖要算『汾記』錢莊，但地方最舒服的，卻是『迎陽酒樓』。」

沈浪笑道：「我只問最近的是哪裡？」

范汾陽這：「最近的卻是『汾記布莊』了，但那地方……」

沈浪笑道：「那地方有床麼？」

范汾陽道：「自然有的。」

沈浪笑道：「有床就好。」

熊貓兒道：「那地方有酒麼？」

范汾陽笑道：「自然有的。」

熊貓兒大笑道：「有酒就好。」

三個人轉過條街，便瞧見「汾記布莊」的金字招牌，在朝陽下閃閃發著光，但走到近前，卻發現大門竟是緊緊關著的。

范汾陽皺眉喃喃道：「愈來愈懶了……可恨。」

舉手拍門，直將門打得山響，門裡竟還是寂然無聲。

范汾陽怒道：「這些奴才莫非死光了不成？」

飛起一足，將門踢得裂了條縫——但這扇門卻當真是堅固異常，他這一足力道雖大，還是踢不開門。

但范汾陽、熊貓兒卻已可從這條裂縫中瞧見裡面的情況，只見裡面非但無一人影，就是櫃台、布架上，也是空空的，連一疋布都瞧不見。

熊貓兒失笑道：「這裡非但沒有酒，竟連布都沒有，范兄你做的買空賣空的生意，這就難怪會發財了。」

范汾陽卻已面色大變，強笑道：「這其中必有緣故……必有緣故……」

只見隔壁一家店舖中，早已探出個頭來，盯著范汾陽瞧了半晌，逡巡走了過來，陪笑道：「三位找誰？」

熊貓兒笑道：「他找誰？他就是這家店的老闆，你不認得？」

那人笑道：「原來是范大爺……范大爺生意太多了，三年也不來一次，在下怎會認得，在下張朝貴，就是范大爺的鄰居……」

范汾陽早已不耐，終於截口道：「張老闆可知敝店發生了什麼事？」

那張朝貴道：「在下也正在奇怪，昨天半夜裡，突然來了幾輛大車，將貴號裡的存貨全搬空了，貴號伙計想必是趕著辦貨，所以……」

他話未說完，范汾陽等三人早已匆匆而去，范汾陽眉皺得更緊，熊貓兒卻在一旁笑道：「這麼好的生意，連存貨都賣光了，范汾陽你本該高興才是。」

范汾陽沉聲道：「若是普通買賣，焉有在半夜裡交易之理？我看這其中必有蹊蹺。」

沈浪亦是雙眉微皺，喃喃道：「昨日半夜……半夜……」

三個人又轉過兩條街，「汾記錢莊」的招牌已然在目。

范汾陽大步當先，趕了過去，只見這平日生意極是興隆的錢莊，大門竟也是緊緊關著的，門裡靜無人聲。

山西的錢莊，聲望卓著，只要有汾記的錢莊所開的錢票在手，走遍天下，都可十足通用。只因汾記的錢票永遠是十足兌現的，一年三百六十五天，一天十二個時辰，只要將錢票拿到本莊，立刻便可兌現，而此刻，這「汾記錢莊」竟關起門了，竟似已不能兌現，這非但顯見事態嚴重，而且也是從所未見的事。

到此刻，熊貓兒面上也失去了笑容，范汾陽更是神情慘變，一步衝到門前，放聲高呼道：「守成，開門來。」

門終於開了，開門的是個衣衫樸素，修飾整齊的中年人，瞧見范汾陽，謹慎的面容上，立刻露出驚喜之色。

這人正是范汾陽的得力臂助，也是他的堂兄范守成。

范汾陽還未等門戶大開，便已衝了進去，暴跳如雷，大喝道：「守成，你怎地也糊塗了，這扇門是死也不能關的，你難道忘了，你難道要汾記這招牌毀在你手上？」

范守成垂手而立，低頭道：「我知道，只是……」

范汾陽道：「銀錢縱有不便，但憑咱們的信譽，也可向人調動，何況，我知道店裡至少還有幾萬兩存著，咱們今年開出的錢票，也不過如此。」

范守成垂首道：「我知道，但……唉！這次非但咱們店裡存的四萬兩全都被人取走，就連城裡可以調動之處，我也全部調動過了。」

范汾陽變色道：「咱們店裡哪有這麼大的戶頭？除非是有人存心拆台，將咱們開出去的錢票，全都搜集來兌現，但我也想不出誰會這樣做。」

范守成道：「倒沒有外人來拆咱們的台。」

范汾陽道：「既無外人，卻又是怎麼回事？」

范守成苦笑道：「來提銀子的乃是七姑娘。」

范汾陽愣了一愣，倒退三步，仆地坐到椅上，喃喃道：「她……又是她。」

范守成道：「這位姑娘來提銀子，我敢不給麼……她非但將銀子提走，連布店的綢布，也全被她搬空了，我剛一問她，她將眼睛一瞪，要揍人。」

范汾陽跌足道：「這位姑奶奶，當真害煞人了。」

熊貓兒、沈浪在一旁也不禁為之動容。

沈浪忍不住問道：「她可是親自來的？」

范守成道：「她若不親自來，我也沒這麼容易……」

熊貓兒道：「她一個人來的？」

范守成瞧了瞧他那種模樣，雖不願回答，又不敢不回答，愛理不理地點了點頭，懶洋洋道：「嗯，一個人。」

熊貓兒道：「她一個人搬得動？」

范守成冷冷道：「有銀子，還愁僱不著馬車？」

范汾陽不住嘆息，不住跌足道：「這丫頭，我早知她是個闖禍精，如今她弄得這許多銀子，再加上個王憐花，唉！可更不知道要闖出什麼禍來了。」

范守成苦著臉道：「要銀子還有可說，但她拿去那些布……唉，可真不知道她是要幹什麼了，她一天縱然要換八十件衣服，可也用不著那許多布呀。」

熊貓兒苦笑道：「王憐花的行事雖是人所難測，這位姑娘的行事卻更叫人莫測高深，我熊貓兒倒當真佩服得很。」

范守成突然大叫道：「原來你就是熊貓兒！」

熊貓兒又吃了一驚，道：「不錯，我就是熊貓兒，你……你怎樣？」

范守成吐了一口氣，陪笑道：「沒有怎樣，只是……只是七姑娘留下封書信，要我交給一位熊貓兒熊大俠，我想不到便是閣下。」

熊貓兒笑道：「你自然想不到，我本來就沒有大俠的模樣。」

范守成不敢再多話，自懷中摸出封書信，道：「七姑娘再三叮嚀，這封信只能交給熊大俠一個人，只能讓熊大俠一個人看，否則……她就要對我不客氣。」

熊貓兒道：「你竟如此怕她。」

范守成臉紅了，吶吶道：「我……我……」

熊貓兒大笑道：「你也莫要不好意思，告訴你，非但你怕她，我也怕她，這裡的人，簡直沒有一個不怕她的。」

接過書信，瞧了瞧，面色立刻變了，再也笑不出來。

范汾陽忍不住問道：「信上寫的是什麼？」

熊貓兒瞧了瞧沈浪，摸了摸頭，道：「這……」

沈浪笑道：「莫非信上有話罵我，你不便讓我瞧。」

熊貓兒苦笑道：「咳……這……咳咳……」

沈浪道：「你究竟是個老實人．她明知你會將信拿給我看的，所以在信上罵我，爲的正是要讓我瞧見。」

熊貓兒嘆道：「這封信除了罵你之外，還有更驚人的消息。」

那封信上寫的是：

大哥：小妹自王憐花口中，探出，快活王已然入關，行蹤似在太行山左近，大哥千萬留意。

沈浪刻薄寡情，假仁假義，大哥不可與之交友，否則終有一日被他所棄，這消息也切莫告訴他，讓他上當吃苦去，小妹最是開心。

小妹　七七斂衽拜上

范汾陽瞧完了信，苦笑道：「我若不認得她的字，當真要以爲這封信是個野男人寫的，唉！這那裡像是閨閣少女的詞句。」

熊貓兒笑道：「但詞句倒也通順，就和她說話似的。」

突然想起她種種可惡之處，立刻失去笑容，大聲道：「她平日說話本就不似少女，倒和強盜差不多。」

沈浪面色凝重，沉聲道：「無論她寫的詞句如何，這消息總是驚人得很，『快活王』竟驟然入關，你我委實不可不分外留意。」

熊貓兒拍案道：「他入關最好，咱們不是本來就想找他麼。如今他既然已送上門來，豈非省了咱們許多麻煩。」

沈浪嘆道：「但事情那有如此容易。」

熊貓兒道：「有什麼不容易，咱們既已知道他行蹤……」

沈浪截口道：「你我縱然已知他行蹤，但王憐花下落不明，朱七七心意未測……」

熊貓兒大聲道：「這些事都可暫時放在一邊的。」

沈浪苦笑道：「這些事縱可暫時放在一邊，單就憑你我三人，是否能勝得了他？何況他門下客也無一不是絕頂好手，你我豈能輕視。」

范汾陽立刻接道：「正是，久聞『快活王』手下，非但四大使者武功驚人，隨行三十六騎，亦無一弱者……」

熊貓兒大叫道：「原來你們都怕了他，好！好……他未來之前，人人都要找他，他真的來了，大家卻唯恐逃得不快。」

沈浪微笑道：「誰說要逃了？」

熊貓兒道：「既然不逃，咱們就到太行山去。」

沈浪沉吟半晌，緩緩道：「太行之行，固然已是勢在必行，但你卻要答應我一件事。」

熊貓兒喜道：「我幾時不答應你的事了。」

沈浪道：「好，到了太行，縱然見著『快活王』一行人眾，但未得我同意，你切切不可輕舉妄動，胡亂出手。」

熊貓兒拍掌道：「好，就一言爲定。」

范汾陽道：「小弟也……」

沈浪道：「范兄還是不去得好。」

范汾陽微微一笑，道：「小弟雖然膽小卻非畏事之徒……」

沈浪道：「小弟怎敢將范兄當作膽小畏事之徒，只是『快活王』此番挾雷霆之勢而來，小弟與貓兒此去不過只是聊充探卒，決勝之事，絕無如此輕易，范兄若能留守此間籌謀調度，小弟便可免去後顧之憂。何況，朱七七與王憐花的行蹤消息，也有待范兄在此留意探詢，否則小弟又怎能放心得下？」

范汾陽沉吟半晌，道：「既是如此，小弟只得遵命。」

熊貓兒摩拳擦掌，仰天笑道：「快活王呀快活王，我熊貓兒終算能見著你了，我倒要看看你究竟是否生得有三頭六臂，究竟有什麼驚人的手段。」

太行山，古來便是豪強出沒之地，那雄偉險峻的山巒中，也不知造就了多少個叱咤江湖的英雄人物。

熊貓兒腰畔葫蘆裡裝滿了甘美的山西汾酒，與沈浪在太行山麓走了兩日，卻仍未見著「快活王」的行蹤。

他葫蘆裡的酒早已喝乾了，著急道：「這裡簡直連個鬼影子都沒有，哪有什麼『快活王』，咱們此來莫要又被那鬼丫頭騙了。」

沈浪吟道：「太行山勢連綿，山區博大，何止千里，山區中隱僻之處，更不知有多少，豈是短短數日間所能走完的。」

熊貓兒道：「但『快活王』一行既有那麼多人，總不會躲到石頭縫裡、山犄角裡，咱們怎會連影子都瞧不到。」

沈浪微笑道：「他一行人馬越眾，行動自然便愈是謹慎，你我需得沉住氣，就算當做遊山玩水又有何妨？」

熊貓兒嘆道：「和你遊山玩水雖不錯，但……」拍了拍腰畔葫蘆，長嘆一聲，在石頭上坐下，苦笑道：「沒有酒，我簡直走不動了。」

沈浪道：「但你可知道，酒雖可令人忘卻許多事，但世上卻也有許多事是要打起精神去做的。」

熊貓兒道：「什麼事？」

沈浪道：「你且隨我來。」

兩人走了半晌，走到一處山坳，沈浪仰視白雲縹緲中那險峻的山峰，出神半晌，緩緩道：「你可瞧見這山峰了？」

熊貓兒失笑道：「我酒癮雖發，眼睛可還是瞧得見的。」

沈浪道：「這山峰之上，便是昔日『太行三十六柄快刀』嘯聚之地，這三十六位豪傑昔日成名時，當真可說是威風八面。」

熊貓兒道：「太行快刀的名聲，我也聽說過，聞得這三十六人抽刀可斬飛蠅，刀法最慢的一個，有一次在洛陽與人打賭，那人將七枚銅錢拋在地上，他竟能在銅錢墜地之前將七枚銅錢俱都砍為兩半。」

沈浪笑道：「正是如此，你不知道刀法最快之人，究竟快到什麼程度？」

熊貓兒搖頭道：「不知道，你且說來聽聽。」

沈浪道：「我也不知道……我簡直想也想不出。」

熊貓兒忍不住大笑起來。

兩人相與大笑半晌，熊貓兒又道：「聞得這三十六柄快刀，刀法雖然快如閃電，但卻全都是殺人不眨眼的大強盜，這三十六人除了每年兩次的聚會外，其餘時間都在四處做案，據說他們搶得的銀子，已比太行山還高了。」

沈浪道：「所以這才驚動了一位絕代英雄，發誓定要將三十六人除去……喏，那邊有塊石頭，你瞧見了麼。」

熊貓兒隨著望去，只見那邊山麓下，果然有方青石。

這方青石平滑光亮，宛如精銅，但中間卻有條裂縫，由上至下，筆直到底，似是被人一刀砍開的。

沈浪道：「那位絕代英雄，算準他三十六人聚會之期，孤身孤劍，到了太行，便在這青石上向他三十六人挑戰。」

熊貓兒動容道：「好漢子，好膽氣。」

沈浪道：「三十六柄快刀自然不甘示弱，下山迎戰，那位絕代英雄也不多話，抽出長劍，往這青石一劍砍下。」

熊貓兒失聲道：「他一劍竟將這巨石砍成兩半了麼？」

沈浪道：「不錯，這青石便是他一劍揚威處，太行群刀自然驚服，俱都飲血為誓，從此收手，那位絕代英雄本也有憐才之意，便放過了他們，這三十六人也不愧為英雄漢子，果然終生未再出太行山一步。」

熊貓兒撫掌大笑道：「痛快，痛快，能聽得如此快事，果然比喝酒還要痛快得多……還有什麼你快說來聽聽。」

沈浪笑道：「中原多豪俠，太行出英雄……只要你想聽，這種事是三天三夜也說不完的，快打起精神隨我來吧。」

兩人一路行去，這太行山的每一座山峰，每一方怪石，甚至每一株奇特的樹木，似乎有著一段傳奇故事。

熊貓兒出神的聽著，有時開懷大笑，有時唏噓長嘆，有時勃然大怒，有時悲憤填膺……這些多姿多采的英雄傳說，這些多姿多采的英雄人物，在沈浪口中說出來，宛如又活生生回到他眼前。

兩日來，熊貓兒不但忘卻了酒，甚至連「快活王」都忘卻了，不知不覺間，兩人已將太行山繞了半圈。

這一日正午時，兩人就著夾帶碎冰的山泉，胡亂嚥下一頓乾糧，雖有陽光，但山陰中寒風仍冽凜如刀。

熊貓兒衣襟卻仍是敞開著的，只因他胸中的熱血，比火還熱，他敞開衣襟，迎風而立，大笑道：「今日你我在說昔日那些英雄的豪情勝舉，百十年後，不知可有人來說你沈浪與我熊貓兒的事跡。」

沈浪微笑道：「縱有人說，你我也聽不到的。」

熊貓兒道：「聽得到的，此時此刻太行山的英靈雄鬼們，說不定正在一旁聽著你我的說話，只恨我卻沒有酒來敬他們一杯。」

沈浪笑道：「你又想起酒了……喏喏，快看看那邊一片突崖……」

熊貓兒道：「那裡又有何故事？」

沈浪道：「那裡便是『太行三雁』的自盡之處。」

熊貓兒皺眉道：「自盡乃是女兒家的行徑，男子漢大丈夫，縱然遇著什麼化解不開之事，也不該將大好生命輕易拋棄……這『太行三雁』竟不敢挺身而鬥，反倒學女子輕生，想來也算不得什麼英雄好漢。」

沈浪道：「別人若是輕生自盡，自非英雄所爲，但這『太行三雁』之自盡，卻當真可驚天地而泣鬼神。」

熊貓兒道：「哦？」

沈浪道：「這『太行三雁』本是結義兄弟，但三人各自流浪，平日也難得聚首，這一日雪雁突然攜來數罈美酒，同時也將銀雁、鐵雁全都找來這裡……這一片危崖，昔日本是他們三人的結義之地，銀雁、鐵雁見他突然將自己約來此處，這其中必有緣故，自然免不得要向他問個清楚。」

熊貓兒道：「那雪雁說了什麼？」

沈浪道：「他什麼也沒說，只是打開酒罈，與他的兄弟痛飲了三日三夜，到了第三夜半夜時，他竟突然跪下。」

熊貓兒奇道：「這又是爲了什麼？」

沈浪道：「原來他少年時曾妄殺了一個人，而此人卻待他義薄雲天，他終生爲此事歉疚難安，不知費了多少心血，將此人的後代，培養成人……」

熊貓兒嘆道：「這雪雁也算得是有良心的了。」

沈浪道：「他為的本是贖罪，是以雖然費心盡力，卻不使那人的後代得知，誰知那少年長大後，竟向他尋仇，一心要取他性命。」

熊貓兒嘆道：「父仇不共戴天，這也怪不得那少年……只是，這雪雁既已痛悔求恕，那少年也該放過他了。」

沈浪苦笑道：「雖然如此，但他知道仇重如山，已絕非言語所能解釋，何況，他也絕不是挾恩自重的小人。」

熊貓兒動容道：「於是他便怎樣？」

沈浪道：「他竟約了那少年，到此與他見面。」

熊貓兒道：「他生怕事情解釋不開，所以便將他兄弟也一齊約來，甚至不惜下跪求助……哼，這又算什麼英雄好漢。」

沈浪長嘆道：「你錯了，他向他的兄弟下跪，只是求他兄弟到時切莫出手相助，求他兄弟眼見這段恩怨了結後，再將詳情說出，他要他兄弟告訴天下人，他乃是公平比鬥，不敵而死，他非但要教少年揚名天下，還要別人莫為他尋仇。」

熊貓兒道：「呀，原來如此，他兄弟可答應了？」

沈浪道：「他兄弟也都是義烈男兒，雖然心中愀然，但卻都一口答應了，天色微明時，那少年便已趕來。」

熊貓兒道：「他可曾出手？」

沈浪嘆道：「他話也不說，便自出手，那雪雁本已抱決死之心，雖也回招，但卻不過是裝樣子的而已，不出三十招，他便中了那少年一著殺手。」

熊貓兒失聲道：「他兄弟呢？」

沈浪道：「他兄弟一諾千金，竟真的在一旁袖手旁觀，絕不相助，眼睜睜瞧著他死在那少年手下，那少年得意狂笑，自道血債已了，正待揚長而去，那鐵雁最是性烈，終於，忍不住將此中隱情說了出來。」

熊貓兒動容道：「那……那少年又如何？」

沈浪道：「那少年自然聽得怔住，只見銀雁、鐵雁兩人，說完了話，突然抽出刀來，同時自刎，竟真的踐了他們不願同日同時生，但願同日同時死的誓言，那少年站在他三人屍身前，整整三天三夜，不言不動，那時正值嚴冬，冰雪俱已在他身上凝結，漸漸凍住了他的眼睛，鼻子，也漸漸凍住了他的嘴，他還是不動……唉，這少年終於也被活生生凍死了。」

熊貓兒也早已聽得呆住，身子不住的發抖，過了半晌，突然狂吼一聲，跳了起來，嘶聲道：「他們的英靈不散，想必遠在那危崖上，我得上去瞧瞧。」

沈浪竟未拉住他，熊貓兒已筆直竄了上去。

危崖上積雪仍未落，寒氣已將凝結成霧。

熊貓兒木立在白茫茫的霧氣中，彷彿也有如昔日那少年一般，呆呆的木立著，動也不動。

沈浪微笑道：「昔日恩怨，都已如夢，昔日豪傑，俱化塵土，人世間恩恩怨怨，也不過如此而已，你又何必如此自苦。」

熊貓兒茫然道：「我……唉……」

沈浪目光凝注著他，緩緩道：「這故事莫非觸及了你什麼隱痛？」

熊貓兒突然道：「你可知道我也有個結義兄弟麼？」

沈浪道：「哦……」

熊貓兒緩緩道：「別人對他的結義兄弟，如此體諒，如此義氣，那雪雁無論做出了什麼，他兄弟都可體諒他的苦衷，而我……」

沈浪道：「你難道會對不起你那結義弟兄？」

熊貓兒悠然長嘆道：「我那結義弟兄，只不過因為對不起我，我便恨他入骨，其實，他本也自有苦衷，我也本該諒解於他……」

沈浪默然半晌，微微笑道：「你那結義弟兄只怕是女的。」

熊貓兒聳然動容，道：「你……你怎會知道。」

沈浪道：「你雖然沒有告訴我，但我卻早已猜到，朱七七既然已稱你為兄，否則……你也不致輕易被她點了穴道。」

熊貓兒垂首嘆道：「我早知什麼事都瞞不過你，我本該當時就告訴你的，只是我……」

沈浪一笑道：「這又有何妨？人……無論是誰，本該有一些不必被別人知道的秘密，縱然親如夫妻、兄弟，亦是如此。」

熊貓兒霍然回首，凝注沈浪，道：「你也有一些別人不知道的秘密麼？」

沈浪緩緩道：「自然有的。」

熊貓兒望著面前這驚世絕才，風神如玉，武功深不可測，義氣直干雲霄的男兒，呆望了半晌，喃喃道：「沈浪，你的確是個謎一般的人物。」

沈浪微笑道：「不錯！我的秘密本就比誰都多。」

熊貓兒道：「當今天下，可有人知道你的身世來歷？」

沈浪道：「只怕……絕無僅有。」

熊貓兒長嘆道：「若是換了別人，身世如此隱密，還有誰敢和他結交爲友？你卻……但你好像和別人不同。」

沈浪笑道：「有什麼不同？」

熊貓兒道：「無論如何，我總覺得你縱然不肯將家世說出，但你所隱瞞的也必不是罪惡，你……你彷彿有種特別能令人信任之處。」

沈浪笑道：「多謝。」

熊貓兒又道：「但你的笑，卻太令人難以捉摸，有時你雖然笑得甚是開朗，但我卻覺得這笑容中似乎含有痛苦，你爲何不肯將痛苦說出……」

沈浪微微一笑，回轉頭去，再不說話。

熊貓兒亦默然，山崖上寒氣似乎更重了。

突然沈浪輕呼一聲，道：「你瞧，這是什麼？」

熊貓兒湊首望去，只見寒霧已被陽光撕裂一線，他目光自寒霧中穿出去，下面乃是一片山窪。

山窪中亦有積雪未落，積雪上斑痕零亂，不但有車轍馬跡，看來還彷彿有一些特異之物。只是熊貓兒的目力，也瞧不出那究竟是些什麼。

沈浪道：「咱們下去瞧瞧。」

他竟自危崖上凌空一躍而下，衣袂飄飛，宛如神仙。

熊貓兒大笑道：「好輕功，我也來試試。」

他咬了咬牙，竟也一躍而下，但覺腳下似有什麼向下拉著，一口真氣，再也難提得起。

他想變換身形，但下面拉著的力道，卻似愈來愈重，說時遲那時快，終於「砰」的，重重的摔在雪地上。

沈浪趕過來，道：「怎樣了？」

熊貓兒笑道：「幸好我熊貓兒是鐵打的身子，否則早已摔散了……但……奇怪，我屁股上怎會像是被人刺了一刀。」

他掙扎著站起來，便發覺屁股上果然刺入了一根像是錐子般的東西，拔出來一看，卻是塊雞腿骨。

那雞骨被冰雪一凍，當真是鋒利如刀。

熊貓皺著眉頭道：「倒楣……這裡居然會有雞骨頭。」

沈浪低聲道：「非但有雞骨頭，只怕還有別的。」

兩人一前一後，在這片積雪的山窪中，轉了一圈。

只見這山窪雪地上，果然不但是馬跡零亂，車轍縱橫，還有一堆堆的餘燼，一些破碎的瓷片。

熊貓兒拾起瓷片，瞧了瞧，道：「這是酒杯的碎片。」

沈浪道：「瞧這瓷質，這酒杯極是名貴，縱是富室大戶，也未必會輕易將這種酒杯拿出來待客喝茶。」

熊貓兒道：「但此人卻用它在山野中喝酒，而且還摔破了。」

兩人對望一眼，再往前走。

沈浪突然自地上拾起樣東西，道：「你瞧！」

熊貓兒已瞧見他拾起的乃是隻珠環，那珍珠竟有龍眼核一般大小，光澤柔和，鏤工精緻。

沈浪嘆道：「就只這一隻耳環的價值，已夠普通人家一年生活之用……」

熊貓兒道：「但此人卻根本未將它瞧在眼裏，縱然丟了，也毫不在意。」兩人再次對望一眼，前行腳步更快。

雪地向陽處，地上竟有數十個海碗大小的深洞，每排六個，深達數尺，每排間隔，至少也在一丈開外。

熊貓兒皺眉道：「這又是什麼？」

沈浪沉吟道：「看來這必定是他們紮營打樁時留下的。」

熊貓兒動容道：「這麼大這麼深的洞，那木樁豈非要有普通人家的樑柱般大小，木樁已有這麼大，那帳幕豈非更是駭人？」

沈浪沉聲道：「縱是蒙古王侯所居，也不過如此了。」

熊貓兒道：「但此人，露宿一夜，便要如此大費周章。」

兩人對望一眼，俱都停下了腳步，你望著我，我望著你，雖然不再說話，但心裡俱都早已有數。

快活王！

如此豪闊，如此鋪張，除了快活王還有誰。

熊貓兒喃喃道：「朱七七果然未曾騙我，他果然已來了。」

沈浪道：「瞧這情況，他不但有三十六騎隨行，而且還隨身帶有姬妾，他此番大舉而來，莫非已不想再回去了麼？」

熊貓兒咬牙道：「他想回去，也回不去了。」

沈浪遙注天畔的一朵白雲，默然半晌，悠悠道：「卻不知金無望來了沒有？」

「快活王」果然神通廣大，也不知用什麼方法，也不知走的是什麼秘路，熊貓兒與沈浪追著雪地上車轍馬蹄，方自追出那片山窪，那車轍馬蹄竟突然奇蹟般完全消失不見了。

那雪地上竟然瞧不出有掃過的痕跡。

熊貓兒恨聲道：「這廝果然是隻老狐狸，他實力既如此強，居然還怕有人追蹤，甚至在這種鬼地方也怕人追蹤。」

沈浪嘆道：「此等梟雄人物，行事自然不肯有一步落空，他縱然不怕別人追蹤，但卻也是非這麼做不可的。」

熊貓兒道：「爲什麼？他撞見鬼不成？」

沈浪道：「這種人無論走到那裡，無論要做什麼，總是極力要在自己四周，佈下重重神秘，重重迷霧，好教任何人都捉摸不透。」

熊貓兒恨得牙癢癢的，道：「難怪我常聽人說，愈是這種所謂『梟雄』人物，愈是這種大壞蛋，疑心病就愈重，甚至對自己身畔最親近的人，也要弄些手段。」

沈浪嘆息道：「正是如此。」

熊貓兒低著頭在雪地上走了兩圈，突又抬頭道：「但這雪地上既不似被人掃過，在此等情況下，他們勢必也不會是倒退回去的……」

沈浪頷首道：「人可以倒退回去，如此多車馬，便不可能了。」

熊貓兒道：「那麼這車轍馬蹄又怎會突然不見了？」

沈浪緩緩道：「這種情況我曾遇過一次，是在墓外，那是他們踏著原來腳印退回去的……」

熊貓兒道：「第二次可是在那山上。」

沈浪道：「不錯，那是他突然走入地道。」

熊貓兒道：「是呀！所以這才叫奇怪，車馬既不能倒退著回去，這裡又絕沒有什麼地道，他們莫非是飛上天去了不成？」

沈浪目光凝注著那一片雪地，只見深深的日色，照在雪地上，宛如一片瑩白發光的鏡子似的。

熊貓兒忍不住道：「這裡什麼古怪也沒有了，莫非你還能瞧出什麼？」

沈浪默然半晌，緩緩道：「我正是已瞧出了。」

熊貓兒大奇道：「你瞧出的是什麼？」

沈浪道：「你說這片雪地上什麼古怪也沒有，不錯，就因爲這片雪地上並沒有古怪了，所以才有古怪。」

熊貓兒皺眉頭，苦笑道：「老天爺，你說的這話可真教人難懂。」

沈浪道：「難道你還瞧不出這雪地有什麼特別之處？」

熊貓兒左看右看，前看後看，還是瞧不出這雪地特別在那裡——這雪地上簡直一點印子都沒有。

他只好苦笑著搖了搖頭，道：「這雪地上若真有特別之處，想來就是我眼睛瞎了。」

沈浪嘆了口氣，道：「你瞧這片雪地是否乾淨整齊得很？」

熊貓兒道：「嗯！太乾淨了。」

沈浪道：「但雪霽已有兩三天，所以這片積雪也有兩三天了，此地縱是深山，但過了兩三天，這雪地怎會還如此乾淨？」

熊貓兒道：「嗯……嗯，不錯。」

沈浪道：「何況普通積雪，也不可能有如此平整……這片雪地簡直就像是畫上去的，簡直可以當鏡子了。」

熊貓兒不住點頭，道：「嗯！有道理……」

沈浪道：「所以你就該懂了。」

熊貓兒苦笑道：「我還是不懂，這……這究竟……不過……唉，還是你快說出來吧。」

沈浪微微笑道：「只因這片雪地本是人工鋪上去的。」

熊貓兒失聲道：「人工鋪上去的！」

沈浪道：「不錯，他們將地上的車轍馬蹄先掃過一遍，然後，再從別的地方運來新雪，用人工鋪在上面。」

熊貓兒嘆道：「好小子，居然肯花這麼多力氣。」

沈浪笑道：「反正出氣力的又不是他自己。」

熊貓兒道：「如今我總算知道有三種法子可消滅雪地的足印痕跡，躲去追蹤，只可惜……我這一輩子是萬萬不會用上的。」

晝短，眨眼便是黃昏。

沈浪與熊貓兒又追過三處山坳。

熊貓兒兩隻眼睛，當真有如貓似的，睜得滾圓，絕不肯放過一絲線索，但他卻連一絲線索也沒有發現。

於是星群漸升，夜色漸濃。

熊貓兒長長嘆了口氣，頹然道：「又是一天過去了……白白的過去了。」

沈浪道：「這一天還未過去。」

熊貓兒道：「但天已黑了。」

沈浪微微一笑，道：「天黑了有何不好？」

熊貓兒嘆道：「咱們白天都找不著線索，天黑了豈非……」

沈浪截口笑道：「白天找不著，天黑了反有希望。」

熊貓兒直著眼睛，笑道：「你莫要真將我當成貓，要到天黑時才瞧得清楚。」

沈浪道：「快活王雖然巧計百出，但到了天黑時，難道會不點燈麼？」

熊貓兒怔了怔，撫掌大笑道：「不錯！果然是天黑時反而容易找，只要他點燈，無論多遠，咱們都可瞧得見……他本事再大，要想在這黑黝黝的深山裡藏住燈光，可也不容易。」

兩人振起精神，再往前走。

風輕嘯，星光淡，廣大的山區中，靜寂如死。

熊貓兒除了他自己的呼吸外，什麼也聽不到。

他又憋不住了，喃喃道：「咱們莫非追錯了方向？」

直過了盞茶時分，又走出百餘丈開外，沈浪卻未答話，但突然間，他竟展顏一笑，道：「你瞧，那是什麼？」

燈光！無邊的黑暗中，赫然有了一點燈光。

熊貓兒不等他再說第二句話，早已撲了過去，沈浪寸步不離跟在他身後，沉聲道：「對付此人，切切不可大意。」

黑暗中的燈光總是難辨遠近，有時那燈光明明瞧著很近，卻偏偏很遠，有時瞧著很遠，卻又偏偏很近。

沈浪一句話說完，熊貓兒還未答話，那燈光已赫然到了眼前——只見一塊巨大的青石上，擺著盞孤燈。

燈光有如鬼火般閃爍不定，青石上的殘雪，也不知被誰打掃得乾乾淨淨，但四下卻連鬼影也瞧不見一個。

雖然沒有人，熊貓兒還是不禁心跳了起來——他雖然心跳了起來，還是一步步走了過去。燈，金光閃閃，竟是黃金所鑄。

熊貓兒咬牙道：「好小子，連燈也是金子做的。卻不知他留下這樣一盞燈，在這裡又是在耍什麼花樣。」

沈浪面色凝重，緩緩道：「他這盞燈是留給咱們的。」

熊貓兒突地住足，道：「留給咱們的，莫非是誘人的陷阱？」

沈浪道：「他若以為這小小的陷阱也能害得到咱們，他便不是『快活王』了。」

熊貓兒皺眉道：「這話我又不太懂。」

沈浪道：「像他這樣的梟雄人物，絕不會輕易低估對方的實力。」

熊貓兒拍掌笑道：「不錯，尤其對方是沈浪，他縱未見過沈浪，也該聽說過沈浪的名字，他若以為略施小計便可害得到沈浪，他就是呆子了。」

沈浪微微笑道：「正是此理。」

熊貓兒忽又皺眉道：「但……但話又說回來了，他又怎會知道是沈浪在找他？」

沈浪沉聲道：「瞧他的行事，說不定早已在此山中遍佈暗哨，說不定……」

熊貓兒道：「無論怎樣，待我先去瞧瞧。」

他謹慎了半天，終於還是忍不住原來的脾氣，不等沈浪再說話，一個箭步，就竄了過去。

金燈下，竟壓著張紙，上面寫著：「沈浪！你要找我麼？好，沿著這條路來吧。」

這簡簡單單十幾個字旁邊，竟畫著幅詳詳細細的地圖，說明了這條路通向那裡，路是如何走法。也注明了他的駐紮之地。

熊貓兒苦笑道：「好小子，居然還怕咱們找不著他，居然連地圖都畫出來了。」

沈浪嘆道：「此人行事，當真是人所難測。」

熊貓兒道：「但……這幅地圖會不會是假的？」

沈浪沉吟道：「極有可能，他故意留下這地圖，要你我上當，我等若是真的按圖而行，說不定非但永遠找不著他，反而離他愈來愈遠。」

熊貓兒道：「但他並不怕咱們，又何必如此。」

沈浪嘆道：「所以此圖也極有可能是真的。」

熊貓沉吟著道：「這地圖若是真的，咱們若是照著圖走，他便可從從容容等在那裡，從從容容佈下各種陷阱……這樣，咱們豈非等於自己送上門去？」

沈浪道：「正是如此。」

熊貓兒道：「但咱們雖然明知如此，不照這張圖走也不行呀……若不照著這張圖走，卻叫咱們走哪條路？」

沈浪長嘆道：「這正是此人的厲害之處，他正要令我們左右爲難，舉棋難定，單只這一點，他便已佔了上風。」

熊貓兒道：「這可真是叫人頭疼……照著圖走既不行，不照著圖走也不行，我看見這紙條時，本以爲是件很簡單的事，那知卻愈想愈複雜，愈想愈想不通，早知如此，不去想它反而好了。」

沈浪說道：「世上有些事正是如此，愈想得多，顧慮愈多，於是就做不成了，若是不想就做，反而說不定能做得通，世上有許多轟轟烈烈的大事，正是不想就做而做出來的，若是仔細想過，便不會做了。」

他這簡簡單單幾句話中，正包含著許多極高深的哲理，熊貓兒聽得連連點頭，拊掌大笑道：「說得好！說得好！我真想不到你也會說出這種話來，只是……只是咱們此刻偏偏已想過了，那又當如何是好？」

沈浪微笑道：「縱然想過，咱們也可當作根本未曾想過的。」

熊貓兒大喜道：「既是如此，咱們不管三七二十一，就照著圖走吧，我本已從你那裡學會，無論遇著什麼事，都先動腦筋想一想，如今我卻又從你那裡學會，若遇著無可奈何之事，便是不去想得好。」

沈浪笑道：「但你卻也要等到想過之後，才會知道什麼是無可奈何之事，是麼？」

熊貓兒凝思良久，終於拍掌道：「不錯，這道理我總算想通了。」

這道理驟聽似是完全矛盾，其實卻完全統一。

廿七　莫測高深

沈浪和熊貓兒兩人按圖索驥，又走了一個時辰。

陰暗的山影中，便突又現出了燈火。

這一次燈光看來甚是明亮，顯然絕不止一盞燈。走到近前，便可瞧見一座巨大的帳篷矗立在燈光中。

熊貓兒沉聲道：「看這地圖，這裡似乎尚未到『快活王』的駐紮之地，但帳篷卻明明在這裡……這又是怎麼回事？」

沈浪微笑道：「你又要多想了。」

熊貓兒笑道：「正是正是，既然想不通，還想什麼？」

沈浪道：「一個人做出的每件事都能令人想不通，這人的厲害就可想而知……」

突見一點火光，自那邊移動過來。

熊貓兒沉聲道：「有人來了。」

沈浪微微笑道：「既已有人來了，咱們正好不必多想了，一個人活在世上，能夠不動腦筋，還是不動得好。」

這句話說完，那點火光已到了他們身前不及兩丈處，高舉的火把下，站著的是條錦衣魁梧大漢。

熊貓兒喝道：「來的可是快活王門下？」

錦衣大漢道：「是！」

熊貓兒道：「你可知道咱們是誰麼？」

錦衣大漢道：「是！」

沈浪微笑道：「既是如此，想必是快活王令你來迎接咱們的。」

錦衣大漢道：「是！」

轉過身子，大步而行。

他走得雖不快，但也不慢，看來武功也有幾分根基。

熊貓兒壓低聲音，道：「你瞧這人武功怎樣？」

沈浪道：「你看呢！」

熊貓兒道：「我三招便可將他打倒。」

沈浪笑道：「大概還用不著三招。」

熊貓兒道：「我又想不通了，快活王門下，怎會有這樣的笨蛋。」

沈浪笑道：「如今你想不通的事已有幾件？」

熊貓兒喃喃道：「總有一日，我會全部弄通的。」

抬眼望處，那巨大而華麗的帳篷已在眼前。

帳篷的入口處，懸著以琉璃、水晶、綠玉、珊瑚、瑪瑙、珍珠和一些不知名的珠寶所綴成的垂簾。

這垂簾被燈光一映，便交織成一片燦爛的，多彩的，瑰麗的光輝，直可迷眩任何人的眼目。

但在這簾後的那個人，以及有關此人的種種傳說，卻比這垂簾更多彩，更美麗，更迷人耳目，更令人心動。

到了這裡，熊貓兒只覺自己全身上下，每一個毛孔都張了開來，冷風直往裡面鑽，就好像小刀子似的。

「熊貓兒呀熊貓兒，快活王難道不也是個人麼？你怕他個鳥，你怎地也變得這樣沒有種。」

一想到這裡，熊貓兒也不等那大漢掀起簾子，也不等沈浪說話，就一步竄了進去，大吼道：「快活王，熊貓兒前來拜訪。」

他吼的聲音可真不小，但卻白費了。

帳篷裡連個鬼都沒有，那裡有人。

燈光！自帳篷四壁的珠盞金燈中灑了下來，照著帳篷裡的虎皮墩子、繡金墊子、水晶几、珊瑚簾、波斯毯……

水晶几上擺滿了奇珍異果，金杯中盛滿了美酒，無論是誰到了這裡，都難免要瞧得眼花繚亂。

好酒，好吃的熊貓兒，更是該心滿意足。

但人呢？人到哪裡去了？

熊貓兒霍然回身，一把扭住那大漢的衣襟，厲聲道：「快活王難道不在這裡？」

錦衣大漢道：「是！」

熊貓兒喝道：「人爲何不出來見咱們？」

錦衣大漢道：「是。」

熊貓兒道：「他到哪裡去了？」

錦衣大漢道：「是。」

熊貓兒怒道：「是，是，是，你難道只會說『是』？」

錦衣大漢道：「是。」

熊貓兒大怒喝道：「你再說『是』字，我捏斷你的脖子。」

錦衣大漢道：「是！」

熊貓兒氣得肚子都快破了，提著那大漢往外一拋，怒吼道：「你難道是豬？」

錦衣大漢直被拋得飛了出去，但口中卻仍然說道：「是！」只聽「嘩啦啦」一陣，他身子穿過珠簾，接著「砰」的一聲，他已被擲在地上，口中居然還是說道：「是！」

熊貓兒氣得鼻子都歪了，但卻又忍不住要笑，喃喃道：「這種人真該吊死。」

沈浪微笑道：「你吊死他，他也還是要說『是』的。」

熊貓兒道：「快活王將咱誘到這裡，卻只叫這麼個放屁蟲見咱們，這又算是什麼？」

沈浪沉吟道：「看此情況，此地必然是快活王的待客之地。」
熊貓兒道：「待客之地？他難道會將咱們當做客人？」
沈浪笑道：「他要咱們先在此處歇一夜，養足精神，再去見他……」
熊貓兒怪叫道：「他會有這麼好的心？」
沈浪苦笑道：「這哪裡會是什麼好心，這只不過是他在向你我示威而已，表示他根本沒有將咱們瞧在眼裡，咱們精神再好，他也不在乎。」
熊貓兒恨恨道：「好小子，我熊貓兒遲早總要叫他後悔……」
轉眼瞧見桌上的好酒好菜，突又大笑道：「既是如此，咱們索性就大吃他一頓，以他的身分，想必不致在酒菜中下毒害咱們吧？」
沈浪道：「他若又做件你想不通，猜不到的事，你又當如何？」
熊貓兒哈哈大笑道：「這個你只管放心，我熊貓兒別的不行，但酒菜中有沒有毒，我卻是一試就知道的……我闖蕩江湖多年，就學會這點兒本事。」
沈浪笑道：「難怪你直到現在還沒有被人毒死。」
桌上的酒菜雖多，但片刻間就被他兩人吃了個乾淨，熊貓兒抹了抹嘴，倒下去，就呼呼大睡起來。
沈浪雖也吃得、喝得，但此時、此地，叫他拋開一切心事睡覺，他可真是再也睡不著的。
瞧著熊貓兒睡得那麼舒服，沈浪又是羨慕，又是好笑，又覺得這人真是可愛極了，睡著了的熊貓兒看來就像是個孩子似的。

沈浪也不知道是瞧他瞧得呆了，還是在想著什麼心事，想得出神，總之他就坐在那裡，動也沒有動。

也不知過了多久，突聽珠簾外有人輕喚道：「沈公子。」呼聲還未了，沈浪人已在簾外。

那出聲呼喚的錦衣大漢也想不到他竟來得這麼快，當真是駭了一跳，倒退三步，險些一跤摔了下去。

沈浪微笑道：「是你在叫我？」

錦衣大漢道：「是！是！」

沈浪道：「幹什麼？」

錦衣大漢臉色有些發白，嘴唇在發抖，垂首道：「我家王爺，想請……請沈公子單獨一見。」

沈浪笑道：「除了『是』字，原來你也會說別的話的。」

錦衣大漢頭垂得更低，道：「不……不知沈公子是否答應？」

沈浪道：「我為何不答應？」

錦衣大漢喜道：「多謝沈公子，小人本來只怕沈公子定要和那位熊……」

沈浪笑道：「我若定要和他去，你家王爺不見，豈非也是枉然。」

錦衣大漢也笑道：「沈公子果然……」

突然發覺自己話已說得太多，立刻停下了嘴，垂首道：「沈公子請隨小人來。」

沈浪似乎十分信任快活王的安排，也確信熊貓兒在此酣睡必定無妨，竟真的隨他走了出去。

兩人走了片刻，只見兩條大漢抬著頂小轎已等在前面，那錦衣大漢停步轉身，陪笑道：「請沈公子上轎。」

沈浪想也不想，問也不問，就上了轎子，兩條大漢健步如飛，又走了頓飯功夫，忽聽一陣悠揚的樂聲傳來。

轎簾深垂，沈浪坐在轎子內，竟未掀起簾子瞧一眼。

只聽樂聲愈來愈近，轎子忽然停下，一個少女的聲音在轎外道：「可是沈公子來了？」

那大漢道：「正是。」

那少女道：「好，轎子由咱們抬進去，你兩人已沒事了。」

接著，轎子又被抬起，又走了二十餘步，但覺溫度驟暖，一時有香氣襲來，香透重簾。

沈浪還是安坐不動，似乎別人若不請他下轎，他永遠在轎子裡，但這時那少女的語聲已在嬌笑道：「沈公子！你睡著了麼？」

弦樂之聲不絕，有少女在曼聲低唱：「這邊走，那邊走，只是尋花柳。那邊走，這邊走，且飲金樽酒。」

這正是王者之歌。

沈浪終於下轎。

這是個華麗而寬敞的帳篷，帳篷裡一切陳設，都華麗得不似人間所有，但若問沈浪這些陳設究竟是些什麼？他只怕連一件也說不出來。

只因他下轎第一眼瞧見的，便是無數個絕色少女，他哪裡有空再去瞧別的。

黯淡而銷魂的燈光下，有二三十個身穿輕紗，身材苗條的少女，她們的長髮披散著，赤著雪白的天足。

輕紗朦朧，並沒有遮住她們可愛的軀體，反而將她們的胴體襯托得更可愛，更神秘，更令人心動。

她們有的斜倚在虎皮褥旁，輕挑慢捻，弄著管弦，有的手托香腮，曼聲低唱，也有的正隨著歌聲，裊娜起舞，輕紗飄揚，春光掩映，那雪玉般的肌膚，雖只讓人匆匆一瞥，但卻也更令人心旌搖蕩，不能自主。

還有五六個少女，正圍著張矮几，在淺斟慢飲著金杯美酒，矮几後一個少女星眸微蕩，酥胸半露，春色已上眉梢，就在她膝上，正臥著個人頭，沈浪只瞧得見此人頭上的王冠，卻瞧不清他的面目。

沈浪站著不動，面帶笑容。

所有的少女似都已被他風神所動，俱都回過頭，也不知有多少雙水汪汪的大眼睛，都在直勾勾的瞧著他。

沈浪也不在乎，誰若瞧他，他就去瞧誰，忽然有一隻細細緻緻的玉腿伸到他面前，他也不皺眉，更不退縮。

這時矮几後突有人朗聲而咏：「醉臥美人膝，醒握無敵劍，豈不快哉，豈不快哉。」

沈浪微笑道：「快哉快哉，是名快活。」

矮几後那人哈哈笑道：「好！好！是沈浪麼？」

沈浪道：「正是。」

矮几後那人道：「你知道我是誰？」

沈浪道：「自然。」

只見矮几後伸出一隻手來，几後艷姬立刻奉上金杯。

這隻手果然是瑩白修長，宛如女子，手的中指上，果然戴著三枚奇形紫金戒指，在燈下閃閃發光。

手持金杯那人，朗笑道：「你我既已相識，何妨共飲一杯。」

沈浪道：「好。」

他這一個字卻幾乎都未說完，曼舞著的艷姬已扭動著蛇腰，曼舞到他面前，雙手奉上一隻金杯，媚笑如春花，低語如呻吟，道：「沈公子，請！」

沈浪微微一笑，接過金杯，一飲而盡。

矮几後那人大笑道：「好沈浪！你不怕酒中有毒。」

沈浪笑道：「有如此英雄相敬，有如此美人奉盞，縱是毒酒，沈浪也得飲下。」

那艷姬婉轉投懷，媚眼如絲，曼聲道：「多謝。」

接過金杯，扭動腰肢，輕笑著曼舞而去，卻留下一陣陣餘香，留在沈浪懷中，那香比酒更令人醉。

矮几後人又復大笑道：「好！人言沈浪一生謹慎，不想也有如此豪氣，難怪連本王御下姬妾，一見你面，也要傾心不已。」

沈浪微微笑道：「不敢。」

矮几後人朗聲大笑，突然坐起身子。

黯淡的燈光下，只見此人濃眉倒垂，目光如炬，雙眉中一道刀疤，更平添了他幾分煞氣。

此刻他那隻女子般的美手，正在捋動著頷下的長髯，那雙光彩流動的眼睛，卻在瞪著沈浪。

那竟是雙碧綠的眼睛。

沈浪也瞪著他，眼睛也一眨不眨，他目光由此人濃眉、刀疤、美髯一路望下去——這不是快活王是誰？

快活王笑聲突頓，一字字道：「但沈浪你卻錯了。」

沈浪道：「錯了？」

快活王冷冷道：「那杯酒中是有毒的。」

沈浪身子似乎微微一震，失聲道：「有毒？」

快活王道：「非但有毒，而且是劇毒，普天之下，除了本王這裡外，再也難求解藥，一個時辰內，你便要毒發而死。」

沈浪嘆道：「我以君子待你，不想你竟是個小人。」

快活王狂笑道：「你千方百計要來尋找本王，自然是想將本王置之死地，本王為何不能先下手將你殺死。」

沈浪道：「你如此殺我，不怕被天下英雄恥笑？」

快活王道：「別人有誰知道，這銷魂帳中，除了本王外，還有哪一個男人走得進來，你若非就要死了，又怎地有眼福瞧見這無邊春色。」

沈浪道：「難怪你門下四使三十六劍都不在這裡。」

快活王道：「正是此理。」

沈浪道：「既是如此，沈某倒要好生消受消受。」

突然拉過個舞姬，擁在懷中，大笑道：「牡丹花下死，做鬼也風流。」

這一來不但群姬俱都不禁為之愣住，就連快活王也都愣住了，一雙碧目之中，似已燃起怒火。

沈浪卻不睬他，擁著那絕色舞姬，笑道：「你叫什麼名字？可以告訴我麼？」

那舞姬臉都黃了，吶吶道：「我……我……」

沈浪笑道：「哦！你原來是叫『我我』。」

那舞姬道：「不……不……」

沈浪道：「呀，你又叫『不不』。」

那舞姬身子發軟，耳朵發燒，心裡又是驚，又是怕，又想哭，又想笑，那裡還說得出話來。

快活王終於忍不住怒道：「沈浪，你已死在眼前，還不著急麼？」

沈浪笑道：「反正已要死了，著急又有何用？」

快活王道：「你……你……你爲何不來拚命？」

沈浪道：「反正已要死了，殺了你又有何用。」

抱過那舞姬，竟親了又親，還不住道：「我我，不不，你說是麼？」

快活王目光閃動，心裡也不知是何滋味，他見過的人大概已有不少，但沈浪這樣的人，他只怕還未見過。

沈浪笑得更開心，那舞姬居然也被他逗得吃吃的笑了起來，沈浪在她耳旁，嘰嘰咕咕，也不知說些什麼。

快活王突然一拍桌子，大聲道：「沈浪，你聽著。」

沈浪道：「又是什麼事？」

快活王自懷中取出個匣子，大聲道：「你且瞧瞧，這就是你的解藥。」

沈浪卻瞧也不瞧，隨口道：「哦？」

快活王道：「你不想要麼？」

沈浪道：「想要的，只是……你不給我，也是枉然。」

快活王道：「你若想要，也有個法子。」

沈浪道：「什麼法子？」

快活王道；「你可知本王最是好賭。」
沈浪道：「聽說過。」
快活王道：「好！你且來與本王一賭，你若勝了，解藥便是你的。」
沈浪笑道：「這倒是個好主意，卻不知如何賭法？」
快活王道：「以本王之性命，賭你的性命。」
沈浪道：「我性命已在你手，你爲何還要與我如此相賭。」
快活王大笑道：「本王家財鉅萬，富可敵國，若與別的人賭，勝負又豈在本王心中，只有如此賭法，才夠刺激。」
沈浪笑道：「既是如此，好，賭吧。」
快活王目中立刻現出興奮之色，拍掌道：「劍來。」
劍！劍鞘綴著綠玉，劍鋒閃著碧光，這正是口價值連城的寶劍！
沈浪接過劍來，略一把玩，也不禁脫口讚道：「好劍，當真可吹毛斷髮，削鐵如泥。」
快活王大笑道：「你果然識貨……」
笑聲突頓，厲聲道：「本王就坐在這裡，絕不還手，你手持此劍刺來，三劍之中，若能將本王刺死不但解藥是你的，此間一切，也都是你的。」
沈浪道：「若刺不中？」
快活王冷冷道：「若刺不中，你只有等死了。」

沈浪仰天長笑道：「好！如此賭法，倒也有趣。」

快活王拍了拍手掌，叱道：「退下去。」

那些艷姬們一個個早已駭得唇青面白，聽到這句話，當真是如蒙大赦一般，片刻間就走了個乾淨。

沈浪右手持劍，左手輕撫著劍鋒，喃喃笑道：「劍兒呀劍兒，今日你切莫要負我。」

他一步步走了過去。

快活王果然端坐在那裡，動也不動，那一雙碧綠的眼睛，緊瞪著沈浪，目中似在燃燒著火焰。

熾熱而興奮的火焰。

沈浪以指彈劍，劍作龍吟。

龍吟不絕，長劍也化爲神龍，一劍刺了過去。

這一劍夭矯如神龍，迅急卻如閃電，這是沈浪第一次使劍，劍法正如其人，瀟灑，靈秀，不可方物。

誰知快活王非但不避不閃，反以胸膛去迎劍鋒，這「快活王」竟似瘋了，竟似存心要死在沈浪手中。

他爲何要死在沈浪手中，誰猜得出？

沈浪的劍，如高山流水，直瀉而下，一發而不可收拾，又如離弦之箭，有去無回，已不可抑止。

胸膛，已迎上了劍鋒！

熊貓兒一覺醒來，已瞧不見沈浪。

他揉了揉眼睛，一骨碌爬起，喚道：「沈浪……沈浪……」

呼聲愈來愈高，但又怎會有人應他。

熊貓兒一步竄出去，珠簾，也被扯落，珠玉「叮鈴鈴」落了滿地，那聲音就像是音樂。

簾外夜色深沉，月輝映著雪光宛如一片銀色世界。

但沈浪……沈浪哪裡去了？

熊貓兒酒已醒了五分，連連跺腳道：「沈浪呀沈浪，你怎地也如此糊塗，走了也不通知我一聲，難道真當我已醉死了不成？」

心念一轉，突又失聲道：「不對！沈浪做事絕不會如此糊塗，他……他莫非是被『快活王』誘走了？他此刻難道已遇害了？」

想到這裡，熊貓兒心膽皆裂，瘋了似的衝出去，但衝出還沒多遠，又頓住了腳步，喃喃道：「這也不對，沈浪若已遇害，『快活王』又怎會放過我？何況，像沈浪那等樣的人，又豈是隨便就會被人害的！」

他怎麼想，怎麼也不對，前行既行不得，後退也退不得，四望茫茫，他真不知該如何是好。

「等著，難道只有等在這裡？」

熊貓兒本是個最怕「等」的人，若要他等，他真會急得發瘋，但此時此刻，他不等又如何？

他嘆著氣，跺著腳，又回到那帳篷。

酒菜殘餚還在那裡擺著，沈浪方才用過的筷子也在那裡擺著，但沈浪……沈浪呀，沈浪，你去了哪裡？

熊貓兒在帳篷裡轉來轉去，急得真像是隻熱鍋上的螞蟻，他也不知轉了多少個圈子，突然發現一封信。

那封信，就在他方才睡過的枕頭旁邊，用隻金杯壓住，若是換了個性子稍微和緩的人，早已就發現了。

熊貓兒這才鬆了口氣，失聲道：「原來沈浪是留了信的，我枉自生了這麼大一雙眼睛，卻像是個瞎子似的，什麼都瞧不見。」

信封上果然寫著：「留交熊貓兒」。

熊貓兒一把撕開信封，瞧了兩眼，面色突然變了。

這封信竟不是沈浪留下的！

留信的人，竟是朱七七。

奇怪，朱七七又怎會到了這裡？

只見信上寫著：「**大哥！你看到這封信的時候，我已死了。**」

就只這一句話，已足以令熊貓兒驚惶失色，但更令熊貓兒吃驚的話，卻還在下面哩——

下面寫的竟是：「大哥，你只怕不會猜到，我是死在沈浪的手上，但你切莫要怪沈浪，這一切事，都是我自己造成的。我這一生，已沒什麼可留戀的了，能死在沈浪的手上，已是我最大的願望，可恨沈浪卻偏偏不肯殺我。我從小到大，從沒有得不到的東西，只有沈浪，我恨死他，我下定決心，無論如何，也要死在他手上。他不肯殺我，我想盡一切法子，也要叫他殺我。」

瞧到這裡，熊貓兒已不禁跺腳道：「這蠢丫頭，瘋丫頭，你爲什麼，不要叫沈浪去愛你，反叫他殺你……」

他接著瞧下去。

「現在，我的計劃已經成功了，沈浪已非殺我不可！我從我三姐夫那裡，提出了許多銀子，提出了許多布，我用銀子僱了許多人，用布做了許多衣裳給他們穿。看到這裡，大哥你一定會奇怪：這丫頭在做什麼？」

熊貓兒又恨又氣，喃喃道：「不錯，我正是在奇怪，你這丫頭要幹什麼鬼名堂。」

信上接著寫的是：「大哥，你永遠也猜不到的，我這麼做法，為的只是要扮成『快活王』，扮成沈浪最大的敵人。

有王憐花在身側，我無論要改扮成什麼人，都容易得很，這人雖是個大壞蛋，但易容的本事可真不錯，何況，沈浪根本沒有瞧見過『快活王』，他只是從『仁義莊』得知快活王的形貌，於是我要王憐花替我扮成那樣子。然後，我就留了這封信給你，說我已從王憐花口中，知道『快活王』的行蹤，我算準你們會追來的。你們果然追來了。現在沈浪已與我面對著面，而我，已是他最大的敵人，只要有機會，他還會放過我麼，這機會我一定會給他的。現在，他一定已殺了我了。我的計劃已完全實現，我已死而無憾。我將這其中詳情告訴你，只因為你是我的大哥，你對我那麼好，我雖然已死了，但做鬼也會感激你的。希望你將來有機會能為我娶個美麗的嫂子，最少也要比沈浪未來的妻子漂亮十倍，那麼也就算為我出了口氣了。

再見吧，大哥，我永遠記著你。

小妹七七。」

這封信零亂的寫了五六張紙，字跡愈到後面愈零亂，最後兩張紙上，更滿是淚痕，將字都滲花了。

朱七七寫這封信時，又是什麼樣的心情？

熊貓兒瞧完了這封信，又是什麼樣的心情？

他目中也已滿是淚痕，手裡拿著信，呆呆地站在那裡，他從未流淚，他只道自己是永不會流淚的。

但此刻，眼淚卻偏偏要往下流。

他喃喃自語道：「難怪我有那麼多事想不通，原來都是這丫頭搞的鬼，朱七七呀朱七七，你原是個聰明的女孩子，爲什麼突然變得這麼笨，這麼死心眼兒？」他卻不知聰明人若是笨起來，卻比什麼人都要笨得厲害。

他癡癡的坐下，但突然又跳了起來，大嚷道：「朱七七已要被沈浪殺了，我還坐在這裡則甚？」

他又發了狂似的衝出去，大呼道：「沈浪呀沈浪，你不能動手……」

他喊得再響，沈浪也是聽不到的。

他拚命向前跑，但卻連自己也不知目的在那裡。

沈浪是必定會動手的。

沈浪想除去「快活王」已不止一日，他若有了機會，手下又怎肯再留情，他又怎會知道這個「快活王」竟是朱七七。

熊貓兒愈想愈急，真是要急瘋了。

他希望沈浪此刻還未出手，自己還來得前去阻止。

但沈浪與朱七七此刻又在哪裡？

他瘋狂般在荒山中奔跑，瘋狂般大呼道：「沈浪……沈浪……你千萬不能下手，那是朱七七，你若下了手，必定會後悔終生……後悔終生。」

沈浪一劍已刺了出去。

熊貓兒沒有趕來，也沒有人阻攔他。

那知他這如高山流水，如急箭離弦，看來已不可抑止的一劍，劍尖一顫，竟突然挑起。

那「快活王」胸膛明明已觸及了冰涼的劍鋒，但突然間竟迎了個空，沈浪已後退三步，似在彈劍，面泛笑容。

這「快活王」可真吃了一驚，顫聲道：「你……你……還有兩劍……」

沈浪微笑道：「沒有了，這場戲已結束了。」

「快活王」道：「什……什麼戲，你說什麼？」

沈浪笑道：「朱七七，你當我不知道你是朱七七？」

朱七七身子一震，呆了半晌，突然伏倒在桌子上，放聲大哭起來，她手捶著桌子，放聲痛哭著道：「我為何如此命苦，竟死都死不了……竟連死都死不了。」

沈浪靜靜地瞧著她哭，直等她哭得夠了，才緩緩走過去，輕輕撫著她的頭髮，柔聲道：「傻孩子，你為什麼要死？」

朱七七嘶聲道：「我為何不要死，我活著還有什麼趣味？沈浪呀沈浪，你若還有良心，你……你就殺了我吧。」

沈浪輕嘆道：「我若還有良心，怎會下手殺你。」

朱七七身子又一震，霍然而起，以模糊的淚眼，凝注著沈浪，目中又是狂喜，又是不信，顫聲道：「你……你難道已……」

沈浪也在凝注著她，那目光竟有敘不盡的溫柔，敘不盡的憐惜，他溫柔地微笑著道：「沈浪的心，難道真是鐵鑄的？」

朱七七「嚶嚀」一聲，整個人都投入沈浪懷裡。

這是幸福的時刻，真情，終於換得真情，這過程雖然艱苦，但艱苦得來的，豈非更是可貴。

兩人相偎相依，已無需言語。

突然，有人大呼著狂奔過來，高呼道：「沈浪……你千萬不可出手……那是朱七七……朱七七……」

焦急的，嘶啞的呼聲中，熊貓兒瘋狂般衝過來。

朱七七沒有動，世上簡直沒有任何人，任何事能令她離開沈浪的懷抱，沈浪也沒有動，他不忍心動。

熊貓兒已驚得怔在那裡，也怔得不會動了。

朱七七嫣然笑道：「大哥……」

熊貓兒道：「你……朱七七？」

朱七七輕輕點了點頭，笑道：「嗯。」

熊貓兒道：「你……你沒有死。」

朱七七嬌笑道：「自然沒有。」

熊貓兒目光移向沈浪，道：「你……你沒有下手？」

沈浪笑道：「自然沒有。」

熊貓兒倒退半步，呆望著他們，突然大笑起來。

他笑得是那麼高興，又是那麼瘋狂。

朱七七竟被他笑得垂下了頭，輕輕道：「大哥，你笑什麼？」

熊貓兒大笑道：「一個長著長鬍子的老頭兒，竟小鳥依人般依偎在一個白面書生的懷抱裡，世上還有比這更可笑的事麼？」

朱七七羞得幾乎連手都紅了，她就算再不捨得，此刻也不能不離開他沈浪的懷抱，嬌笑著將假髮、假鬍子全都扯了下來，也扯下了那巧妙得不可思議的人皮面具，回復了她本來顏色。

於是，燈光有幸，又能照著美人。

燈光下，朱七七昔日那嬌憨、刁蠻、調皮的笑容，如今再加上三分羞憨，就顯得更可笑了。

熊貓兒嘆道：「果然還是我的大妹子，一點都沒有變……只是……只是你的眼睛，怎麼會變成綠色的了？」

朱七七嬌笑道：「我再變個戲法給你瞧。」

她嬌笑著扭過頭，等她再回過頭來時，目中又復是一泓秋水，但掌中卻多了兩片薄薄的、綠色的東西。

熊貓兒驚得瞪大了眼睛，道：「這是什麼？」

朱七七笑道：「這種東西叫做『玻璃』，世上根本就沒有多少，這兩片是自波斯賈手中買來的，這東西說奇怪，可真奇怪，竟完全是透明的，但說貴，可也真貴，就只這薄薄的兩片，聽說就花了好幾千兩銀子哩。」

熊貓兒道：「這又是王憐花的鬼名堂？」

朱七七道：「除了他還有誰？」

熊貓兒苦笑嘆道：「這廝的易容之術，當真可說是巧奪天工，我若不先知道內情，可真是再也認不出你來了。」

朱七七笑道：「但我們的沈浪卻認出來了。」

熊貓兒大笑道：「嘿，我們的沈浪……哈哈，瞧你笑得多得意，但這也難怪你得意，有了沈浪這樣的人，誰能不得意？」

他轉向沈浪，接著笑道：「沈浪呀沈浪，我這又一次服了你了，你究竟是怎麼會認出她來的，可真教人弄不明白。」

朱七七道：「是呀，我真糊塗死了，我自己對著鏡子照，都瞧不出絲毫破綻，但我還是不放心，我聽說每個人身上，都有種特別的氣味，我生怕這種氣味都聞得出來，所以就把這裡弄得香香的……不但燃了檀香，還將那些女孩子身上都弄得香噴噴的……沈浪，你說是麼？」

沈浪笑道：「那些女孩子果然香得很。」

朱七七跺著腳，嬌嗔道：「我不來了……不來了，大哥，你瞧沈浪又欺負我。」

熊貓兒笑道：「他何曾又欺負你了？」

朱七七道：「他剛剛故意和那些女孩子親親，現在又故意說這些話來氣我，他……他……他……」突然捉過沈浪的手，咬了一口。

熊貓兒哈哈大笑，道：「咬得好，咬得好，他若再不說出他是如何認出你的，你就再咬他……重重的往下咬，莫要心疼。」

沈浪道：「我第一次懷疑，是在發現那營地遺跡的時候。」

熊貓兒訝然道：「你那時就開始懷疑了？」

沈浪微微笑道：「以『快活王』那般梟雄人物，訓練手下，是何等嚴格？收拾營地時，又怎會那麼粗心大意，留下那麼多東西？」

朱七七憨笑道：「我那些東西是故意留給你們瞧的，卻不想弄巧反而成拙。」

沈浪道：「我第二次懷疑，是在瞧見石上那張留柬的時候。」

熊貓兒道：「那又有何懷疑之處？」

沈浪笑道：「那張紙條上寫著的，字跡既粗陋，文字也不甚通，想那『快活王』門下人才如雲，會連張紙條都寫不好麼？」

熊貓兒道：「呀，不錯……但你那時爲何不說？」

沈浪道：「我那時懷疑尚不甚大，但等到我瞧見那錦衣大漢時，我心中便已有五成可判定此人決非快活王門下。」

朱七七忍不住道：「莫非他言語行動露出了什麼破綻？」

沈浪笑道：「那倒沒有，只是他衣裳穿錯了。」

朱七七奇道：「衣裳穿錯？」

沈浪笑道：「他衣裳穿得太新了……想那『快活王』千里入關，風塵僕僕，門下僕役，又怎會穿著嶄新的衣服，甚至連靴子都是新的。」

朱七七大笑道：「呀，這點我又沒想到。」

沈浪道：「所以我就偷偷掀開他衣角瞧瞧，不巧那上面果然正印著汾陽布莊鈐記，這一來，不是什麼都明白了麼？」

朱七七瞪大眼睛，道：「你……你那時就已知道是我？」

沈浪笑道：「否則我又怎會放心陪貓兒喝酒。」

朱七七紅著臉，咬著櫻唇，嬌笑道：「你，你這個鬼靈精。」

沈浪道：「老實說，王憐花的易容術，委實是巧奪天工，天衣無縫，你那說話的語聲，也變得很像很像……」

朱七七嘆道：「我可真花了不少功夫。」

沈浪道：「怎奈我已有先入爲主之見，所以無論你扮得多好，我都能瞧出破綻……」

他微微一笑，接著道：「再瞧你在我拉女子手時，氣得那般模樣，我就……」

朱七七一頭鑽進他懷裡，嬌笑著不依道：「你再說……你再說……」

熊貓兒哈哈大笑道：「我大妹子原來是個醋罐子。」

沈浪笑道：「如今你總已知道，你爲何會有那麼多事想不透了吧。」

熊貓兒苦笑道：「這丫頭騙不過你，卻將我騙得好苦，你不知我方才瞧見那封信時，心裡是何等著急，當真恨不得一步就趕來。」

朱七七笑道：「可是你還是來遲了。」

熊貓兒奇道：「來遲了？」

朱七七道：「你錯過了眼福。」

熊貓兒更奇怪，道：「什麼眼福？難道你們倆方才還有什麼精采……」

朱七七笑啐道：「屁，屁，屁……」

熊貓兒笑道：「那又是什麼？」

朱七七道：「我問你，你瞧過沈浪使劍麼？」

熊貓兒搖頭道：「自然沒有，他與人動手，從不使兵刃。」

朱七七咬著嘴唇，笑道：「但我方才卻瞧見了。」

熊貓兒忍不住問道：「他劍術如何？」

朱七七閉起眼睛，輕輕道：「那就像他的人一樣，瀟灑、靈活、大方、好看、可愛，卻又不知有多麼厲害。」

她話沒說完，熊貓兒已大笑起來，捧腹笑道：「好不肉麻，好不害臊，這樣拍馬屁……」

他話未說完，朱七七已拿起果子，塞住了他的嘴。

這是歡笑的時候，不幸似早已遠去。

朱七七嬌笑著在三隻大金杯中倒滿了酒，道：「這邊走，那邊走，且飲金樽酒，來，喝一杯。」

熊貓兒拍掌道：「對，喝一杯。」

三人一口氣將杯中酒喝乾了，熊貓兒還未喘過氣來，又嚷道：「還得再來一杯，今天咱們不醉不休。」

沈浪道：「今日雖高興，但那王憐花……」

朱七七笑道：「你放心，王憐花跑不了的。」

熊貓兒一聽見王憐花的名字，眉頭就不禁皺起，道：「這廝現在哪裡？」
朱七七眼珠子一轉，笑道：「你猜猜他在哪裡？」
熊貓兒道：「這個我怎麼猜得著。」
朱七七道：「他就在這帳篷裡。」
熊貓兒失聲道：「就在這帳篷裡……」
兩人扭轉頭瞧了半天，帳篷裡哪有王憐花的影子。
熊貓兒喃喃道：「莫非這廝又學會了隱身法。」
朱七七「噗哧」一笑道：「你瞧瞧我坐著的是什麼。」
熊貓兒道：「一口箱子……」
忽然驚笑道：「莫非王憐花竟被你關在這箱子裡。」
朱七七笑得花枝亂顫，點點頭道：「我說他跑不了，我說的不錯吧。」
熊貓兒更是笑得前仰後合，連連拍掌道：「精采，精采，簡直精采絕倫。」
朱七七俯下身，用酒杯敲著箱子，道：「王憐花，你聽見我們的笑聲了麼，我們笑得好開心呀。」
熊貓兒也用酒杯敲著箱子，大笑道：「誰叫你和我們作對，你若不害人，此刻原可也和咱們在一齊笑的，如今你總該知道，害人的事還是少作爲妙。」
兩人笑得真是開心，沈浪卻突然變了顏色，失聲道：「不好。」
朱七七眨了眨眼睛，道：「什麼事不好？」

沈浪道：「這箱子是空的。」

朱七七嬌笑道：「這箱子怎會是空的，你又來嚇我了。」

沈浪道：「箱子裡若有人，敲起來絕不是這聲音。」

朱七七笑容不見，但口中猶自道：「絕不會是空的，我明明親手將王憐花關進去的。」

她一面說話，一面已站了起來，掀開箱子——

箱子果然是空的。

朱七七失聲驚呼道：「呀！王憐花……王憐花怎地不見了？」

沈浪沉聲道：「你關進他後，可曾離開這裡？」

朱七七道：「我……我去……去過那地方一次，但這裡始終有人的呀。」

沈浪道：「什麼人？」

朱七七道：「就是我僱來假冒『快活王』手下的人。」

沈浪跌足道：「這就是了，那些人既能瞧在銀子的面上，假充『快活王』門下，又豈不能瞧在銀子面上，放走王憐花。」

朱七七道：「但……但王憐花身上沒有……」

沈浪道：「王憐花身上雖沒有銀子，但那張嘴卻能將死人也說活，尤其是那些風塵女子，又怎當得起他花言巧語。」

朱七七恨聲道：「這些豬……我去瞧瞧……」

她蒼白著臉，衝了出去，但還未衝到外面，身子一軟，突然倒了下去，竟是再也站不起來。

沈浪、熊貓兒一齊趕過去，扶起了她。

燈光下，只見她臉上竟已無絲毫血色。

熊貓兒大驚道：「你怎麼樣了？」

朱七七道：「我……我難受……不知怎地……眼睛突然張不開，我……我……」

語聲漸漸微弱，突然頭一歪，竟暈迷不醒。

沈浪面色大變，一躍而起，沉聲道：「速離此間。」

熊貓兒又驚又奇，道：「這……這究竟是怎麼回事？」

沈浪道：「酒中必已被王憐花放了迷藥……」

熊貓兒亦自失色道：「但方才……」

沈浪沉聲道：「這廝爲了看我殺了朱七七，是以所用的迷藥，藥性極緩，但藥性發作愈緩的迷藥，便愈是難解。」

熊貓兒恨聲道：「這惡賊？咱們該如何是好？」

沈浪道：「咱們只能趁藥性還未發作時，快離開這裡，唉！我實未想到朱七七做事竟如此大意，否則我又怎會喝下那杯酒。」

他一面說話，一面已抱起朱七七，衝了出去。

帳篷外居然連個人影都沒有，方才那些男男女女，此刻竟不知都走到哪裡去了，也無人阻攔他們。

熊貓兒嗄聲道：「咱們往哪條路走？」

沈浪沉聲道：「王憐花必定以爲咱們要往出山的路走，咱們偏偏入山……」放開大步，當先而行。

熊貓兒大聲道：「但你的這條路，卻正是出山的路呀，你方才明明說要入山，免得被王憐花料中，此刻爲何又偏偏……」

沈浪截口道：「王憐花這廝心思縝密，必定也算著了這兩層，我再往深處想一層，便覺得還是出山得好。」

熊貓兒苦笑嘆道：「第三層還不是和第一層一樣麼，我真不懂……這些動腦筋的事，不知爲何總是學不會。」

兩人此時走得自然更快，但不知怎地，饒是他們用盡輕功，身法也總是遠不及昔日之輕靈。

熊貓兒嘆道：「好厲害的迷藥，我氣力竟似突然不見了，幸好王憐花未曾在篷外等著咱們，否則就完了。」

沈浪冷笑道：「你我迷藥還未發作時，他怎敢向你我出手。」

熊貓兒默然點頭，又走出一段路，兩人腳步已愈來愈慢了，腳下竟像是拖著塊大石頭似的。

要知沈浪功力雖較熊貓兒爲深，但他一入帳篷時，便已和朱七七喝了一杯，是以兩人藥性同時發作。

那時沈浪若非認準了這「快活王」便是朱七七，他怎會喝下那杯酒，唉！人有時的確是不可太聰明的。

熊貓兒長嘆道：「現在……王憐花若是……」

沈浪也不禁長嘆道：「現在王憐花若是來阻攔你我，那才是真的完了。」

熊貓兒道：「幸好他沒有，但願莫要……」

語聲未了，突聽遠處一人笑道：「你們來了麼。」

這赫然正是王憐花的聲音。

這聲音乃是自高處傳下來的。

這聲音又緩和，又溫柔，就像是好客主人，來歡迎睽別多年的故友，但聽在熊貓兒與沈浪耳裡，不異晴天霹靂。

兩人大驚之下，齊地抬頭望去。

只見前面一塊巨大的山石上，盤膝端坐著一條人影，藉著星光與雪光，依稀可辨出他的面目。

王憐花，這不是王憐花是誰。

王憐花的笑聲又傳了過來，笑道：「兩位此刻才到，在下候駕已久了，請請請，這山石上備得有羊羔美酒，兩位何不上來共飲一杯。」

熊貓兒大怒喝道：「你這惡賊，我……我恨不得……」

王憐花笑道：「閣下若想要在下的腦袋，也請上來，在下必定雙手奉上。」

熊貓兒怒喝道：「上去就上去，誰怕了你。」

他怒喝著撲上去，但腳下一個踉蹌，幾乎跌倒。

王憐花哈哈大笑道：「閣下莫非喝醉了麼，怎地連站都站不穩了。」

熊貓兒還待撲去，卻被沈浪一把拉住，輕叱道：「退！」

拉著他轉過身子，放足而奔。

王憐花大笑道：「兩位要走了麼？不送不送。」

熊貓兒扭轉頭，怒罵道：「你這惡賊，總有一日，我……」

腳下突又一個踉蹌，幾乎將沈浪也拖倒。

王憐花笑道：「兩位千萬要走好些，莫要摔著了，只是，依在下此刻算來，兩位只怕再也走不出七步了。」

沈浪咬緊牙關，放足而行，但不知怎地，兩人空自全力奔行了許久，卻仍未奔出三丈之外。

王憐花大笑道：「七步……一，二，三，四……」

他還未數到「五」字，熊貓兒終於仆地跌倒。

沈浪長嘆一聲，也停下了腳步。

王憐花笑道：「咦，閣下怎地不走了？」

沈浪轉過身子，微微笑道：「王憐花，這一次算你贏了。」

王憐花大笑道：「客氣客氣……閣下此刻還笑得出來，果然不愧是好角色，果然不愧為在下生平所遇最好的對手，只可惜，閣下卻已再也不會有與在下交手的機會了，明年今日，在下必備香花美酒，到閣下墓上致祭。」

沈浪微微笑道：「你不敢殺我的。」

王憐花狂笑道：「我不敢……為什麼？」

沈浪道：「沒有原因，你就是不敢……」

笑容還未消失，人卻已倒了下去。

王憐花長身而起，仰天狂笑道：「沈浪呀沈浪，你終於還是要落在我王憐花手裡……沈浪既去，此後的天下，還有誰是我王憐花的敵手。」

王憐花笑聲漸漸頓住，俯身凝注著沈浪，又道：「沈浪呀沈浪，你怎知我不會殺你，不敢殺你。」

天色雖已漸明，但晨霧又籠罩了山谷。

廿八 別有洞天

朱七七醒來時，身子仍是軟軟的，沒有半分氣力。

這迷藥，好厲害的迷藥。

她朦朦朧朧的瞧見一盞燈，燈光正照著她的眼睛，她張開眼，又閉起，心頭突然一陣悚慄，顫抖著伸出手，往下面一探——

幸好，她衣裳還是好好穿在身上，她最害怕的事並沒有發生，她最寶貴的東西竟還沒有失去。

王憐花，這惡賊，雖然可惡，雖然可恨，但畢竟還算有些傲氣，不肯在別人暈迷時欺負人。

其實，真正的色狼，都是這樣的，都知道女子若在暈迷時，縱能征服她的身子，也沒什麼樂趣。

朱七七總算鬆了口氣，但口氣還未透過來，就又想起了別的人，就又好像被人扼住了脖子。

「該死，該死，我朱七七真該死，明明上了那麼多當，還要如此粗心大意，不但害了自己，也害了……」

想到這裡，她拚命一骨碌翻身而起，大呼道：「沈浪……沈浪……」

她沒有瞧見沈浪，卻瞧見了熊貓兒。

這是間沒有窗子，也沒有門的屋子。

熊貓兒就像隻貓似的，蜷曲在角落裡，還不能動，還沒有醒。

朱七七掙扎著爬過去，去搖熊貓兒的肩頭。

熊貓兒的嘴動了起來，卻像是在嚼著什麼東西，喃喃道：「好吃……好吃……」

朱七七又急又氣，咬牙道：「死人，你在吃狗屎麼，醒醒呀……」

她捏住熊貓兒的嘴，但熊貓兒的嘴卻還在動，朱七七忍不住給了他兩個耳刮子，熊貓兒兩隻眼睛突然張開。

朱七七恨聲道：「你還吃，人都快吃死了……」

熊貓兒瞪著眼睛，瞪了半晌，人終於清醒，一翻身坐起，頭疼得像是要裂了開來，他捧著頭，道：「這是什麼地方？咱們怎會來到這裡？」

朱七七恨聲道：「我先暈過去的，我怎麼知道？」

熊貓兒道：「沈浪呢？沈浪在哪裡？」

朱七七嘶聲道：「我正想問你，沈浪呢？你們……」

熊貓兒大聲道：「我倒下去的時候，沈浪還是站著的，但……但王憐花——王憐花。」他聲音愈來愈小，到後來簡直像用鼻子在「哼」了。

朱七七惶聲道：「你們瞧見王憐花了？」

熊貓兒垂著頭道：「嗯，但——但我們瞧見他時，我已連路都走不動了。」

朱七七趕緊問道：「沈浪呢，他難道也——」

熊貓兒長長嘆了口氣，道：「他也不行了。」

朱七七像是突然被重重打了一巴掌，打得她整個人都不會動了，直著眼睛怔了半晌，顫聲道：「這樣說來，我們現在難道真的是已落入王憐花手中？」

熊貓兒苦著臉道：「看來只怕是如此。」

朱七七道：「但沈浪——沈浪不在這裡，他只怕已逃了。」

熊貓兒立刻點頭道：「不錯，在那種情況下，別人誰已逃不了，但沈浪——他總是有法子的，他的法子可真是比任何人都多。」

朱七七道：「他也一定有法子來救咱們的。」

熊貓兒道：「當然當然，他馬上就會來救咱們了，王憐花別人都不怕，但一瞧見他，就像是老鼠見著貓似的哈哈——哈哈——」

他口中雖在大笑，但笑聲中可沒半分開心的味道。

朱七七突然撲過去，抓住他的衣襟，嘶聲道：「你——你在騙我，你明知沈浪也是逃不了的。」

熊貓兒強笑道：「他逃得了的，否則怎會不在這裡？」

朱七七道：「他不在這裡，只因他——他——他——」

突然放聲痛哭起來，手搥著胸膛，放聲痛哭道：「只因他已被王憐花害死了。」

熊貓兒道：「不——不——不會的——」

朱七七道：「會的，會的。王憐花將他恨之入骨，他落入王憐花手中，王憐花又怎會再放過他——是麼?你說是麼?」

她抓住熊貓兒，拚命的搖他的身子。

熊貓兒就像是木頭人似的，被她搖著，也不掙扎，也不說話，但眼淚，卻已沿著面頰流下。

沈浪，此刻只怕是必定已遭了毒手的了。

王憐花的確是不會放過他的。

朱七七嘶聲痛哭著道：「蒼天呀蒼天，你爲何要這樣對我……我千辛萬苦，剛剛得到了他，你卻又要將他奪走，卻叫我如何忍受……如何忍受……」

熊貓兒突然緩緩道：「這怪不得蒼天，也怪不得別人。」

這語聲雖緩慢而沉重，但在朱七七聽來，卻尖銳得有如刀子一般，尖銳的刺入了她的心。

她身子一陣顫抖，緩緩放鬆了手，緩緩止住了哭聲，她眼睛空洞地望著遠方，一字字道：

「不錯，這不能怪別人，這只能怪我……只能怪我。」

熊貓兒凝注著她，並沒有說話。

朱七七道：「是我害了他……是我害了他……」

她彷彿癡了似的，不斷重覆地說著這句話，也不知說了幾次、幾十次……甚至幾百次。

說到後來，熊貓兒惶然道：「七七，你……你怎樣了？」

朱七七道：「是我害了他……是我害了他……」

她連瞧也不瞧熊貓兒一眼，緩緩站起身子。

燈光下，只見她面上已露出癡迷瘋狂之態，手裡不知從那裡摸出一把匕首，口中卻咯咯的笑了起來道：「是我害了他……是我害了他……」

竟一刀向她自己肩上刺下。熊貓兒大駭道：「七七……你……你……住手！」

朱七七有如未聞，咯咯的笑著，拔出匕首，鮮血流出，染紅了她的衣裳，她也不覺疼痛，還是笑著道：「是我害了他……」竟又是一刀刺下。

熊貓兒嚇得心膽皆裂，要想攔住她，怎奈他酒喝得最多，中毒也最深，直到此刻竟還站不起來。

他只有眼瞧著朱七七拔出刀，又刺下……

他只有嘶聲狂吼，道：「七七……住手……求求你住手！求求你……」

突然，他身後的牆壁裂開，現出了道門戶，一條人影掠出，閃電般抓住了朱七七的手。

只見這人髮髻光潔，笑容風流，一身粉紅色的錦緞長衫，在燈光下閃閃的發著微光……

熊貓兒面色慘變，失聲驚呼：「王憐花！」

「噹」的，匕首落地，朱七七卻癡了般動也不動，任憑王憐花捉住她的手，也不反抗，也不掙扎。

王憐花瞧著熊貓兒，嘻嘻笑道：「閣下睡得可舒服麼？」

熊貓兒嘶聲道：「你……你這惡賊，放開她，放開她，我不許你碰她一根手指。」

王憐花笑道：「是，遵命，在下絕不碰她一根手指……在下只碰她十根手指。」竟將朱七七整個人都抱了起來。

熊貓兒眼睜睜地瞧著，目眦盡裂。

但他又有什麼辦法？王憐花笑道：「你莫要這樣瞧著我，你本不該恨我的。」

他摸了摸朱七七的臉，接著笑道：「你也不該恨我的……你們本該恨沈浪才對，你們如此爲他著急，可知他並沒有爲你們著急麼？」

熊貓兒失聲道：「他……他沒有死？」

王憐花笑道：「自然沒有死。」

熊貓兒道：「他……他在哪裡？」

王憐花大笑道：「他雖沒有死，但你們瞧見他此刻的模樣，卻只怕要氣死。」

熊貓兒怒道：「放屁，你莫要……」

王憐花道：「我知道你們不會相信的，唉！我只有帶你們去瞧瞧……」

拍了拍手，呼道：「人來！將這位熊大俠扶起。」

兩個艷裝少女，巧笑著應聲而入，扶起了熊貓兒，一人笑道：「唷，好重。」

另一少女嬌笑道：「這樣才像是好漢子。」

王憐花大笑道：「你若是喜歡這條漢子，只管親他就是……嗯，重重的親也無妨……哈哈，不過，但你可也莫要咬掉他的鼻子。」

熊貓兒被兩個又笑，又摸，又親，又咬的女孩子，架出了地窖，面上已沾滿紅紅的胭脂。

他又急又怒，又是哭笑不得，但為了要瞧沈浪，他只有忍住了氣——沈浪呀沈浪，你此刻究竟在做什麼？

朱七七被王憐花扶著，更是老實得很，臉上居然也是笑瞇瞇的，但這種笑容，卻教人瞧得心裡直冒寒氣。

她聽到沈浪的消息，臉上就帶著這樣的笑容，就連王憐花，都不敢多瞧她這種笑容一眼。

走過一段長長的地道，又有間小小的屋子。

這屋子裡沒有桌子，沒有凳子，也沒有床，簡直什麼都沒有，只是牆上鋪著一排四個小木偶。

王憐花笑道：「你們可瞧見這四個木頭人麼？將這木頭娃娃們搬開，你們就可瞧見四個小洞，從這小洞裡，你們就能瞧見沈浪了，哈哈……沈浪。」

他笑的聲音很輕，但熊貓兒卻聽得直刺耳朵。

王憐花又已笑道：「你們只管放心的瞧，沈浪他不會發覺你們的，只因這四個小洞外面，畫著的壁畫是人，這小洞正是畫上人的眼珠子……哈哈，那些畫可畫得妙透了，簡直妙不可言，只可惜你們瞧不見。」

熊貓兒忍不住冷笑道：「春宮我瞧得多了。」

王憐花大笑道：「熊兄果然也是聰明人，一猜就猜出牆上畫的是春宮，但沈浪在這畫滿春宮的屋子裡做什麼？熊兄可猜得出？」

朱七七身子已顫抖起來，突然衝了過去，但是卻被王憐花一把抓住，朱七七咬著嘴唇，顫聲道：「你……你不是要我瞧麼？」

王憐花笑道：「瞧自然是要瞧的，但也莫要著急。」

熊貓兒道：「還等什麼？」

王憐花笑道：「沈兄此刻正舒服得很，但兩位卻不免要驚擾他，在下爲沈兄著想，就只好得罪兩位了。」

突然出手如風，點了朱七七與熊貓兒的啞穴。

熊貓兒氣得眼珠子都要凸出來了，王憐花卻再也不瞧他一眼，將那木偶的頭一扳，牆上果然露出了四個小洞。

王憐花輕笑道：「這可是你們自己要瞧的，你們若是氣死，可莫要怪我。」

他微笑著閃開了身子，道：「請。」

「請」字出口，熊貓兒與朱七七的眼睛已湊上了小洞。

他們果然瞧見了沈浪。

外面的屋子，雖無珠光寶氣，但卻佈置得舒服已極，沒有一樣東西不擺在令人瞧著最順眼的位置。

而沈浪，此刻就坐在最舒服的位置上。

他穿著件柔軟的絲袍，斜倚著柔軟的皮墊。

他手裡拿著金杯，身旁正有個身披輕紗的絕色少女，正帶著最甜蜜的笑容，在爲他斟酒。琥珀色的美酒。

但在熊貓兒的眼中看來，卻像是血一樣。

熊貓兒與朱七七對望一眼，朱七七咬著嘴唇，熊貓兒咬著牙，朱七七嘴唇已咬得出血，熊貓兒牙咬得吱吱作響。

他們的嘴雖能動，卻說不出話。

他們若能說話，必定會同時怒喝：「沈浪，你這可惡的沈浪，我們爲你急得要死要活，快要發瘋，誰知你卻在這裡享福。」

沈浪的確像是在享福，那少女爲他斟酒，他就喝光，那少女將水果送到他嘴裡，他就吃下去。

熊貓兒與朱七七又對望一眼，兩人眼裡都已要冒出火來，但這時，兩人要說的話卻不同了。

朱七七想說的是：「沈浪呀沈浪，原來你也是個色鬼，色狼，瞧你這副色瞇瞇的笑，你……你爲什麼不死，你死了多好。」

熊貓兒卻想說：「沈浪呀沈浪，原來你也是個酒鬼，到現在你還喝得下酒，但……你你這小子雖可惡，酒量卻真不錯。」

兩人心裡想的雖不同，但惱怒卻一樣。

兩人竟未懷疑，竟忘了去問：「王憐花為何沒有殺沈浪？」

「王憐花為何非但不殺沈浪，反而讓他享福？」

這，豈非是怪事一件。

那少女倒酒倒得手都痠了，但沈浪面上卻毫無醉意，她倒得雖快，但沈浪喝得卻比她倒得還快。

那少女終於嘆了口氣，道：「你酒量可真不錯。」

沈浪笑道：「哦？」

那少女道：「我真不知道你這酒量是怎麼練成的。」

沈浪笑道：「因為常常有人想灌醉我，所以我酒量就練出來了。」

那少女咯咯笑道：「一個生得漂亮的女孩子，才會有人常常想灌醉她，你……你總歸不是女的，誰想灌醉你？」

沈浪大笑道：「生得漂亮的女孩子，雖然常常有會被男人灌醉的危險，但她們若是灌起男人的酒來，卻也厲害得很。」

那少女嬌笑道：「這話倒不錯，男人在漂亮的女孩子面前，總是不能拒絕喝酒的。」

沈浪微微笑道：「所以我現在正是酒到杯乾，來者不拒。」

那少女媚眼帶著笑，帶笑的瞅著他，膩聲道：「只可惜要灌醉你實在太不容易。」

沈浪道：「要灌醉你可容易麼？」

那少女眼珠子一轉，咬著嘴唇笑道：「有些女孩子雖然醉了，但也和沒醉一樣，誰也別想動她，有些女孩子雖然不喝酒，但卻也和醉了一樣。」

沈浪笑道：「妙極妙極，女孩子對女孩子的事，到底是了解得多些，但……但你卻又屬於哪一種呢？」

那少女眼睛瞅著沈浪，似乎要滴出水來，一字字輕輕道：「我……那就要看對方那男子是誰了，有時我醉了也不醉，有時我雖未喝酒，卻已醉了，就像……就像今天……」

朱七七愈聽愈氣，簡直要氣瘋了。

那少女在咬著嘴唇，她也在咬著嘴唇，但兩人咬嘴唇的模樣，卻真是天差地別，大不相同。

女孩子在男人面前咬嘴唇時，不是恨得要死，就是愛得要死，不是想打他的耳光，就是想親他的臉。

那少女眼睛似乎要滴出水來，朱七七眼睛也似要滴出水來，朱七七眼睛裡的水，是眼淚。

而那少女……她眼裡的水是什麼意思？這問題男人想必大多知道的，只是在自己妻子面前卻萬萬不要承認。

朱七七真恨不得衝進去，將那少女眼珠子挖出來。

那少女軟綿的身子，直往沈浪懷裡靠。

朱七七又恨不得衝進去，一把揪住她的頭髮，將她拉開，將她整個人抓起來，塞進陰溝裡去。

但現在真像在陰溝裡的人，卻是朱七七，她全身發冷，她只有眼看著那少女倒入沈浪懷裡。

而沈浪……這可恨的壞蛋，這沒良心的人。

他居然還在笑。

幸好，就在這時——

朱七七正想閉起眼睛，又不甘心閉起眼睛，正恨得要死，氣得要發瘋時，她的救星卻來了。

只聽得一陣清脆而悅耳的環珮叮噹聲，傳了過來，接著，是一陣銀鈴般的笑聲，比環珮聲更清脆，更悅耳。

單聽這聲音，便已知道來的必定又是個絕色美女，何況還有那似蘭似麝，醉人魂魄的香氣。

朱七七甚至能從那小洞裡嗅得這香氣。

她雖然更著急，一個少女，已夠她受的，又來一個，那如何是好，沈浪豈非要被這些狐狸精迷死。

但無論如何，有別人來了，這生著一雙鬼眼睛的少女，總該不會再賴在沈浪的懷裡了吧。

那少女果然自沈浪懷中跳了起來，就像是隻受了驚的兔子似的，臉上的媚笑，也早已不見。

只見一個人……簡直可說是個仙子走了進來。

她穿著的是什麼？她戴的是什麼？她身後跟著有幾個人？這些人又長得是什麼模樣？

朱七七全瞧不見，熊貓兒更瞧不見。

只因他們的眼睛，已全被此人本身所吸引，她身上似乎散發著一種光芒，足以照花所有人的眼。

這艷光四射的仙子，赫然竟是王憐花的母親。

沈浪抖了抖衣衫，只是含笑抱拳道：「王夫人……」

那王夫人也含笑道：「沈公子……」

兩人就像是許多年沒見面的朋友，如今總算見著了，但卻又像是初次相識，彼此客客氣氣，兩人面對面坐了下來。

朱七七終於鬆了口氣——他們坐得很遠。

那少女又拿起酒壺，規規矩矩，爲沈浪倒了杯酒。

沈浪笑道：「不敢當，不敢當。」

王夫人笑道：「沈公子對染香又何必如此客氣。」

沈浪道：「染香……好名字，好名字，已入芝蘭之室，能日常接近王夫人這樣的人間仙子，自然也要被染上一身香氣了。」

王夫人笑道：「沈公子當真是口才便捷，人所難比。」

她的笑容雖嫵媚，神態卻莊重，她的笑容雖令人魂牽夢縈，一心想去親近，她的神態又令人不敢親近。

她帶著頗含深意的微笑，忽道：「但染香這丫頭，卻也可人……沈公子，你說是麼？」

沈浪笑道：「彩鳳身旁，焉有烏鴉，只不過她提起酒壺來時，在下卻當真有些害怕。」

王夫人道：「染香，你方才可是在灌沈公子酒麼？」

染香垂下頭，去弄衣角，卻不說話。

王夫人雙眉微微皺起，輕叱道：「你明知我要和沈公子商議大事，怎敢還要灌沈公子的酒？沈公子若是真的醉了，怎好說話。」

染香雖未答話，沈浪卻已笑道：「明明是夫人要她灌在下酒的，夫人為何還要罵她？」

王夫人神色不動，微笑道：「是麼？」

沈浪笑道：「在下喝醉了酒，豈非更好說話。」

王夫人道：「為什麼？」

沈浪大笑道：「好酒香醇，美人如玉，這些卻是最能使男人意志軟弱之物，在下意志若是軟弱了，夫人要在下聽命，豈不更是容易。」

王夫人嫣然笑道：「沈公子果然是聰明人，誰也莫想瞞得過你，但沈公子若非如此聰明，我又怎會千方百計地想邀沈公子到此說話。」

沈浪笑道：「王夫人心事被在下說破，居然毫不否認，正也足見王夫人之高明……但王夫人若非如此高明，在下此刻又怎會坐在這裡。」

王夫人開始笑得更甜，道：「憐花邀沈公子來時，多有得罪，我該代他向沈公子道歉才是。」

沈浪笑道：「在下早已想再見夫人一面，怎奈雲路淒迷，仙子難尋，若非王公子，在下又怎能再見夫人，在下本該請夫人代向王公子道謝才是。」

王夫人飄然笑道：「無論如何，沈公子總是受驚了。」

沈浪微笑道：「在下已明知此來必能得見仙子玉容，在下已明知王公子萬萬不致殺我，在下何驚之有？」

王夫人銀鈴般笑道：「憐花做事素來魯莽，沈公子又怎知他不會殺你？」

沈浪笑道：「只因在下還有些用，夫人欲成大事，怎肯先殺有用之人？」

於是兩人同時大笑，王夫人固是笑得嫵媚，風情萬種，沈浪的笑也足以令少女心醉。

熊貓兒聽得這笑聲，又不禁暗嘆忖道：「這兩人當真是針鋒相對，誰也不輸給誰半分。」除了沈浪外，還有誰能招架王夫人的言詞，王夫人的媚笑？若是換了熊貓兒，只怕連話都說不出了。

朱七七卻在暗中咬牙，忖道：「這老狐狸是什麼意思？爲何這樣對沈浪笑？難道她也看上了沈浪嗎？」

沈浪終於頓住笑聲，目光凝注著王夫人那雙可令天下男人都不敢正視的眼睛，緩緩道：

「夫人與在下既已彼此了解，夫人有何吩咐，此刻總可說出了吧。」

王夫人道：「吩咐兩字可不敢當，只是我確有一事相求公子。」

沈浪道：「夫人可是要用在下去對付一個人？」

王夫人笑道：「公子的確已看透我心了……不錯，我正是要藉公子之力，去對付一個人，那人便是……」

沈浪微笑截口道：「快活王？」

王夫人道：「除了他還有誰……除了他之外，還有誰值得勞動公子？」

沈浪道：「但……令郎已是天下之奇才，已非在下能及，何況還有夫人？夫人還要用在下麼？在下能做的事，令郎也能做的。」

王夫人笑道：「憐花雖有些小聰明，但又怎能比得上相公萬一？何況這件事，他更是萬萬不能做，萬萬做不了的。」

沈浪道：「什麼事？」

王夫人道：「快活王此人之能，公子想必知道。」

沈浪道：「略知一二。」

王夫人嘆道：「此人非但有狐狸之奸狡，豺狼之狠毒，更確是還有獅虎之武勇，對付這樣的人，既不能智取，也不能力敵。」

沈浪道：「既是如此，夫人卻叫在下怎樣？」

王夫人笑道：「但天下人誰都難免有一弱點，快活王好歹也是個人，也不能例外，你我若想勝他，只有針對他的弱點行事。」

沈浪笑道：「他居然也有弱點，難得難得……」

王夫人道：「此人的弱點，說得好聽些，是『愛才如命』，說得難聽點，便是喜歡被人阿諛奉承，只要是才智之士前去投靠於他，絕不會被他拒於門外。」

沈浪笑道：「千穿萬穿，馬屁不穿，快活王想來的確是喜歡被人拍馬屁的，否則他手下也不會有那許多食客了。」

王夫人笑道：「正是如此……但他手下的食客雖多，卻沒有一個真正傑出之士……一個像公子你這樣的人。」

沈浪道：「夫人莫非是想要在下去做他的食客？」

王夫人媚笑道：「這樣做，雖然委屈了公子，但你我欲成大事，爲了達到目的，便不能擇取手段了是麼？」

沈浪笑道：「原來夫人是要我在快活王身旁做奸細，但這樣的事，令郎自己去做，豈非要比在下強得多。」

王夫人道：「此事憐花不能做的。」

沈浪道：「哦？」

王夫人道：「只因爲……只因爲……」

沈浪大笑道：「只因此事危險太大，是麼？」

王夫人嘆了口氣，道：「公子如此說，就是誤會我一番苦心了，我……我又怎會叫公子涉險？在我心中，與其令憐花涉險，也不願讓公子涉險的。」

沈浪道：「哦？」

王夫人道：「此事憐花本來的確是可以做的，他的機智雖比不上公子，但也勉強夠了，但他卻有個最大的缺點……」

沈浪笑道：「什麼缺點？」

王夫人道：「只因爲快活王認得他。」

這句說出來，沈浪亦不禁動容，道：「認得他？怎會認得他？」

王夫人道：「這原因你可以不問麼？」

沈浪沉吟半晌，又道：「但王公子易容之術，天下無雙……」

王夫人含笑截口道：「憐花的易容術雖然不錯，但我請問公子，憐花易容後，若是終日和公子在一起，公子瞧不瞧得破？」

沈浪笑道：「不錯，在下若能瞧破，快活王更能瞧破了。」

王夫人道：「正是如此……而憐花雖笨，但要找個能代替他做這件事的，卻也不多了……除了公子你，世上只怕再無他人。」

沈浪道：「但快活王門下也有認得在下之人。」

王夫人道：「誰？」

沈浪道：「無望……」

王夫人笑道：「他與你交情深厚，怎會揭破你。」

沈浪嘆道：「原來夫人什麼事都知道了，但……」

王夫人道：「但還有與你交情不深的人，是麼？」

沈浪道：「正是，還有『酒使』韓伶，還有那『色使』江左司徒。」

王夫人嫣然一笑，道：「這兩人永遠也不會再見著快活王的面了。」

沈浪動容道：「他們也和在下一樣，落入了夫人的手中？」

王夫人笑道：「但公子是我的座上客，他們卻是階下囚。」

沈浪默然半晌，忽又笑道：「但在下還有一事不解。」

王夫人笑道：「有什麼事能令公子不解？」

沈浪道：「夫人明知快活王亦是在下的敵人，在下亦早欲得此人而甘心，夫人縱然不說，在下也是要去對付他的。」

王夫人道：「不錯，這個我是知道。」

沈浪道：「既是如此，夫人又何必再花費這許多心力，定要使在下聽從夫人的吩咐？這豈非多此一舉。」

王夫人笑道：「只因你們對付快活王的方法，與我不同。」

沈浪道：「哦？」

王夫人道：「我若不將公子請來這裡，與公子定下盟約，公子你若有機會，必定要將快活王置之於死地，是麼？」

沈浪道：「自然如此，夫人你難道……」

王夫人道：「我卻不要他死。」

她面上嫵媚的笑容，突然消失不見，那一雙嫵媚的眼波，也變得冷得有如青霜白刃一般。

她目光遙注遠方，一字字緩緩道：「我要他活著，我要他眼看所有的事業，一件件失敗，我要他活著來受一次又一次的打擊。」

她「砰」的一拍桌子，厲聲接道：「我要他求生不得，求死不能，他若死了，豈非便宜了他。」

她笑容消失，屋子裡也立刻像是冷了起來。

仇恨，這是多麼深的仇恨，這是多麼怕人的仇恨。

沈浪瞧著她，竟彷彿呆了。

這王夫人怎會與快活王有這麼深的仇恨？

那究竟是怎麼樣的仇恨……

也不知過了多久，王夫人終於又自嫣然一笑，這笑容正像是春天的花朵，使天下恢復了芬芳，溫暖。

她嫣笑道：「如今沈公子什麼事都明白了吧？」

沈浪笑道：「再不明白，便是呆子了。」

王夫人道：「我若有沈公子你這樣的人在快活王身側，快活王的所有一舉一動，都再也休想逃過我的眼底……」

沈浪接著道：「這樣，無論他要做什麼，夫人都可迎頭予以痛擊，他縱有通天的手段，也休想做得成一件事了。」

王夫人輕輕拍掌，輕輕笑道：「正是如此。」

沈浪笑道：「他有了王夫人這樣的仇敵，可算是上輩子倒了楣了。」

王夫人笑道：「但這也要公子你答應我才行呀。」

她嫵媚動人的眼波，凝注沈浪，柔聲道：「不知公子你可願答應麼？」

沈浪笑道：「在下可以不答應麼？」

王夫人眼波一轉笑道：「只怕是不可以的。」

沈浪大笑道：「既然不可以不答應，在下當然只有答應了。」

王夫人嫣然舉杯，笑道：「多謝公子，且容賤妾先敬公子一杯，預祝咱們的成功。」

兩人相視而笑，王夫人固是笑得更甜，沈浪也笑得甚是開心；而熊貓兒，卻聽得幾乎氣破了肚子。

他暗中咬牙，暗道：「想不到沈浪這小子，竟如此沒有骨氣，爲什麼不可以不答應，難道還怕她吃了你。」

若是換了熊貓兒，他當真是死也不肯答應的，誰也休想強迫他做一件事，無論那是什麼事。

但沈浪，他卻是要先瞧那是什麼事。

朱七七比熊貓兒更氣，更恨：「這老狐狸，竟連稱呼都改了，這麼大年紀，居然還自稱『賤妾』，居然還和沈浪『咱們……咱們』的說話，真不害臊。難怪王憐花的臉皮這樣厚，原來他媽媽的臉皮比他更厚十倍。」

王夫人說要敬沈浪一杯酒，其實卻敬了三杯。這三杯酒不但染紅了她的嬌面，也將春色染上了她的眉梢。

熊貓兒瞧著瞧著，忽然不氣了。

他忽然想到：「沈浪這樣做，莫非是計？等到王夫人放了他，他到了關外，還有誰能管他，他答應了，豈非也等於不答應？」

想到這裡，他幾乎要笑了出來，他覺得這王夫人實在並不如他想像中那麼聰明，實在很笨。

只聽王夫人笑道：「賤妾雖不勝酒力，但今日也要和公子痛飲一番……痛及三日，三日後，賤妾再置酒爲公子送行。」

沈浪道：「送行？」

王夫人道：「嗯！眼見三日後公子便要遠去關外，做一番驚天動地的事業，所以這三天……賤妾自當分外珍惜。」

她眼波中的春意委實比酒更能醉人，沈浪雖凝注著她的眼波，卻似並不懂她眼波中的含義。

他只是微微笑道：「在下就這樣去麼？」

王夫人道：「自然不是這樣去，賤妾早有打算，如何爲公子一壯行色。」

沈浪道：「在下根本不知快活王的行蹤……」

王夫人笑著截口道：「這個公子用不著擔心，賤妾自然會使公子見著快活王的。」

沈浪道：「見著他又如何？」

王夫人咯咯笑道：「公子莫非是在裝傻麼？」

沈浪笑道：「在下裝聰明還來不及，怎會裝傻？」

王夫人道：「以公子這樣的人物，又是江湖中的陌生面孔，快活王見到你，還會不視爲異寶，還會讓公子走？」

沈浪笑道：「莫非快活王還會拉攏於我不成？」

王夫人笑道：「自然會的，要成大事的人，誰會放過公子……快活王若是會放過公子，這樣的人物，他就不成快活王了。」

沈浪眨了眨眼睛，道：「以後呢？」

王夫人道：「以後，公子自然變成了快活王的心腹。」

沈浪笑道：「那也不見得，他若不信任我，又當如何？」

王夫人嫣然笑道：「像公子這樣的人，還會不知道該如何取他之信任麼？放一把錐子到布袋裡，那錐子還會不扎破布袋？」

沈浪大笑道：「原來夫人是要在下毛遂自薦。」

王夫人嫣然笑道：「只是毛遂又怎比得上公子。」

沈浪道：「好了，夫人現在只剩下最後一件事沒有說了。」

王夫人眼波流轉，媚笑道：「什麼事？」

沈浪笑道：「夫人怎會就這樣放在下走？夫人必定還有個法子，而且確信這法子能使在下縱然到了關外，也不敢違背夫人的。」

王夫人笑道：「你猜猜那是什麼法子？」

沈浪道：「在下雖不擅使毒，卻知道世上有種毒藥，其毒性發作極緩，而且擅於使毒之人，甚至可以將毒性發作之時日先行定好，到了那日，中毒之人若無他獨門解藥，必死無疑，這正和苗疆女子擅使之蠱有些相似。」

他一笑接著道：「這種毒藥此刻說不定已在我肚裡。」

王夫人道：「公子乃爲當今國士，賤妾怎會以這種手段來對付公子，賤妾若這樣做，非但看輕了公子，也實在看輕了自己。」

沈浪笑道：「正是正是，世上焉有鴆人之仙子？在下謝過。」

王夫人笑道：「你再說說看。」

沈浪沉吟道：「夫人自己雖不會隨在下遠赴關外，但卻可令人隨在下同去，從旁監視，甚至寸步不離……」

王夫人以一陣銀鈴般的嬌笑，打斷了沈浪的話，嬌笑著道：「姑不論這法子的好壞，但世上又有誰能監視得住我們的沈公子？何況，賤妾雖笨，也不至於會使這麼笨的法子。」

沈浪道：「莫非夫人要在下立下重誓……」

王夫人又嬌笑著打斷了他的話，道：「世上最不可信的，就是男人對女人發的誓，若有那個女孩子笨得會相信男人發誓，她一定要傷心一輩子。」

沈浪撫掌大笑道：「夫人莫非是過來人？」

王夫人眼波輕瞟著他，微微笑道：「你看我現在可有傷心的模樣？」

沈浪笑道：「不錯，時常令別人傷心的人，自己便不會傷心了。」

於是兩人又相視而笑，笑得果然都沒有半分傷心的樣子。

熊貓兒聽到這笑聲，又氣得肚子疼。

「沈浪這小子，此刻居然還有心情來和她說笑，沈浪呀沈浪，你自命聰明，卻連人家要使什麼法子對付你，你都不知道。」

其實，他更想不出這王夫人，究竟要用什麼法子。

朱七七肚子雖不疼，心卻在疼。

「時常令別人傷心，自己便不傷心了……好，好，沈浪，你原來是這樣的人，你居然說得出這種話來，我總算認識你了。」

其實，沈浪究竟是怎麼樣的人，她也不知道。

酒意更濃。

夫人咯咯笑道：「除了這些笨法子外，公子難道認爲賤妾就沒有別的法子了麼？」

沈浪道：「夫人妙計千萬，在下委實猜不出。」

王夫人媚笑道：「賤妾難道只會強迫公子、監視公子？賤妾難道不會讓公子自己從心裡就願意做這件事，那麼，又何用賤妾強迫、監視。」

沈浪拍掌道：「呀……這個我倒忘了。」

王夫人笑得更媚，道：「公子並沒有忘，只不過故意裝作忘了而已。」

沈浪笑道：「但夫人也莫要忘記，令在下心裡服從，這可不容易。」

王夫人的笑，已媚入骨裡。

她以纖纖玉手，輕攏著鬢髮，那纖手……那柔髮……那絕代的風姿，都使人猜不出她年紀，使人根本忘了她的年紀。

她笑著道：「這自然不容易，賤妾自然也知道的，但愈不容易得到的，愈是珍貴，尤其對女人來說更是如此。」

沈浪笑道：「這是句老話。」

王夫人道：「老話通常總是對的，是麼？」

沈浪道：「這也是句老話。」

王夫人嬌笑道：「珍貴的東西，必須要珍貴的東西才換得到，是麼？」

沈浪笑道：「這還是句老話。」

他一連說了三次，面不改色，王夫人一連聽了三次，也若無其事，外面的熊貓兒卻火了，真想罵出來。

「老話，老個屁。」

只聽王夫人笑道：「江湖中最不容易得到之物，也是最珍貴的東西，一共有三件，你可知道是些什麼？」

沈浪笑道：「這大約不是老話了，在下沒聽過。」

王夫人道：「你想想看……這話也不算太老。」

沈浪沉吟半晌，道：「少林寺，藏經閣所藏之達摩神經，是否其中之一？」

王夫人道：「少林派雖號稱武林第一門派，但少林僧人之武功，最多也不過佔得『平實』兩字，從未出過天下第一高手，由此可見，有關那少林神經的種種傳言，也許只不過是少林僧人故神其說，世間是否真有此經，已成問題，經中是否當真載有無上武功心法，更不可知，所以它算不得的。」

沈浪道：「連少林神經都算不得？」

王夫人斷然道：「算不得。」

沈浪笑道：「那麼別的武功秘笈更算不得了。」

王夫人道：「武功秘笈乃是死的，試問世上究竟有幾人的武功真是自這些秘笈上學得的，智慧、毅力、經驗，再加上時機，才是練成絕藝的真正要素，只不過世人無知，常會被這些武功秘笈的種種傳說迷惑而已。尤其那無敵和尙的武功秘笈，更是所有秘笈中最害人的。」

她這番話雖然幾乎將武林中傳統的故事全部推翻，但說的卻當真是切中時弊，就連沈浪都不禁大爲讚服。

沈浪嘆道：「夫人能言人之所不能言，敢言人之所不敢言，當真令在下頓開茅塞，昔年天下英雄，若是知道這道理，衡山之役，也不會死那麼多人了，今日之武林便也不會成此局面，可見夫人之智，確爲人所不及。」

王夫人嫣然笑道：「賤妾平生，最恨別人恭維，但今天聽了公子的話，卻比什麼都要開心，公子你再猜。」

沈浪又自沉吟半晌，忽然笑道：「對了，雲夢仙子之雲夢令，神令所至，武林群雄莫不低頭，那總該可算做其中之一了吧。」

王夫人笑道：「公子又要來奉承賤妾了，就算賤妾真的就是昔日之雲夢仙子，聽了這句也不會開心的，想那雲夢令只是嚇人的東西，怎能算是寶物？」

沈浪笑道：「也算不得？」

王夫人道：「區區頑鐵，算不得的。」

沈浪緩緩道：「那麼……昔年『鐵劍先生』展大俠留下的古鐵劍，總該不是頑鐵了吧，是否可算其中之一？」

王夫人笑道：「劍也是死的，縱是天下第一神兵利器，若是落在凡夫俗子手中，還不是和頑鐵沒有兩樣。」

她指了指染香，接著笑道：「試問染香手裡縱然拿著干將莫邪，可勝得了你？」

沈浪頷首道：「不錯，那也的確算不得。」

王夫人笑道：「賤妾所說的這三件寶物，縱然落在凡夫俗子手中，也是有用的，所以，那才可算是真正的寶物。」

沈浪道：「夫人所說的寶物，莫非是活的？」

王夫人眼波一轉，笑道：「一件死的，兩件活的。」

沈浪笑道：「在下需要喝杯酒，尋些靈感。」

於是染香嬌笑著斟酒，王夫人嬌笑著勸飲。

沈浪一杯喝下，突然拍掌道：「對了，昔年高姓世家所留下的億萬財富，縱然凡夫俗子得了，也可嘯傲王侯，富貴終生，這總可算是其中之一了吧。」

王夫人嫣然笑道：「總算被公子想出了一件……不錯，高姓世家留下的財富，正是天下江湖中夢寐所求之物，但還有兩件活的呢？」

沈浪喃喃道：「活的……活的……莫非是『長白山王』的寶馬？」

王夫人道：「不是。」

沈浪道：「莫非是『神捕』邱南的靈犬？」

王夫人道：「也不是。」

沈浪道：「莫非是『百獸山莊』中的猛虎……莫非是『賽果老』的烏驢……莫非是『天山狄家莊』的神鷹？」

王夫人笑道：「不是……不是……都不是。」

沈浪道：「莫非是雲南『五毒教』中的……」

王夫人以手掩鼻，笑道：「哎唷，別說了，那些東西，教人聽了都噁心，怎算得寶物？」

沈浪嘆道：「在下委實猜不出了，江湖中的名禽異獸，在下已全都說了出來，若還不是，在下委實不知道還有什麼？」

王夫人微笑道：「世上難道只有禽獸是活的？」

沈浪道：「還……還有什麼？」

王夫人咯咯笑道：「還有人呀，人難道不是活的？」

沈浪怔了怔，失笑道：「人……不錯，還有人。」

王夫人道：「現在總可以猜出了吧。」

沈浪苦笑道：「在下更猜不出了，世上的奇才異能之士，何止千百，何況……」

王夫人截口笑道：「好，我告訴你，除了高姓世家的財富外，那第二件珍貴之物，就是昔年的沈天君……沈天君的手。」

沈浪動容道：「手……沈天君的手？」

王夫人道：「不錯，沈天君的手談笑間可散盡萬金，但叱咤間又可重聚……沈天君的手可將活生生的人置之於死，但也可使垂死的人復生，沈天君的手可使山崩屋塌，可毀滅一切，但也可製造出許許多多千靈百巧，不可思議之物，只要沈天君的手動一動，江湖中無論什麼事，都會改變。」

沈浪似乎聽得呆了，動也不動，口中喃喃道：「沈天君……手……唉，好手。」舉起酒杯，一飲而盡。

王夫人道：「那第三件東西，正是最珍貴的東西。」

她突然也舉起酒杯，一飲而盡，嫵媚的眼波，瞧著沈浪，媚笑道：「到了此刻，你還猜不出？」

她喝下三杯酒時，已紅了臉，瞇起了眼睛，此刻喝下了三十杯，還是紅著臉，瞇著眼睛。那簡直完全和喝三杯時沒什麼兩樣。

沈浪也瞧著她，忽然笑道：「莫非便是夫人自己？」

王夫人銀鈴般笑道：「這次你又猜對了。」

染香的眼波，本已是風騷入骨，媚人魂魄，但和她此刻的眼波一比，那卻像是變成了死魚的眼睛。

染香的眼波，本已令朱七七氣得恨不能挖出來，此刻她的眼波，卻令朱七七連氣都氣不出了。

朱七七雖是女人，但瞧了她的眼波，不知怎地，竟也覺得心旌搖搖，難以自主，幾乎連站都站不住了。

王夫人就以這樣的眼波瞧著沈浪，道：「公子你可知道，江湖中有多少男人，爲了要親近我而死，但他們雖然死了，也是心甘情願的。」

她語聲很慢，很慢，像是已甜得發膩。

她慢慢的說，輕輕的笑。

她輕笑著說道：「只因我不是普通的女人，我武功上的技巧，雖已可說是登峰造極，但我在某一方面的技巧，卻更勝武功十倍。」

沈浪舔了舔嘴唇，舉杯喝乾了。

王夫人輕輕接道：「只要我願意，只要我肯合作，我可令任何一個男人，欲仙欲死，我可使他享受到他夢想不到的樂趣。」

染香的臉已紅了，垂著頭，吃吃的笑。

王夫人道：「你笑什麼，這是一種藝術，至高無上的藝術，我本是個孤苦伶仃的女孩子，但就爲了這原因，我成就了絕頂的武功，成就了今日之一切，無論是誰，只要一接觸我的身子，就永遠也不會再忘記。」

沈浪長長嘆了口氣，想說什麼，卻沒有說。

他似已說不出話。

王夫人道：「也不知道有多少男人，多少成名的男人，爲了想再登仙境，不惜奉獻出一切，不惜跪著、爬著來求我，現在……」

她嫣然一笑，道：「現在，我就以我這珍貴的身子，來交換你的心，我想，這大概可說是一場公平的交易。」

沈浪整個人都呆住了，動也不能動。

他也見著不少淫娃蕩婦，但卻沒有一個像王夫人這樣的。

她口中雖然在說著最淫蕩的話，但神情卻仍似那麼聖潔，她提出的雖是最荒謬的交易，但態度看來卻像是在談最平常的買賣。

她是蕩婦中的聖女，也是聖女中的蕩婦。

王夫人道：「你怎麼不說話，難道你不信？」

就在說這句話時，她的手突然抬起，將身上的衣裳一件件脫了下來，縱然是在脫衣，她風姿也是那麼優美。

普天之下，脫衣時還能保持風姿優美的女人又有幾個，又有誰還懂得，脫衣時的風姿，才最令男子動心。

於是，她身子已完全呈現在沈浪面前。

那滑潤的香肩，那豐滿而玲瓏的胸，那盈盈一握的腰，那晶瑩、修長、曲線柔和的腿，那精緻的足踝……

那簡直已非人的軀體。

那是仙女與蕩婦的混合。

她身子雖是赤裸的，但神情卻和穿著最華麗的衣衫時沒什麼兩樣，普天之下赤裸時還能保持風姿優美的女人，又有幾個？

沈浪道：「我……我……你……」

王夫人嫣然笑道：「我不但要將這身子交給你，還要永遠給你，我也要你將你的心永遠交給我，我保證你從此可享受世上所有男子都享受不到的幸福。」

她語聲微頓，一字字緩緩道：「我嫁給你。」

熊貓兒在心底嘶聲大呼：「不行，不行，萬萬不行。」

朱七七的身子有如風中秋葉般，不停的顫抖。

王憐花的母親竟要嫁給沈浪，這真是誰也夢想不到的事，非但熊貓兒與朱七七，就連王憐花都已變了顏色。

「不行，不行，萬萬不行。」

只聽王夫人道：「沈公子，你答應麼？」

人人俱都瞪大了眼睛，靜等著沈浪的回答。

廿九　蕩婦聖女

沈浪正凝注著王夫人，嘴角漸漸又泛起了他那懶散、瀟灑，而略帶冷諷的微笑，他微笑著道：「你真的要嫁給我？」

王夫人道：「自然是真的，你……」

沈浪道：「好。」

這「好」字當真有如半空中擊下的霹靂，打得熊貓兒、朱七七、王憐花頭也暈了，身子也軟了。

王夫人竟也不禁怔了怔，道：「你真的答應我？」

沈浪笑道：「自然是真的，婚姻大事，豈能兒戲。」

王夫人也凝注著沈浪，嘴角也漸漸泛起了她那嬌美，動人，而略帶媚蕩的微笑，她微笑著道：「我要再問你一句話。」

沈浪笑道：「現在你對我做什麼都可以，何況問一句話。」

王夫人道：「我雖明知你會答應，卻想不到你答應得這麼快……你……這是爲了什麼？你可以告訴我麼？」

沈浪舉起筷子，夾了個蝦球，笑道：「我就是爲了要王憐花做我的兒子，我也會答應的，更何況，你……」帶著笑瞧著王夫人，手卻突然一動——

筷子挾著蝦球，便流星般飛了出去，飛向王憐花眼睛湊在上面的小洞，自洞中穿了出去。

王憐花本已呆了，更再也想不到有此一著，那裡還閃避得及，蝦球整個打在他臉上，打得他成了三花臉。

沈浪大笑道：「王憐花，你看夠了麼，如今我已是你的爹爹，你還不出來？」

王夫人笑道：「我知道這是瞞不過你的。」

沈浪笑道：「你根本就是要我知道他們在偷聽、偷看……我知道有人在一旁偷聽，說話自然得更慎重些，答應你的話自然更不能更改。」

王夫人媚笑道：「你可知道，我就是要你在那位朱姑娘面前說出這些話，那麼，她從此以後就可以對你完全死心了。」

她披起了衣衫，又笑道：「只是便宜了那貓兒的那雙眼睛。」

沈浪大笑道：「你若肯轉個身子，他的便宜就更大了。」

王夫人嬌笑道：「反正我已將他當做我的兒子，就讓他瞧瞧母親的背，也沒什麼關係，何況，我還是坐著的。」

沈浪道：「現在，可以讓他們出來了麼？」

王夫人柔聲道：「你說的話，誰敢不答應。」

她的腳在地上輕輕一跺，那面牆壁，就突然自中間分開，往兩旁縮了回去，竟沒有發出絲毫聲音。

於是，沈浪便瞧見了熊貓兒與朱七七。

滿面怒容的熊貓兒，滿面痛淚的朱七七。

自然，還有王憐花。

他正以絲巾擦著臉，他臉上那種尷尬狼狽的神情，若肯讓恨他的人瞧瞧，那些人當褲子來瞧都是願意的。

朱七七身子搖搖晃晃，一步步向沈浪走了過來，她嘴裡雖不能說話，但那悲憤、怨恨的目光，卻勝過千言萬語。

熊貓兒身子也搖搖晃晃，也一步步向沈浪走了過來，他露著牙齒，似乎恨不得將沈浪一口吃下去。

王夫人手掌輕輕一抬，笑道：「兩位請坐。」

朱七七與熊貓兒只覺腰畔似是麻了麻，竟身不由主地坐了下去，竟再也不能站起，但眼睛還是瞪著沈浪的。

沈浪笑道：「憐花兄也請過來坐下如何？」

王夫人笑道：「嗯……現在是什麼時候了，你還叫他憐花兄？」

沈浪道：「我該叫他什麼？」

王夫人眼波一轉，嬌笑道：「花兒，過來拜見叔叔。」

沈浪喃喃笑道：「叔叔……暫時做叔叔也可以……」

只見王憐花一步一捱地走了過來，他臉上是什麼模樣，那是不用說出來別人也可以想像得到的。

沈浪笑道：「暫時還不必磕頭，躬身一禮也就可以了。」

王憐花站在那裡，就像恨不得鑽進桌子下面去，熊貓兒若不是滿心怒火，早已忍不住要放聲大笑出來。

王夫人卻板起臉，道：「沈叔叔的話，你聽見沒有？」

王憐花道：「我……我……」

終於躬身行了一禮，那樣子那裡像是在行禮，倒像是被人攔腰在肚子上狠狠打了一拳似的。

沈浪瞧著他，微微笑道：「賢侄此刻心裡必定後悔得很，後悔為何不早些殺了我，是麼？」

王憐花脹紅了臉，道：「我……我……」

王夫人嬌笑道：「他還是個孩子，你何苦跟他一般見識，饒了他吧……」

沈浪哈哈大笑道：「前一日我還請求他饒我，今日卻已有人求我饒他，我若不娶你這樣的太太，怎能如此？」

王憐花突也笑了起來，微微笑道：「沈叔叔，你這樣可是故意在令小侄生氣，以便在暗中破壞這婚事……」

他一笑又道：「沈叔叔，你錯了，小侄是不會生氣的，小侄今日喚你沈叔叔，固是心甘情願，他日喚你爹爹，也是歡歡喜喜……家母能嫁給沈叔叔這樣的人才，小侄正歡喜都來不及，是萬萬不會生氣的。」

王夫人咯咯笑道：「好孩子，這才是好孩子。」

沈浪亦自大笑道：「果然是好孩子，有這樣的母親，再加上這樣的孩子，若不將江湖搞得人仰馬翻那才是怪事。」

他面上笑得雖和王夫人一樣開心，暗中卻不禁嘆息：「王憐花，好個王憐花呀，你果然真的有兩下子……」

現在，房子裡又只剩下沈浪、王夫人與王憐花——王夫人只悄悄使了個眼色，就有人將朱七七與熊貓兒架走。

他兩人雖然不能說話，但那無聲的憤怒，卻比世上任何人的怒吼都可怕，那無聲的悲哀，也比世上任何人的哭泣都令人心碎，何況，還有那無聲的怨恨，那怨毒的目光，若被這目光瞧上一眼，包管永生都難忘記。

但沈浪，卻只是靜靜地瞧著他們被人架走，竟絲毫無動於衷，他嘴角縱無笑容，卻也無怒容。

王夫人嫣然笑道：「你不生氣、不難受？」

沈浪道：「我生什麼氣，難什麼受。」

王夫人道：「他們……」

沈浪一笑道：「我知道你會好好待他們的，爲何要生氣，他們既沒有死，也不是就要死了，我爲何要難受。」

王夫人輕輕嘆了口氣，道：「我本來生怕你會生氣的……」

沈浪道：「哦？」

王夫人媚笑道：「誰知道你頭腦竟如此冷靜，想得竟如此清楚，能和你這樣的人做……做事，可真叫人舒服。」

沈浪微微笑道：「在別人面前，你千萬莫要如此稱讚於我。」

王夫人銀鈴般嬌笑著，爲沈浪斟了杯酒，又道：「現在，他們都走了。」

沈浪道：「嗯。」

王夫人道：「就連染香她們也走了。」

沈浪道：「嗯。」

王夫人道：「你可知道我爲什麼要將人都差走？」

沈浪笑道：「想來自是因爲要和我商量件重要的事。」

王夫人眼波一轉，媚笑道：「你可知道現在什麼事最重要。」

沈浪搖著頭道：「不知道。」

王夫人嬌笑道：「你……你裝傻。」

沈浪眨了眨眼睛，道：「莫非是你和我的……」

王夫人嬌笑著垂下了頭。

王憐花卻笑道：「小侄也正在想問，什麼時候才可改個稱呼。」

沈浪笑道：「叫我叔叔，我已十分滿意了。」

王憐花道：「但小侄卻想叫你爹爹，而且愈快愈好。」

他居然能說出這種話來，居然面不改色——他的心若不是已黑如煤炭，臉皮又怎會有如此之厚。

沈浪聽了，居然也還能面帶笑容，道：「不錯，愈快愈好……你說哪一天？」

王憐花道：「擇日不如撞日，就是今夜如何？」

沈浪笑道：「今夜……那有這麼急的。」

王憐花道：「那麼……明天。」

沈浪笑道：「你母親和我都不急，你急什麼。」

王憐花大笑道：「這就叫皇帝不急，反急死了太監……依小侄看來，明天最好，後天……雖然遲些，也馬馬虎虎。」

沈浪道：「明天既不好，後天也不馬馬虎虎。」

王憐花道：「都不好？」

沈浪道：「嗯。」

王夫人本還故意垂著頭，裝成沒有聽見的模樣，但此刻卻終於忍不住抬起頭來，柔聲笑道：「你三天後就要走了，我雖然不急，但總得在這三天之中將這事辦妥，我……我才能放心。」

沈浪道：「這三天不行。」

王夫人雖已有些變了顏色，但仍然帶著笑容道：「那麼，在什麼時候？」

沈浪微笑著，一字字緩緩道：「等你丈夫死了的時候。」

這次，王夫人真的變了顏色，道：「我丈夫？」

沈浪笑道：「不錯……我雖然不知做人『姨太太』的滋味如何，但想來定必不佳，所以，我也不想做『姨丈夫』。」

她居然又笑了，而且笑得花枝亂顫。

笑，有時的確是掩飾不安的最好法子。

她咯咯笑道：「姨丈夫，真虧你想得出這名詞，一個男人既可以娶兩個太太，一個女子想必也可以嫁兩個丈夫，只可惜我……我那兒來的丈夫？」

沈浪道：「你沒有丈夫？」

王夫人道：「沒有。」

沈浪含笑瞧了王憐花一眼，悠悠道：「那麼他……」

王夫人眼波一轉，道：「縱有丈夫，也死了許久，久得我已忘記他了。」

她媚笑著，瞧著沈浪，接道：「你這樣聰明的人，本該知道，寡婦不但比少女溫柔得多，比少女體貼得多，比少女懂得的多，而且服侍男人，也比少女好得多，所以，聰明的男人都寧願娶寡婦，你難道不願意？」

沈浪笑道：「我當然願意，只可惜……你還不是寡婦。」

王夫人道：「你說丈夫還沒死……哎喲，想不到你對我丈夫的事，知道得比我自己還清楚，難道你見過他？」

沈浪笑道：「我雖未見過這位『老前輩』，卻知道他。」

王夫人道：「那麼，他是誰？你先說來聽聽。」

沈浪道：「他以前名字叫柴玉關，現在的名字叫『快活王』。」

這句話說出來，屋子裡的人除了沈浪外，好像是被人迎頭打了一棍子，有一盞茶的功夫，屋子裡沒半點聲音。

然後，王夫人突又銀鈴般嬌笑起來，道：「你說柴玉關是我丈夫，哎喲，別笑死我了。」

沈浪道：「你放心，笑不死的。」

王夫人道：「這念頭你是從哪兒來的？告訴我。」

沈浪緩緩道：「一個人要詐死之時，他自然要另外找個人做他的替身，他自然要此人的面目全都毀壞，使人不能辨認。」

王夫人道：「不錯，我若要詐死，也是用這法子的。」

沈浪道：「柴玉關使的也是這個法子，他也找了個人，做他的替身，他不但將那人面目全毀了，甚至連那人的身子也毀了。」

王夫人道：「但……這和我又有何關係？」

沈浪微笑道：「本來的確沒什麼關係，但他毀那替身時，卻用的是『天雲五花綿』，到目前為止，江湖中還有許多人認為柴玉關早已死了，而且是死在『天雲五花綿』手上，這──難道也和你沒關係？」

王夫人眨了眨眼睛，道：「什麼關係？」

沈浪道：「天雲五花綿乃是『雲夢仙子』的獨門暗器，而你，正是名聞天下的雲夢仙子。」他根本不給王夫人反辯的機會，便接著道：「普天之下，除了你之外，非但再也沒有一個人知道『天雲五花綿』的使法、製法，簡直就沒有人見過它。」

王夫人道：「哦——」

沈浪緩緩道：「因為見過『天雲五花綿』的人，除了你和柴玉關，已全都死了。」

王夫人媚笑道：「你想瞧瞧麼？」

沈浪笑道：「我那有這眼福。」

王夫人咯咯笑道：「那也沒什麼，你若想瞧，我立刻就可以拿出來讓你瞧。」她竟然承認她就是「天雲五花綿」的主人——雲夢仙子。

因為她知道在沈浪面前，縱不承認也沒有用的。

沈浪大笑道：「在下無福消受。」

王夫人道：「好，就算你說對了，我是『天雲五花綿』的主人，我是雲夢仙子，但雲夢仙子並不是柴玉關的妻子，這也是江湖中人人知道的。」

沈浪微微笑道：「這自然是件秘密，柴玉關既然已在江湖中博得『萬家生佛』的美名，他自然便不能承認已娶了江湖中第一女魔頭『雲夢仙子』為妻。」

王夫人笑道：「由此可見，你實在孤陋寡聞得很……你若瞧過『歡喜佛』的像，你就該知道，菩薩總是配魔女的。」

沈浪也笑道：「縱然如此，但那假菩薩柴玉關卻不承認，而你……一個女孩子，明明已嫁給別人做妻子，卻還要偷偷摸摸，見不得人，你自然不願意，自然滿心委屈，這實在也本是天下女孩子不能忍受的事。」

王夫人嬌笑道：「難怪女孩子喜歡你，原來你對女孩子的心事竟了解得如此之深……但我若真的不願意，又怎會嫁給他？」

沈浪笑道：「你雖不願意，也沒法子，只因你那時對柴玉關實是百依百順。」

王夫人道：「我像是百依百順的人麼？」

沈浪道：「再倔強的女孩子，也有對男人百依百順的時候，她縱然將天下的男人都不瞧在眼裡，但對那一個卻是死心塌地。」

王夫人道：「看來你已將天下的女孩子都瞧成朱七七了。」

沈浪道：「你知道若想柴玉關承認你是他的妻子，只有使他成為天下武林第一高手，那時，江湖中既已無人敢違抗於他，什麼事就都沒關係了。」

王夫人道：「然後呢？」

沈浪道：「於是你夫妻兩人便訂下那密計，先將天下武林高手，都誘至衡山，一網打盡，然後，再使柴玉關將這些高手的獨門秘技都騙到手裡。」

王夫人笑道：「你想的倒真妙。」

沈浪說道：「但要學會這些武功絕技，卻也非旦夕之功，所以，柴玉關只有詐死，然後你兩人再尋個秘密之處苦練十年，將這些絕代武林高手的武功精萃俱都集於一身，那時天下還有誰是你們的敵手？」

王夫人嬌笑道：「既然如此，現在我爲什麼要殺他？」

沈浪嘆了口氣，道：「只因柴玉關那廝實是人面獸心，竟不願有人與他共享成果，他事成之後竟想連你也殺死！因爲你那時武功已強勝於他，苦練十年後，這天下第一高手就是你了，還是輪不到他。」

王夫人道：「哦……」

沈浪道：「幸好那時他武功還不是你敵手，所以雖然將你暗算重傷，卻還殺不死你，這十餘年來，『雲夢仙子』在江湖中銷聲滅跡，正也是爲了此故。」

王夫人面上笑容也瞧不見了，默然半晌，道：「然後呢？」

沈浪又嘆了口氣，道：「他殺你不死，自然只有倉皇而逃，一躲就是十多年，這十多年來，你自然是天天在恨他，夜夜在恨他……」

王夫人目光凝注著遠處角落，喃喃道：「恨他……我不恨他……」

沈浪道：「這委實已不是『恨』之一字所能形容。」

他語聲微頓，又道：「所以，『快活王』出現之後，第一個想到『快活王』便是柴玉關的，自然是你，你積十年的怨毒在心，一刀殺了他，自然還不足以消你心裡之恨，所以你要慢慢的折磨他，讓他慢慢的死。」

王夫人沒有說話，但擺在她膝上的一雙纖纖玉手，指尖卻已微微顫抖——她的嘴雖沒有說話，手指卻已經在說話了。

沈浪瞧著她的手指，緩緩道：「但今日之『快活王』，已非昔日之柴玉關可比，你要他死，已是不容易，何況要他慢慢的死，所以……」

他微微一笑，接道：「所以自從『快活王』出現之後，你便在暗中佈置一切，你不但需要人力，還需要極大的財力，所以在那古墓之中……」

王夫人突然叱道：「夠了，不用再說了。」

沈浪道：「我還有一句話……只有一句話……」他目光移向王憐花，接道：「這些事，我本還不能十分確定，直到你不願讓他去，你說『快活王』會認識他，想那『快活王』已隱跡十多年，又怎會認識這最多也只有二十二三歲的少年，除非這少年就是他的兒子。」

王憐花瞪著他，目光已將冒出火來。

沈浪微微笑道：「除了『快活王』這樣的父親，又有誰能生出這樣的兒子，父爲梟雄，子也不差，這父子……」

王憐花突然一拍桌子，道：「誰是他的兒子？」

沈浪道：「你不願意認他爲父。」

王憐花冷冷道：「我沒有這樣的父親。」

沈浪大笑道：「好，很好，父既不認子，子也不認父，這是天公地道之事，既有心腸如此冷酷的父親，便該有心腸如此冷酷的兒子。」

王憐花厲聲道：「你還要說？」

沈浪道：「夠了，我本已無話可說。」

王夫人凝注著他，良久良久，突然又笑了。

她銀鈴般笑道：「很好，你什麼事都知道了，這些事，我本來就想告訴你的。」

沈浪笑道：「哦……」

王夫人道：「你不信？」

沈浪笑道：「你還沒說，我已信了，既有你這樣說話的人，就該有我這樣聽話的人，這也是天經地義的事。」

王夫人咯咯笑道：「很好，那麼……你還願意去麼？」

沈浪仰天笑道：「自然願意的，我若不助你除了他，又怎能娶你，我若不能娶你，又那還能找得到你這樣的女子。」

王夫人瞧著他，也不知是喜是怒，終於嘆了口氣，幽幽道：「說來說去，你說的意思就是要在事後才能和我成親，是麼？」

沈浪道：「看來也只有如此了，是麼？」

王夫人道：「這樣，我又怎能對你放心。」

沈浪微微笑道：「你莫要忘記，我也是個男人……世上還有對你不動心的男人麼？我既已動心，你就該放心。」

王夫人又瞧了半晌，她那雙有時明媚善睞，有時卻又銳利逼人的目光，似乎一直要瞧進沈浪的心。

沈浪就如同恨不能將心掏出來，赤裸裸的讓她瞧。

終於，王夫人嫣然一笑，道：「好，我等你回來。」

沈浪笑道：「我必定儘快回來的，我……你以爲我不著急？」

王夫人笑道：「你自然會儘快回來的，這裡不但有我等著你，還有你的好朋友，你回來的那天，我們一定和你痛飲一場，爲你接風。」

沈浪目光轉了轉，道：「我的好朋友……他們也要在這裡等麼？」

王夫人道：「他們要在這裡等的。」

沈浪道：「他們……能等得那麼久？」

王夫人笑道：「你放心，我一定會好好的看著他們。」

王憐花也笑道：「你若不回來，他們一定會急死的。」

沈浪一笑道：「急死……這『死』字用得妙。」

王憐花冷冷道：「對了，你若不回來，他們『急』雖未必，『死』卻必然。」

沈浪縱聲大笑道：「好，好。」

突然頓住笑聲，沉聲道：「快活王在哪裡？我如何去找他？」

王夫人道：「你急什麼，三天後。」

沈浪道：「既已如此，又何必再等三日？」

王夫人道：「你……你這就要去？」

沈浪微笑道：「早去早回不好？」

王夫人沉吟著，嫣然笑道：「那麼……明天。」

沈浪道：「就是明晨。」

王夫人道：「好……憐花，還不快去爲你沈叔叔治理行裝，以壯行色。」

王憐花笑道：「只要給我一個時辰，我就可使沈叔叔之行裝不遜王侯。」霍然立身而起，向沈浪含笑一揖，頭也不回的走了。

沈浪道：「行裝不遜王侯？」

王夫人笑道：「你要去見的人是『快活王』，你自然也就不能寒酸，對寒酸的人，他是連睬都不睬的。」

沈浪道：「但到了關外，這行裝豈不累贅。」

王夫人道：「你或許不必出關。」

沈浪道：「不必出關，難道他不在關外？」

王夫人眼波一轉，緩緩的道：「你可知道蘭州城外百餘里，有座興龍山。」

沈浪道：「可是號稱『西北青城』的興龍山？」

王夫人笑道：「不錯，蘭州附近的山，全都寸草不生，就像是一個個土饅頭，只有這興龍山林木茂密，溪泉環繞，可算是西北第一名山。」

沈浪道：「興龍山又與『快活王』何干？」

王夫人道：「你可知興龍山嶺有個三元泉？」

沈浪道：「我知道有個興龍山已不錯了。」

王夫人嬌笑道：「那麼我現在就告訴你，你就又多知道一件事了……這三元泉的泉水，自石縫中流出，一左一右。」

沈浪道：「一左一右，只有兩道，該叫『二元』才是，怎地叫做『三元』？」

王夫人飛給他個媚眼，故意嬌嗔道：「你瞧，我話還沒說完哩。」

她接著道：「這兩重泉水由石槽流入水櫃，水櫃卻有三個小孔，泉水再自小孔中流入個半月形的水池，然後再自個青石龍頭口中吐入另一個石槽，這石槽又有個小孔，泉水就自這小孔中注入殿前的深潭。」

沈浪笑著嘆息道：「倒真麻煩。」

王夫人道：「雖然麻煩，但是經過這幾次過濾，再注入潭，潭中的水，當真是清洌如鏡，而且芳香甘美，可說是西北第一名泉。」

沈浪道：「這泉水又與『快活王』何干？」

王夫人道：「江湖中人只知他嗜酒，卻不知他另有一嗜。」

沈浪道：「嗜茶？」

王夫人道：「不錯，昔年他還和我在一起時，每年都要到金山去，收取那天下第一泉的泉水烹茶，他晚上喝酒，早上便以茶解酒，常常一住就是半個多月，在這半個多月裡，無論什麼事，他都可拋下不管。」

回憶往事，本該傷感，但這些傷感的往事，自她口中說來，卻是冰冰冷冷，她甚至連神情都沒有一絲變化。

沈浪道：「如今他自然無法再至金山品茶了。」

王夫人道：「所以，他只有退而求其次，我已得到確切的消息，知道他每年春夏之交，都要悄悄入關，到那興龍山去，汲泉烹茶，只因春夏之交，泉水味最甘美，而且泉水離山不能太遠，否則水味便會變質。」

沈浪笑道：「不想他倒還是個風雅之士。」

王夫人似乎沒有聽到他這句話，接著道：「我知道這消息後，立刻就找了兩個人趕到興龍山去，你可猜得出這兩人是誰麼？」

沈浪笑道：「我雖猜不出這兩人是誰，卻可猜出這兩人其中一個長於烹茶，另一個麼，想來必定長於製酒。」

王夫人嫣然笑道：「你真是玲瓏心肝，一點就透。」

她含笑接著道：「這兩人一個名叫李登龍，他本是個世家公子，只是如今已落魄。」

沈浪笑道：「我知道，天下的世家公子，像是沒有一個不精於茶道的。」

王夫人大笑道：「這次你卻錯了，他雖長於品茶，卻不精於烹茶。」

沈浪詫異道：「哦，那麼……」

王夫人道：「但他卻有個姬妾，名叫春嬌，乃是茶道名家，要知道烹茶除了要茶精水妙外，那烹茶的火候、功夫也是絲毫差異不得的……甚至連那烹茶所用的爐子、柴火、『瓦壺』也無一樣沒有不考究的。」

沈浪笑道：「夫人想來也是此中妙手。」

王夫人柔聲笑道：「等你回來，我定陪你到金山去，將一切俗事都拋開，好好享幾天清福，那時，你就可知道我會不會烹茶了。」

沈浪正色道：「金山？那地方我可不願意去。」

王夫人道：「爲什麼？」

沈浪道：「那地方你已陪別人去過。」

王夫人咯咯嬌笑道：「哎喲！你……你吃醋？」

沈浪大笑道：「未喝美茶，先喝些醋也是好的。」

屋子裡已沒有別人，不知何時，王夫人也輕輕依偎在沈浪懷裡，佳餚、美酒、朦朧的燈火，絕世的美人……

沈浪似乎已有些醉了。

王夫人方才若是聖女與蕩婦的混合，那麼，此刻她聖女的那一半便已不知走到那裡去了。她春筍般的纖纖玉手，輕弄著沈浪的鬢角，她柔聲道：「還有個人叫楚鳴琴，不但長於製酒，還長於調酒，他能將許多不同的酒調製在一起，調成一種絕頂的妙味，那成色、份量，也是絲毫差錯不得的，幾種普通的酒給他一調，滋味就立刻不同了。」

沈浪笑道：「想來此人也是位雅士。」

王夫人道：「我以重金聘來了這二人，要他們到興龍山麓，去開了家『快活林』，這『快活林』中不但有佳茗美酒，園林之勝，還有自江南選去的二十多個絕色美女，以清歌侑酒，妙舞迎春，自然，必要的時候，還可做別的事。」

沈浪大笑道：「妙極妙極，單只這『快活林』三個字，已足以將『快活王』誘去，何況那其中的佳茗、美酒、少女，也無一不是投其所好。」

王夫人微微笑道：「所以他去年秋天，就等不及似的入關了一次，在『快活林』中一住半月，幾乎連走都捨不得走了。」

沈浪笑道：「我若去了那裡，只怕也捨不得走了。」

王夫人媚笑道：「你不會的，那裡沒有我。」

於是，屋子裡面有盞茶時分都沒有說話的聲音。

然後，王夫人輕輕道：「再有十天，你就能見著他了。」

沈浪道：「十天……十天……這十天必定長得很。」

王夫人道：「你要記住，『歡喜王』、『快樂王』、『快活王』這些，都是別人替他取的名字，你見著他時，切莫要如此稱呼他。」

沈浪道：「我該如何稱呼他，叫他『老前輩』不成……哎喲。」

「哎喲」一聲，是為了什麼，會心人都明白的。

又過了盞茶時分，王夫人輕笑道：「我現在才知道，你並不是我以前想的那種好人，我……我得要染香看著你才行。」

沈浪笑道：「你不怕染香『監守自盜』，哎喲。」

又是「哎喲」一聲。

沈浪呀沈浪，你究竟是怎麼樣一個人？誰能了解你，你難道對天下任何事都不在乎不成。

於是，又過了盞茶時分。

王夫人緩緩抬起手，白玉的手，碧玉的酒杯。

酒杯舉到沈浪唇邊，王夫人幽幽道：「勸君更進一杯酒，西出陽關無故人……」

其實，興龍山還在關內。

自西北的名城到興龍山的這一百多里路，放眼望去，俱是荒山窮谷，雖是春天，也沒有一絲春色。

但過了山城榆中，將抵興龍山麓，忽然天地一新，蒼翠滿目，原來造物竟將春色全都聚集到此處。

但這裡還不是興龍。

興龍山之西，還有座高山名棲雲，兩山間一條小河，天然的形成一道鴻溝，兩山間吊橋橫貫，其名曰「雲龍」，其勢亦如「雲龍」。

棲雲山挺秀拔萃，超然不群，曲折盤旋，殿宇櫛比，但巖洞太多，廟寺也太多，反而奪去了山色。

這正如農村少女，身穿錦衣，雖美；卻嫌俗。

而東山興龍，那雄渾的山勢，卻如氣概軒昂的英雄男兒，頂天立地，足以愧煞天下的庸俗脂粉。

快活林，便在兩山之山麓。

那是一座依著山勢而建的園林，被籠罩在一片青碧的光影中，小溪穿過園林，綠楊夾道，幽靜絕俗。

驟眼望去，除了青碧的山色外，似乎便再也瞧不見別的，但你若在夾道的綠楊間緩步而行，你便可以瞧見有小橋曲欄，紅欄綠波——你便可瞧見三五玲瓏小巧的亭台樓閣，掩映在山色中。

這是少女鬢邊的鮮花，也是英雄巾上的珍珠。

黃昏。

夕陽中山歌婉約。

兩個垂髫少女，面上帶著笑容，口裡唱著山歌，腳下踏著夕陽，自蜿蜒曲折的山道上，漫步而下。

她們手中提著小巧而古雅的瓦壺，壺中裝滿了新汲的山泉，她們的心中都裝滿了春天的快樂。

她們穿著嫣紅的衣裳，她們的笑靨也嫣紅，嫣紅的少女漫步在碧綠的山色中，是詩，也是圖畫。

她們的眼中發著光，像是正因爲什麼特別的事而興奮著，左面的少女眼波如春水，右面的少女眼瞳如明珠。

「春水」忽然停住了歌聲，咬著嘴唇，微笑著，眼波像是在瞧著夕陽山色，其實卻什麼也沒有瞧見。

「明珠」瞟了她一眼，突然嬌笑道：「小鬼，我知道你在想什麼。」

春水道：「哦……你難道是我肚子裡的蛔蟲。」

明珠笑著擰她，春水笑著討饒。

明珠的手，突然伸進了春水寬大的袖子裡，春水便笑得直不起腰，喘息著道：「好姐姐，饒了我吧。」

明珠也在喘息著，道：「要我饒你也行，只要你老實說，是不是在想他？」

春水眨了眨眼，道：「他……他是誰？」

明珠的手又在春水袖子裡動了，道：「小鬼，你裝不知道。你敢？……」

春水大叫道：「我不敢了，我不敢了……我們明珠姐姐嘴裡的『他』，就是那……那位今天早上才到的公子。」

明珠道：「再說，你是不是在想他。」

春水道：「是……是，你……你的手……」

明珠道：「既然說了老實話，好，我饒了你吧。」

春水喘息著，面靨更紅得有如夕陽。

她放下瓦壺，坐在道旁，嬌喘吁吁，媚眼如絲，全身上下像是已全都軟了，軟得沒有一點力氣。

春水瞟著她，輕笑道：「小鬼，瞧你這模樣，莫不是動了春心吧。」

明珠咬著嘴唇，道：「還不是你，你……你那隻死鬼的手……」

春水咯咯笑道：「我的手又有什麼，要是他的手……」

說著說著，臉也突然飛紅了起來——春天，唉，春天。

春水輕輕道：「那位公子……唉，有那個女孩子不該想他，只要瞧過他一眼，有那個女孩子能忘得了他……」

她的語聲如呻吟，她睜著眼睛，卻像是在做夢。

她夢囈般接著道：「尤其是他的笑……明珠姐，你注意到他的笑了麼？真要命，他爲什麼會那樣笑，我只要一想到他的笑，我……我就連飯也吃不下了。」

明珠道：「他的笑……我可沒留意。」

春水道：「你騙人，你騙人，你騙人，你替他倒茶的時候，他瞧著你笑了笑，你連茶壺都拿不穩都濺了一身，你以爲我沒瞧見。」

明珠的臉更紅，顫聲道：「小鬼，你……你……」

春水道：「你又何必害臊？像他那樣的男人，莫說咱們，就連咱們的春嬌阿姨，她見過的男人總有不少了吧，但一見他，還不是要著迷。」

明珠終於「噗哧」一笑，道：「我看她簡直恨不得……恨不得一口將他吞了下去似的，害得咱們的李大叔的臉都青了。」

春水喃喃道：「我沒見著他時，真不相信世上會有這麼可愛的男人，他那笑，他那眼睛，他那懶洋洋，什麼事都不在乎的神情……唉，簡直要人的命。」

明珠長長嘆息了一聲，道：「只可惜人家已是名花有主了。」

春水道：「你是說那個叫什麼『香』的姑娘？」

明珠道：「嗯，染香。」

春水撇了撇嘴，道：「哼，她怎麼配得上他，你瞧她那張嘴，一早到晚都翹著，像是覺得自己很美似的，其實，我一見就噁心。」

明珠道：「但她的確很媚……」

春水道：「媚什麼，左右不過是個騷狐狸……」

突然站起身，扭著腰，道：「咱們姐妹那點不比她強，尤其是你，你……你那兩條腿，保險他一瞧就要著迷，就要發暈。」

明珠紅著臉啐道：「小鬼，你幾時瞧過我的腿了？」

春水咯咯嬌笑道：「那天，你正在洗澡的時候，我……我在外面偷偷的瞧，瞧見你正在……正在……哎喲，那樣子可真迷人，我眼福可真不錯。」

明珠「嚶嚀」一聲，撲了過去，春水提起那瓦壺就逃，兩人一追一逃，跑得都不慢，壺裡的水，卻未濺出一滴。

這時，山坡下密林中，正有一男一女兩人在竊竊私語，兩人說話的聲音都很小，像是生怕被人聽到。

這男的乃是個四十出頭的中年漢子，打扮得卻像是個少年，寶藍的長衫，寶藍的頭巾，頭巾上綴著塊碧綠的翡翠，腰畔繫著條碧綠的絲絛，絲絛上繫著個碧綠的鼻煙壺，長長的身材，配著長長的臉，兩隻眼睛半合半閉，嘴裡不斷的打呵欠，像是終年都沒有睡醒。

那女的徐娘已半老，風韻卻仍撩人，眉梢眼角，總是帶著那種專門做給男人看的蕩意。

夕陽下，她看來的確很美，但這種美卻像是她專門培養出來對付男人的武器，她縱然是花，也是人造的。

她眼波四轉，正在窺探四下可有別人。

他卻只是不斷的在打呵欠，懶懶道：「人家正在想打個盹歇息歇息，你卻巴巴的將我拉到這裡，咱們老夫老妻，難道也要官鹽當作私鹽，在這兒來上一手不成。」

那婦人臉雖未紅，卻裝出嬌羞之態，啐道：「你一天到晚除了盡想這種事，還知道什麼別的？」

那男的斜著眼笑道：「這種事有什麼不好的，你不總是要麼？昨天晚上，我已累得連腰都直不起來了，你還要……」

那婦人跺著腳道：「我的好大爺，人家都急死了，你還有心思開玩笑。」

那男的皺眉道：「你有什麼好急的？」

那婦人道：「你要明白，你現在已經是飯來張口，錢來伸手的大少爺，你現在吃的、喝的、穿的，都要仗著別人。」

那男的笑道：「但咱們過得也不錯呀。」

那婦人道：「就是因爲過得不錯，所以我才著急，你難道不想想，那姓沈的來這兒是幹什麼的？他不遠千里而來，難道是爲了來玩玩麼。」

那男的又打了個呵欠，道：「來玩玩爲什麼不可以？」

那婦人道：「唉！你真是個天生的糊塗少爺命。」

那男的嘻嘻笑道：「我要是不糊塗，也不會娶你了。」

婦人跺腳道：「你要是不糊塗，那萬貫家財也不會被你糟蹋光了，你難道還瞧不出，那姓沈的此番前來，正是王夫人要他來接管這『快活林』的，所以，咱們一問他來幹什麼，他總是支支唔唔，敷衍過去。」

那男的怔了怔，搖頭笑道：「不至於，不至於……」

婦人恨聲道：「咱們過的那幾年苦日子，你難道忘了……我可忘不了，我也不想再過了，他既然要來砸我們的飯碗，咱們好歹也得對付對付他。」

那男的笑道：「不會的，不會的，我瞧那姓沈的，決不是這樣的人。」

婦人道：「你會看人？你會看人以前就不會被人家騙了，你若不想法子對付他，我……我可要想法子了。」

那男的打了個呵欠，鼻涕眼淚都像是要流了出來，一面摸出鼻煙壺，一面笑道：「好！我的玉皇大帝，你要想法子對付他，你就去想吧，無論什麼法子都沒關係，只要不讓我戴綠帽子就成。」

婦人伸出根尖尖玉指在他的頭上輕輕一戳，嬌笑道：「你呀！你本來就是個活王八。」

那男的一撮鼻煙吸下去，精神就像是來了，突然一把摟過那婦人的細腰，咬著她的臉道：「我這麼厲害，你還有讓我當王八的力氣，我要是餵不飽你這騷狐狸，我還是風流李大少麼。」

他抱著那婦人就往地下按，那婦人蕩笑著輕輕的推，顫聲道：「不要在這裡……不要在這裡……不……」

嘴裡說不要，一隻手卻已由「推」變成了「抱」。

突然，一陣銀鈴般的笑聲傳了過來。

那婦人這才真推了，道：「明珠和春水來了，還不放手。」

那李大少喘著氣道：「那兩個小浪蹄子來了又有什麼關係？她們反正也不是沒瞧過，來來快一點……」

那婦人卻蛇一般，自他懷裡溜了出去。

春水和明珠也瞧見他們了，追的不再追，逃的也不再逃，那婦人攏著頭髮從樹林裡走出來，輕聲叱道：「瘋丫頭，叫你們提水，你們瘋到那裡去了，到現在才回來。」

春水咬著嘴唇笑道：「春嬌阿姨，是明珠姐欺負我。」

明珠叫道：「哎呀！小鬼，還說我欺負她，她老是說瘋話，還說……」

李大少已負著手走出來，寒著臉道：「說什麼？」

明珠悄悄一吐舌頭，垂首道：「沒什麼。」

李大少道：「沒什麼還不快去烹茶。」

春水眨了眨眼睛，道：「我知道大爺爲什麼生氣，只因爲咱們擾亂了大爺和阿姨的……」

話未說完，嬌笑著撒腿就跑。她再不跑，就要吃李大少的「毛栗子」了。

過了這樹林，通過一道小橋，便是三間明軒，綠板的牆，紫竹的窗簾，簾裡已隱隱透出了燈光。

門是關著的，門裡也沒有聲音。

明珠和春水跑到這裡，腳步又放緩了。

春水咬著嘴唇，盯著那扇門，悄聲道：「你瞧，晚飯都還沒吃，就把門關上了，你說他們在幹什麼？」

明珠紅著臉道：「騷狐狸，真是騷狐狸。」

春水輕笑道：「你也莫要罵她，若換了是你陪著沈公子，只怕你門關得更早……若換了是我，三天三夜不開門也沒關係。」

明珠咯咯笑道：「小鬼，你連飯都不吃了麼？」

春水道：「吃飯？吃飯有什麼意思？」

她躡著腳尖，輕輕走過去。

明珠道：「小鬼，你……你想幹麼？你想偷看？」

春水用手指封著嘴，悄聲道：「噓！別出聲，你也來瞧瞧吧。」

明珠臉更飛紅，道：「我不，我才不哩。」

她嘴裡說了兩個「不」，腳卻往窗子走了五步。

突然，門開了。

一個輕衫薄履，微微含笑的少年走了出來，笑道：「我還當是野貓呢，原來是兩位姑娘。」

春水和明珠整個人都呆了，身子呆了，眼睛也呆了，身子木頭似的停在那裡，眼睛直直地瞧著他。

那少年笑道：「水提累了麼，可要我幫忙？」

明珠道：「多……多謝沈公子，不……不用了。」

那沈公子道：「晚飯好了，還得煩姑娘來說一聲。」

明珠道：「是……」

突然轉過身子，飛也似的跑了。

春水自然跟著她，兩人又跑出十多丈，春水道：「你……你跑什麼？」

明珠道：「我受不了啦，他……他那樣瞧著我，我若再瞧他一眼，就要暈過去了。」

春水嘆道：「你在他面前好歹還能說話，我卻連話都說不出了，你快要暈過去，我……我簡直早已暈過去了。」

沈公子，自然就是沈浪。

沈浪微微笑著目送她們遠去，微笑著關起了門，於是屋子裡又只剩下他和斜倚在繡榻上的染香。

染香已打扮得更美了。

那華而不俗的打扮，她那柔軟而舒服的衣衫，她那懶散的神態，就像是個天生的千金小姐，富家少奶奶，無論是誰，做夢也不會想到她竟是別人的丫頭，就連她自己，似乎都已將這點忘了。

此刻，那纖巧的、染著玫瑰花汁的腳趾，正在逗弄著一隻蜷曲在床角，長著滿身白毛的小貓。她的眼睛正也像貓也似的瞪著沈浪，故意輕嘆道：「你瞧那兩個小丫頭，已經快要爲你發瘋了，你還是今天早上才來，若是再過兩天，那還得了？」

沈浪道：「哦！」

染香瞧著他那懶散的、滿不在乎的微笑，突又長嘆道：「其實，我也快爲你發瘋了，你可知道？」

沈浪道：「哦！爲什麼？」

染香道：「只因爲你……你實在是個奇怪的男人。」

沈浪笑道：「我自己卻覺得我正常得很，那有什麼奇怪之處？」

染香道：「你若不奇怪，世上就沒有奇怪的人了。」

沈浪道：「我怪在哪裡？我的鼻子生得怪麼，我的眼睛長得怪麼，我的眉毛難道生到眼睛下面去，我……」

染香道：「你的鼻子眼睛都不怪，但你的心……」

沈浪道：「我的心又有何怪？」

染香道：「人心都是肉做的，只有你的心是鐵做的。」

沈浪笑道：「我莫非吞下了秤錘？」

染香道：「我問你，你的心若不是鐵做的，爲什麼走的時候，連招呼都未和朱姑娘打一個，這簡直連我都要爲她傷心。」

沈浪道：「既是非走不可，打個招呼又有何用，這招呼留著等我回去時再打，豈非要好得多麼？」

染香眨了眨眼睛，笑道：「算你說得有理，但……但這一路上，你竟能始終坐在車子裡，連瞧都不往窗外瞧一眼，你若不是鐵心人，怎忍得住。」

沈浪道：「我若往窗外瞧一眼，若是瞧見了什麼與我有關的人，只怕就已來不了此地，所以我只好不瞧了。」

染香道：「好，算你會說，但……但這一路上，我睡在你身旁，你……你……你竟連動都不動，你的心不是鐵做的是什麼？」

沈浪大笑道：「我不動你，你動我豈非也是一樣。」

染香紅著臉，咬著櫻唇道：「我動你有什麼用，你……你簡直像是個死人，你……你……你簡直連這隻貓都不如……」

她腳尖輕輕一踢，那隻貓果然「喵嗚」一聲，竄進她懷裡，染香道：「你爲什麼不學這隻貓？」

沈浪笑道：「學不得，這隻貓是雌的。」

染香一翻身坐起來，大眼睛狠狠盯著沈浪。

她盯了半晌，卻長長嘆息了一聲，道：「沈浪呀沈浪，你究竟是怎麼樣的一個人，我真不懂。」

沈浪笑道：「連我自己都不懂，你自然更不懂了。」
染香嘆道：「像你這樣的人，我真不知道夫人怎會對你放心。」
沈浪大笑道：「她不放心的，該是你。」
染香恨聲道：「你莫要說這樣的話，你會真的愛她？哼，我不信，你一定在騙她，總有一天，我要揭穿你。」
沈浪道：「她若騙了我，你可願揭穿麼？」
染香道：「她騙了你什麼？」
沈浪道：「快活王門下那個不男不女的使者，明明已帶著白飛飛一齊逃了，她爲何還要說是仍被她囚於階下？難道她故意要這人在快活王面前揭穿我的秘密，難道她本意只不過是要我和快活王拚個死活？」
染香面上居然未變顏色，悠悠道：「你想得倒真妙，但卻想錯了。」
沈浪笑道：「錯在哪裡？」
染香道：「你不是很聰明的麼？」
沈浪道：「聰明的人有時也會很笨的。」
染香道：「那陰陽人雖然逃了，但夫人可沒有騙你，她說那陰陽人已永遠見不著快活王的面，就是見不著了。」
沈浪道：「既已逃出，怎會見不著？」
染香緩緩道：「逃出來的人，也是會死的。」

三十 關外雅士

沈浪拊掌道：「哦，我明白了，那陰陽人早已中毒，只怕一見著快活王的面，就立刻死了，這正和那些一入仁義莊就死的人一樣。」

染香道：「哦？……嗯……」

沈浪道：「她如此做法，只是要將白飛飛送入快活王手裡。」

染香道：「你現在已完全懂了？」

沈浪嘆道：「我還是不懂，她爲何要將白飛飛送入快活王之手，難道是要效法勾踐將西施送給夫差的故事？」

染香道：「也許是。」

沈浪又嘆道：「只可憐白飛飛，她本是個純潔的女孩子。」

染香的眼睛突然圓了，道：「你喜歡她？」

沈浪道：「我不能喜歡她？」

染香道：「能……能……能……」

突然銀鈴般的嬌笑起來，笑得像是已喘不過氣來。

沈浪微微笑道：「我知道，你們是什麼人都不信任的，就連楚鳴琴與李登龍夫婦，他們雖然在爲你們做事，但卻還是將一切事都瞞著他，他們非但不知道我是爲什麼來的，甚至連他們自己是怎麼來的都不知道。」

染香道：「他若是知道了，又有誰能擔保他們不將這秘密洩露給快活王，尤其是那春嬌……哼！那樣的女人，誰信任她，誰就要倒楣了。」

沈浪道：「你呢？」

染香嫣然笑道：「你猜猜看。」

沈浪笑道：「我相信你……」

突然一個翻身掠到門口，一手拉開了門。

那徐娘半老的春嬌果然已站在門外了。

晚飯是豐富的，酒，更是出名甜美。

楚鳴琴調著酒，他調酒時的神情，就像是名醫試脈般謹慎嚴肅，像是已將全副精神都貫注在酒杯裡。

他衣裳穿得很隨便，頭髮也是蓬亂著站在李大少身旁，誰都要以爲他是李大少的傭人。

但他的那張臉，那張冰冰冷冷，全無笑容的臉，卻滿是傲氣，若是只看臉，李大少就像是他的傭人了。

沈浪瞧著他，笑道：「我未見足下之前，委實未想到足下是這樣的人，我也有個朋友乃是酒徒，他委實和足下大不相同。」

楚鳴琴冷冷道：「在下卻非酒徒。」

沈浪揚起了眉毛，道：「哦？」

李大少卻已笑道：「楚兄雖善於調酒，但除了嚐試酒味時，自己卻是滴酒不飲的。」

沈浪失笑道：「楚兄既不喝酒，為何要調酒？」

楚鳴琴冷冷道：「喝酒與調酒是兩回事，喝酒只不過是遊戲，調酒卻是藝術，能將幾種劣酒調為聖品，便是我一大快事，這正如畫家調色為畫一般，閣下幾時見過畫家將自己畫成的畫吃下去的？」

沈浪倒也不禁被他說得怔了一怔，拊掌大笑道：「妙論，確是妙論。」

春嬌咯咯嬌笑道：「他本來就是個妙人。」

喝酒時李大少的精神當真好得很，左一杯，右一杯，喝個不停，全未瞧見春嬌的腳已在桌下伸入這「妙人」腿縫裡。

但沈浪卻瞧見了。

李大少喝得雖快，倒下得也不慢，自然更瞧不見春嬌的手已在桌下伸入沈浪的衣袖裡。

但染香卻瞧見了。

她突然輕哼一聲，道：「真可惜。」

春嬌忍不住問道：「可惜什麼？」

染香道：「一個人只生著兩隻手，兩隻腳，這實在太少了……比如說春嬌姑娘你……你若是有四隻手，四隻腳那有多好。」

春嬌的臉皮再厚，也不由得飛紅了起來。

染香冷笑道：「春嬌姑娘，你的臉為什麼如此紅，莫非是醉了……嗯，一定是醉了，咱們正也該走了。」

一把拉起沈浪的衣袖，竟真的拉著沈浪走了出去。

沈浪搖頭輕笑道：「你……你為何……」

染香道：「你莫忘了，現在我是在扮你的老婆……大老婆也好，小老婆也好，都是要這樣子的，否則就不像了。」

沈浪苦笑道：「幸好我未真個娶你。」

沈浪與染香前腳一走，春水後面就罵上了。

「騷狐狸，又等不及了麼？」

春嬌飛紅的臉已變為鐵青，叱道：「要你多什麼話？還不快扶你家大爺回房去。」

春水眨了眨眼睛，笑道：「大爺今天晚上是不會醒的了，阿姨你只管放心吧。」拉著明珠，扶起李大少，一溜煙去了。

春嬌咬牙道：「小鬼……小鬼。」

她第一聲的小鬼還罵得不怎麼樣，第二聲小鬼卻罵得又媚又嬌，她第一聲小鬼是罵春水，第二聲卻已是在罵楚鳴琴。

她嘴裡罵著小鬼，人已躺入楚鳴琴懷裡。

楚鳴琴卻只是冷冷的瞧著她，像是瞧著個陌生人似的。

春嬌媚笑道：「瞧什麼？沒瞧過？」

楚鳴琴道：「的確沒瞧過。」

春嬌道：「哎喲，你這沒良心的，我身上什麼地方沒有被你瞧過幾百次了。」

楚鳴琴冷笑道：「但直到今日，我才認清楚你。」

春嬌道：「你今天可是吃了冰，怎地說話老是帶著冰渣子。」

楚鳴琴道：「我問你，只要是男人，你就對他有興趣麼？」

春嬌「噗哧」一笑，道：「原來你是不喜歡喝酒，倒喜歡吃醋，你這小笨蛋，難道還不明白，我和那小子勾勾搭搭，還不是爲了你。」

楚鳴琴道：「爲我？哼！」

春嬌道：「咱們三個人，在這裡本來過得很舒服，現在那小子來了，若是將咱們轟走，你……你難道不著急。」

楚鳴琴道：「你要替人戴帽子時，理由總有不少。」

春嬌咯咯笑道：「但你只管放心，姓沈的已被染香那騷丫頭纏得緊緊的，我就算是想要下手，可也沒法子……」

楚鳴琴冷冷道：「所以你失望得很。」

春嬌笑道：「幸好我一計不成，還有二計。」

楚鳴琴道：「難道你還能強姦他不成。」

春嬌道：「我卻可以殺了他。」

楚鳴琴動容道：「殺了他，你敢？若是被王夫人知道，你……」

春嬌笑道：「我自不會自己動手。」

楚鳴琴道：「你……你也休想要我動手。」

春嬌道：「你……我做夢都未想到你會殺人。」

楚鳴琴道：「你想到要誰殺人？」

春嬌緩緩道：「你莫非忘了明天誰要來麼？」

楚鳴琴動容道：「你是說……快活王？」

春嬌道：「嗯，除了快活王，還有誰能隨隨便便的殺人，姓沈的若是被快活王殺了，又有誰敢爲他出頭。」

楚鳴琴道：「快……快活王又怎會殺他。」

春嬌柔聲道：「我自然有法子的，你只管放心……你什麼都不要管，只要抱著我……緊緊的抱著我，愈緊愈好……嗯，這樣才是好孩子。」

染香一直拉著沈浪，直到開門時才鬆手，但等她開了門，再回頭，沈浪卻已不見了。

她恨得牙癢癢的，也只有咬著牙等著，月色從樹梢漏下了，灑滿窗戶，就像是一片碎銀子。

窗子突然開了，滿窗月色將沈浪送了進來。

染香咬牙道：「我現在才知道，做老婆的在家裡等丈夫，那滋味真不好受。」

沈浪微笑道：「做丈夫的更不好受，一不小心，綠帽子就上了頭，尤其他若是時常喝醉，那綠帽子更來得多。」

染香嬌笑道：「這麼說，你就該勸勸熊貓兒莫要娶老婆才是，那醉貓兒若是娶了老婆，綠帽子豈非要堆成山了。」

沈浪道：「非但不能娶老婆，簡直連女人都莫要接近最好。」

染香道：「爲什麼，女人又不是毒蛇。」

沈浪吃吃道：「女人雖不是毒蛇，但卻都是怪物。」

染香道：「怪物？女人有什麼奇怪之處。」

沈浪道：「一個普通的女人，平時也許溫柔得很，但當她一旦認爲有人侵犯她的利益時，她立刻就會變得比豺狼還狠，比毒蛇還毒。」

染香啐道：「你方才撞了鬼麼？回來說這些鬼話。」

沈浪微笑道：「我方才雖未撞見鬼？卻聽見一段有趣的鬼話。」

染香突然坐了起來，臉也發紅了，嬌笑著問道：「呀！原來你偷聽去了，你……聽見了什麼？」

沈浪道：「女人……唉，女人爲什麼總是對這種事情興趣濃厚，可惜，我聽見的卻不是你所想聽的……」

他淡淡一笑，接道：「我只不過聽見有人想殺我。」

染香失聲道：「春嬌？這婆娘瘋了。」

沈浪笑道：「其實這也不能怪她，咱們的來意不明，自然難怪別人多心。……女人若是不多心，這世界還成什麼世界。」

染香咬著嘴唇喃喃道：「好，我倒要看看她有什麼法子殺你。」

沈浪道：「她自然不會自己下手。」

染香道：「誰下手都沒關係，反正……」

沈浪微微笑道：「快活王下手又如何？」

染香失聲道：「快活王？」

沈浪道：「快活王明天就要來了。」

染香變色道：「這……這怎麼辦？我早知不該將你的名字告訴她的，沈浪……唉，快活王若是聽見『沈浪』這名字，什麼事都砸了。」

她突然跳下了床，掩起衣襟往外走。

沈浪道：「你要去哪裡？」

染香道：「去哪裡？自然是先去宰了她。」

沈浪笑道：「我說的不錯吧，女人只要知道有人對她不利，立刻就會變得又狠又毒，春嬌如此，你也一樣。」

染香恨聲道：「不殺她，難道還等她破壞咱們的大事。」

沈浪道：「她什麼事也破壞不了的。」

染香道：「爲什麼？」

沈浪道：「她有法子，難道我沒法子。」

染香道：「你有什麼法子？」

沈浪笑道：「我正想不知該如何才能接近快活王，此番正要將計就計……」突然頓住語聲，倒在床上，拉過了被，竟要睡了。

染香跺腳道：「說呀，接著說呀。」

沈浪道：「不能說了，天機不可洩漏。」

染香再問他，他竟已睡著了，而且像是真的睡著了，染香推也推不醒，搖也搖不醒，簡直睡得像石頭。

結過婚的男人想必都知道，裝睡，有時卻是對付女人的無上妙著，再狠的女人遇到這一著，也沒戲唱了。

染香的手推著，腳踢著，嘴裡罵著……但她畢竟也有累的時候，她畢竟也還是不能不睡覺。

等她醒來時，沈浪又不見了。

清晨，山林裡朝霞清冷，鳥語啁啾。

沈浪負手在林間踱著步，像是又悠閒，又開心——他心裡縱有千百件心事，世上也沒有一個人瞧得出。

突然，一陣急驟的馬蹄聲穿林而來。

沈浪微微一笑，喃喃道：「來得倒真早。」

他身子一閃，就掠上樹枝，自枝葉間望下去，只見兩匹快馬，急馳而來，馬上的騎士披著繡著金花的藏青斗篷，迎風灑了開來，肩頭露出半截劍柄，劍柄的紅綢，也迎風飛舞，從上面瞧下去，當真是幅絕美的圖畫。

這兩人既精騎術，又像是輕車熟路，自林中長驅而入，筆直馳向李登龍夫妻所住的小樓。

春嬌居然已回去，正揮著絲巾，在樓頭招手。

沈浪遠遠瞧見騎士下馬，春嬌下樓，三個人說著，笑著，也不知說了什麼，突然騎士們的神情變了。

其中一人彷彿厲聲道：「真的麼？」

春嬌不住的點頭，兩個騎士霍然轉身而出，所去的方向，正是沈浪的居所，沈浪正是在這條路上等著。

他此刻已知道這兩個騎士必定是「快活王」屬下的「急風三十六騎」中人，這兩人果然俱是騎術精絕，少年英俊，瞧他們的步履身法，也可看出他們的武功都不弱，但沈浪卻仍未猜出春嬌究竟對他們說了什麼？

只見這兩人愈走愈近，沈浪直等他們兩人走到樹下，突然笑道：「兩位要找人嗎？」

那兩人一驚之下，齊地退步，扶劍，仰首，兩人不但動作一致，不差分毫，就連喝聲也是同時出口。

兩人齊聲喝道：「什麼人？」

喝聲出口，自然就已瞧見斜斜坐在樹枝上的沈浪。

柔軟的樹枝在晨風中搖來搖去，沈浪的身子也隨著樹枝搖來搖去，時時刻刻都像是要跌下來，卻又總是跌不下來。

快活王屬下自然識貨，自然知道這是什麼樣的輕功，兩人面上雖然微微變色，卻並未露出十分驚慌之態。

沈浪也不禁暗中讚好：「強將手下，果然無弱兵。」

只見這兩人俱是二十三四歲年紀，都是高鼻樑，大眼睛，兩人的裝束打扮，更是一模一樣，灑金斗篷，織錦勁裝，胸前各有一面紫銅護心鏡，唯有鏡上刻的字不同，左面一人鏡上刻著的是「七」字，右面一人卻刻的是「八」，這急風三十六騎，原來竟有著編號。

沈浪笑道：「急風騎士，果然英俊。」

那第七騎士厲聲道：「你是誰？」

沈浪道：「兩位若要找人，想必就是找我。」

兩人交換了個眼色，扶劍的手，已經握住劍柄。

急風第八騎士厲聲道：「你就是要找我家王爺的人？」

沈浪暗笑忖道：「我還當春嬌向他們說了什麼，原來竟是說我要找快活王的麻煩，唉，這雖是最簡單的挑撥嫁禍，借刀殺人之計，但卻當真也是最有用的，奇怪……女人們爲何總是能找出最簡單又最有用的法子……但她只怕卻連自己都不會想到，她的信口胡言，竟真說中了我的來意，女人難道真的都有靈感不成。」

沈浪心裡哭笑不得，口中卻大笑道：「我若說『不是』，兩位未必相信，我若說『是』，兩位也未必相信，所以是與不是，不如讓兩位自己猜吧。」

那兩人又交換了個眼色，齊聲道：「好，很好。」竟轉過身子走了。

這一著倒是出了沈浪意料之外，沈浪也不禁怔了怔，那知就在這時，突聽「哧，哧」兩響。

兩支短箭，自繡金斗篷裡飛了出去，直取沈浪咽喉。

這兩枝箭來勢倒也不弱，但沈浪……沈浪雖覺意外，也不過只是輕輕一招手，兩枝箭便到了他手裡。

他微微一笑，道：「如此厚賜，擔當不起。」手一揚，兩支短箭已飛了回去，去勢比來勢更急，急風騎士擰身退步，「嗆啷」，長劍出鞘。

兩枝箭竟似算準了他們長劍出鞘的位置，「叮」的，恰巧擊中了劍尖，兩柄劍就像是彈琶琶般抖了起來，龍吟之聲久久不息。

龍吟聲中，兩道劍光突然沖天而起，一柄劍直劃沈浪的腿，另一柄劍卻砍向沈浪坐著的樹枝。

沈浪笑道：「急風十三式，果然有些門道。」

他說完這句話，樹枝已斷了，但他的腿卻未斷，他已安安穩穩坐到另一根樹枝上，瞧著急風騎士微微的笑。

急風騎士卻再也笑不出來，兩人面色已發青，心裡已知道坐在樹上這小子，武功實在自己之上。

但快活王門下的「急風三十六騎」從來有進無退，何況他們那戰無不勝的「急風十三式」也不過只使出一招而已。

兩人腳尖沾地，再次騰身而起，劍光如驚虹剪尾，一左一右，閃電般劃向沈浪的前胸後背。

沈浪的身子卻突然向下一沉，竟恰巧自兩道劍光間落下去，兩隻手也未閒著，竟往他兩人腳底輕輕一托。

等到沈浪落在地下，急風騎士卻已被沈浪托上樹梢。

只聽「嘩啦啦」一陣響，一大片樹枝都被他倆壓斷了，兩人驚慌之中，心神居然還未亂。兩道青藍色的劍光，竟又自木葉中直刺而下，自上而下，劍光的來勢更急，更快，更狠，更準。

但沈浪卻又自劍光間沖天飛起，等到劍光落地，他又已坐到方才那根樹枝上，微微笑道：「下次再上來時，要留心身上的新斗篷，莫要被樹枝扎壞了。」

急風騎士怒吼一聲，再次揮劍而起。

這樣上上下下七、八次，沈浪連衣服都未皺一點，但急風騎士的斗篷卻果然已被扎得不成模樣。

兩人頭上已流滿了豆大的汗珠，眼睛已發紅，頭巾裡已塞滿樹葉，靴子竟也被沈浪乘勢脫掉。

但兩人咬緊牙關，還要拚命。

沈浪點頭笑道：「好小子，倒真有種。」

這一次他不等兩人躍起，突然飛身而下。

急風騎士一驚擊劍，兩柄劍仍然中規中矩，絲毫不亂，一前一後，一左一右，毒蛇出穴般迴旋刺出。

這兩劍才是他們的真功夫，只見劍法變幻閃動，竟摸不清他們要刺的究竟是什麼部位方向。

但沈浪卻根本不需摸清他們的方向。

沈浪兩掌一拍，竟將兩柄劍夾住了，只聽「喀嗆」兩聲，兩柄精鋼劍竟被他一夾折成四段。

沈浪手掌一翻，夾在他掌心的兩截劍尖突然飛出，又是「哧哧」兩聲，兩截劍尖竟插入他兩人的頭巾裡。

這兩人就算再狠，此刻可也不敢動手了。

兩人手裡拿著兩段斷劍，瞧著沈浪直發愣，他們實在想不透，這最多和自己同樣年紀的小伙子，那兒來的這一身神出鬼沒的功夫。

沈浪也瞧他們，微微笑道：「還要再打麼？」

急風騎士對望一聲，突然齊聲道：「不打了。」

沈浪笑道：「既然不打，就回去吧。」

地上。

急風騎士道：「我們回去了。」

突然一齊翻轉斷劍，向自己胸膛刺下。

沈浪卻似早已料到他們有此一著，身形一閃，出掌如風，「噹」的，兩柄斷劍已俱都落在地上。

急風騎士嘶聲道：「你，你爲何出手攔阻？」

沈浪道：「不勝則死，快活王門下果然傲骨如鋼。」

急風騎士厲聲道：「劍在人在，劍折人亡，此乃本門規矩。」

沈浪微微一笑，接道：「但兩位不妨回去上覆你家王爺，就說今日乃是敗在一個叫『沈浪』的人手下，你家王爺便必不會怪你們的。」

急風騎士再次對望一眼，大聲道：「好，沈浪。」

齊地翻身掠出，急奔而去。

沈浪望著他們的背影，微笑道：「一個人若能不死時，就必然不會再去求死的，這道理無論用在什麼人身上，想必都是一樣。」

朝陽，斜斜地從窗子裡照進去，照在染香那成熟，豐滿，而又充滿了原始慾望的胴體上。

她身子幾乎是完全赤裸的，她緊緊地擁抱著被，蜷曲在床上，似是恨不得將那床被揉碎，也恨不得將自己揉碎。

沈浪進來了，瞧著她，瞧著她這雪白的，赤裸的，飢渴的胴體，卻像是瞧著塊木頭似的，只是微微笑道：「你還不起來？」

染香媚眼如絲，膩聲道：「我正在等著你，你難道瞧不出？一個男人，對這樣的邀請若還要拒絕，他一定是個死人。」

沈浪笑道：「這麼多天來，你還不知道我本是死人？」

染香突然跳起來，將錦被拋在地上，拚命用腳踩，拚命咬牙道：「死人……死人……」

沈浪坐下來，靜靜地含笑望著她。

染香恨聲道：「你簡直連死人都不是，你……根本不是人。」

沈浪笑道：「你也莫要恨我，還是好好打扮打扮吧，快活王就要來了，聽說他對於美女的邀請，是從來不拒絕的。」

染香一震，道：「他，他真的要來了？」

沈浪道：「來的只怕比預期中還要快。」

染香道：「你怎知道？」

沈浪道：「他門下的急風騎士，我方才已見過了。」

染香大聲道：「呀……春嬌那騷狐狸有沒有在他們面前說你的壞話？」

沈浪笑道：「你想她說了沒有？」

染香眼睛也睜大了，道：「她怎麼說的？」

沈浪沉吟道：「你若想要快活王殺我，你會在他面前說什麼話？」

染香眨眨眼睛，立刻道：「我就會告訴他，你這次來是想找他麻煩的，我甚至會告訴他，你已存心想殺他，他自然就會先殺你。」

沈浪拊掌笑道：「這就是了，你是女人，她也是女人，你們想的自然一樣，女人想的主意，永遠最簡單，最有用，也最毒辣。」
染香道：「她竟真的這樣說了？」
沈浪點頭笑道：「不說也是白不說。」
染香跺腳道：「這惡婆娘……快活王門下聽了這話，怎會放過你。」
沈浪道：「他們自然不會放過我，只可惜他們卻非放過我不可，我已打發他們回去，叫他們告訴快活王……」
染香大聲道：「你……你怎能如此做，快活王若知道你是沈浪，又怎會放過你，他……他只怕一來就要殺你。」
沈浪笑道：「他爲何要殺我？」
染香道：「你這呆子，你難道不知道自己的名聲已有多麼大，快活王耳目那麼多，難道沒有聽見過你的名字？」
沈浪道：「聽見了又怎樣？」
染香道：「沈浪和快活王作對，天下誰不知道？」
沈浪道：「我正是要他知道。」
染香道：「你……你瘋了。」
沈浪笑道：「他既知道我和他作對，便必定也知道沈浪是個角色，像他這樣的人，對好角色是必定先要加以收買，若買不到時才會動手的。」

染香道：「但你……他卻絕不會收買你的。」

沈浪道：「爲什麼？」

染香道：「他必定知道你是買不動的。」

沈浪大笑道：「我爲何是買不動的，難道我是那麼好的人麼……當今江湖中，還有誰挨罵比我挨得多，就算你……你可能斷定我究竟是好人，還是壞人？」

染香怔了一怔，道：「你……這……」

沈浪笑道：「這就是了，連你都不能斷定，快活王又怎能斷定？他自然要試一試……他一試自然就成功了。」

染香怔了半晌，終於還是搖頭道：「不行，這樣做太冒險。」

沈浪道：「對付這樣的人，不冒險行麼？」

染香道：「我也知道對付非常之人，要用非常的手段，但是你……」

沈浪笑道：「你不必爲我擔心，我死不了的。」

染香突又跺腳恨聲道：「我替你擔心？那才是見鬼，你……你死了最好，你被人五馬分屍，我都不會掉一滴眼淚。」

沈浪大笑道：「能被美女如此懷恨，倒真是件值得開心得意之事，只可惜世上大多男人，都享受不到這滋味……」

他突然竄過去，一把拉開了門。

春嬌竟果然又站在門外。

沈浪大笑道：「這次你又是來找我們吃飯的麼？現在就吃飯，未免太早了吧。」

春嬌僵在那裡，一張臉已紅得跟紅布差不了多少……這小子的耳朵怎麼這麼靈，難道是貓投胎的。

沈浪卻又笑道：「在下自己有時也不免奇怪自己耳朵怎會如此靈……唉，耳朵太靈了，也是件痛苦的事，連睡覺時也總是被人驚醒。」

春嬌臉更紅了，吶吶道：「我……我只是來瞧瞧……」

沈浪道：「瞧什麼？是否瞧我死了沒有？」

春嬌道：「沈……沈公子說笑了。」

沈浪大笑道：「不錯，在下就是太喜歡說笑了，所以有許多人，那恨不得我死了最好，只可惜我老是死不了。」

春嬌道：「咳咳……沈公子……香姑娘昨夜睡得好麼？」

染香皮笑肉不笑，冷冷道：「我們自然睡得好的，只怕春嬌姑娘你昨夜沒有睡好吧，你瞧你，連眼睛圈都黑了，唉！太累了也不好，有時還是得好好睡覺的。」

春嬌本不是肯在話上吃虧的女人，但此刻卻連一個字也說不出了，竟恨不得找條地縫鑽下去。

沈浪笑道：「客人們想必都要來了，春嬌姑娘也該去別處張羅張羅才是，莫要總是陪著我們，倒叫在下心裡不安。」

春嬌趕緊道：「是是是，我真該走了……」

沈浪道：「不知可否請你將春水姑娘叫來，我想要她陪著去四處逛逛。」

春嬌道：「好，好，沒問題。」

她頭也不敢回，扭腰走了。

染香大笑道：「春嬌姑娘，小心些走，莫將腰扭斷了……你腰若扭斷了，心疼的男人可不止一個哩。」

春水的心，「噗通，噗通」的直跳。

她自從聽到沈公子找她，心就跳了起來，一直跳到現在——沈公子竟要她陪著逛逛，這莫非是在做夢。

只恨這個「騷狐狸」竟也偏偏跟在沈公子身旁——她為什麼不肚子疼？……春水不由恨得直咬牙。

林木青蔥，風景如畫，清涼的風吹過綠色的大地，陽光的碎影在地上跳躍，鳥語，更似是音樂。

春水的心迷迷糊糊的，沈浪問一句，她就答一句，她真寧願忘記還有第三個人也和他們在這醉人的天地裡。

突然間，林外車聲大起。

一行車馬，自山坡下走了過去。

那馬車漆黑得發亮，就像是黑玉做的，車身雖然並沒有什麼裝飾，但氣派一看就是那麼大，那麼豪華。

拉車的馬，細耳長腿，神采奕奕，腳步跨得又輕又大，又平穩，一看也就知道是大草原上的名種。

趕車的穿寶藍色的絲衣，輕輕拉著馬韁，悠閒地坐在車座上，像是根本沒有趕馬，但馬車卻走得又穩又快，顯見也是千中選一的馴馬好手。

車子前後，還有八匹護馬，自然也是八匹好馬，馬上的八條藍衣大漢，也是雄赳赳，氣昂昂，顯然有兩下子。

沈浪自山坡望下去，不禁吃驚道：「此人好大的氣派。」

染香失聲道：「莫非是快活王來了？」

春水冷笑道：「快活王？哼，快活王來的時候，天都要坍，地都要翻，那會有這麼太平，香姑娘也未免太小瞧快活王了。」

染香道：「他不是快活王是誰？」

春水道：「說出來香姑娘也不會認得。」

沈浪笑道：「你不妨說來聽聽。」

春水立刻笑了，嫣然笑道：「這人姓鄭，別人都叫他鄭蘭州。」

染香暗罵道：「好個騷丫頭，我叫你說你偏不說，沈浪要你說，你就趕緊說了，看我以後不收拾你。」

沈浪已又笑道：「哦！鄭蘭州……震蘭州，此人是何身分？如此大的口氣。」

春水道：「聽說是鄭州的世家公子，蘭州附近的果園有一大半是他們家裡的，可說有千萬家財，富可敵國。」

沈浪道：「哦……」

車馬走過去還沒多久，道上又有塵土大起。

這一行車馬來勢看來比鄭蘭州還要威風得多，兩架大車，十六匹馬，黃金的車子，閃閃地發著耀眼的光。

這行車馬身塗著黃金，就連馬蹬、車輪、轡頭，車夫手裡的皮鞭柄……也似乎都是黃金所鑄。皮鞭飛揚，抽得「吧吧」直響，穿著織金錦衣的大漢，挺胸凸肚，神氣活現，一路不斷大聲吆喝。

沈浪忍不住笑道：「看來他凡是能用金子的地方，都用上金子了，只可惜臉上還沒有塗上黃金，否則就全像廟裡的神兵鬼將了。」

春水「噗哧」一笑，道：「他家的金子，的確是太多了。」

沈浪道：「此人又是何身分？」

春水道：「此人聽說是個趕驢子的，後來不知怎的，竟被他發現了好幾座金礦，金子一車車地往家裡拉，他的名字立刻由周快腳改成周天富，意思就是說天賜給他的富貴，別人擋也擋不住。」

沈浪失笑道：「果然是個暴發戶。」

染香皺著眉道：「難怪我遠遠就聞著銅臭氣了。」

沈浪笑道：「暴發戶的氣派，平時看倒也不小，但和真正的世家一比，就像是猴子穿龍袍，望之也不似人君。」

春水咯咯笑道：「但他可不像猴子，倒像個猩猩。」

這一群猩猩轉眼間也過去了。

沈浪道：「看來只怕還有人來。」

春水道：「今天中午起碼有六、七起人要來。」

沈浪道：「哦？還有什麼人？」

春水道：「自然不是豪門，就是巨富，譬如說……」

話未說完，突聽得遠處又有蹄聲傳來。

這馬來得好快，蹄聲一響，人馬已到，七匹馬，馬上大漢一色青布包頭，竟穿得出奇的樸素。

染香道：「這也算豪門巨富麼？」

春水冷笑道：「當然囉，他們衣服穿得雖不好，可是來頭卻不小，若是『只認衣冠不認人』，可就大大的錯了。」

沈浪根本沒聽他們的話，他眼睛一直在盯著一個人瞧。

這人衣服和其餘六人穿得絲毫沒有什麼不同，但氣概卻大是不同，他就算是站在六百個衣服打扮和他完全一模一樣的人中間，別人還是一眼就能瞧出他來，他那天生的氣勢，一萬人中也不會再找出第二個。

沈浪聳容道：「好一條漢子，這氣概真有幾分和貓兒相似了。」

春水笑道：「貓兒，他可不是貓兒，他是龍。」

沈浪道：「龍？」

春水笑道：「他姓龍，叫龍四海，但可沒有人敢叫他的名字，無論什麼人，見著他的面，都要叫他一聲龍老大。」

沈浪道：「哦，此人又是何身分？」

春水道：「黃河上游水運，只能通皮筏子，而河上所有的皮筏子，全都是屬龍老大管的，沒有龍老大的話，誰也休想在河上走一步。」

沈浪道：「黃河水急，在河上操皮筏的朋友，十個中有九個是玩命的角色，而且人人都有兩下子，要想管轄這些人物，當真不是易事。」

染香道：「我瞧他連衣服也和手下的弟兄穿得一模一樣，就知道他不是等閒角色了，且不說他武功如何，就只這一手，已足夠收服人心，若是只給自己吃肉，卻讓別人啃骨頭，這種人還能做老大麼？」

沈浪道：「有些人天生就是做『老大』的人物，這龍老大就是其中之一，還有，那熊貓兒也可算得一個。」

染香笑道：「熊貓兒，熊貓兒，你老是記著熊貓兒，可是他……他會記著你麼？現在，說不定他已和你那朱七七勾搭上了。」

沈浪突然沉下面色，冷冷道：「你以為天下的人都和你一樣不要臉？」

染香不由自主後退了兩步，她從來沒想到滿面笑容的沈浪也會板起臉，更未想到他板起臉竟有如此可怕。

春水在一旁瞧得清楚，幾乎忍不住要拍起手來。

幸好這時遠處已有人來了，幾十個人，前呼後擁，擁著一頂綠呢大轎，大笑呼嘯而來。

這幾十個人有男有女，穿的衣服有紅有綠，但年齡幾乎沒有一個在二十五歲以上的，大多是十七八的少年。

這些男女少年一個個勾肩搭背，嘻嘻哈哈，有的嘴裡還在吃著東西，將果皮紙屑隨手就拋在地上。

那頂大轎中，也不斷有果皮紙屑拋出來，轎子裡也是嘻嘻笑笑，有男有女，一頂轎子裡，竟彷彿擠著五六個人似的。

一瞧見這批人，春水就皺起眉頭，道：「這些小祖宗們今天怎地也來了？」

沈浪笑道：「這些卻是什麼人？」

春水嘆著氣道：「這些全都是有錢人家生出來的活寶，一天到晚在蘭州城裡胡作非爲，大紕漏雖沒有，小毛病卻不斷，不折不扣可算是一批小流氓。」

沈浪道：「但這頂綠呢大轎，看來卻似有功名的人才能坐的，轎子裡坐的莫非是官府中人？卻又怎會和這些慘綠少年混在一齊。」

春水笑道：「這轎子裡坐的更是活寶中的活寶，他爹爹活著時，他就一天到晚和這些小流氓吃喝嫖賭，到處鬼混，他爹爹一死，他不但承受了萬貫家財，還世襲了個指揮使之類的官銜，這下子可就更飛起來了。」

沈浪笑道：「原來是個敗家子。」

春水道：「但蘭州城裡的人，卻被這敗家子害得不淺，害得大姑娘小媳婦都不敢在街上走道了，無論是誰，一聽到『小霸王』時銘，全都要頭大如斗。」

沈浪道：「如此看來，這附近的豪門鉅富，今日只怕已全都來了，這些人來得怎會如此湊巧？莫非是約好了的？」

春水道：「這些人全是被快活王約來的。」

沈浪揚眉道：「哦！這些人和快活王有何關係？」

春水道：「屁關係也沒有，快活王約他們來，不過是爲了賭錢，快活王每來一次，這裡就少不了有些豪賭。」

沈浪失笑道：「不錯，我也已久聞快活王嗜賭成性，除了這些人外，又有誰還能陪他作一擲千金之豪賭？」

春水笑道：「但快活王賭得卻規矩得很，所以別人也願意陪他賭……沈公子，不知你可也有興趣參加一份？」

沈浪目光閃動，微微笑道：「看來，我是少不得也要參加一份的。」

吃過了中飯，沈浪就在屋子裡等。

他並沒有等多久，就聽得外面嘈雜聲大起，人語聲，說笑聲，馬嘶聲，車輪聲，搬箱子聲。

許許多多種各式各樣的聲音，直亂了幾乎有半個時辰，聽來就宛如十萬大軍要駐紮在此地似的。

染香面色早已改變，終於忍不住道：「快活王來了。」

沈浪笑道：「不錯，此人一來，果然吵得天翻地覆。」

染香道：「咱……咱們怎麼辦？」

沈浪道：「等著吧。」

染香道：「等著，就……這樣等著？」

沈浪微微笑道：「你還怕他不來找我。」

他竟靠在椅子上，閉目養起神來。

染香卻不斷在屋子裡轉來轉去，急得真像是熱鍋上的螞蟻，但她只怕已轉了幾百個圈子，快活王還是沒消息。

她忍不住轉到沈浪面前，跺腳道：「你別像死人似的坐著不動好不好？」

沈浪笑道：「養足了精神，才能去對付快活王。」

染香失色道：「你……你要和他……」

沈浪笑道：「不錯，我要和他動手，但卻不是動手打架，只不過動手賭錢而已，王夫人交下的金銀今天只怕要用上了……」

染香道：「但……但你現在……」

沈浪道：「所以我現在更是要養足精神，你可知道，賭錢可是比打架還費氣力，一場豪賭，正無異一場生死相拚的惡鬥，而賭桌上的勾心鬥角，變化莫測，更委實比戰場上還要驚險刺激得多。」

染香眨眨眼睛，道：「你莫非要故意輸給他？拍他的馬屁，以作進身之階。」

沈浪道：「我萬萬不能輸給他的，我若輸給他，在他眼中便不值錢了。」他頓了頓，又道：「只因此等豪賭不但僅是賭錢，也正要鬥智鬥力，此等決鬥，我若慘敗，他怎會瞧得起我？他若瞧不起我，又怎會再想收買我，我若沒有被他收買的價值，他只怕就要取我的性命了……」

他微微一笑，接道：「所以除非我就在賭桌上迎頭給他一下痛擊，否則所有計劃就都要一敗塗地，我性命只怕也難保。」

染香瞪大眼睛道：「你……你有勝他的把握？」

沈浪淡淡道：「沒有。」

染香駭然道：「你全無把握居然也敢這樣找他賭，而你現在居然還這樣沉得住氣，一點也不緊張，一點兒也不著急。」

沈浪微笑道：「你怎知我不緊張，不著急？」

染香道：「但……但至少我瞧不出來。」

沈浪大笑道：「若被你瞧出來，那還能和別人去賭，桌上瞬息之間，變化萬千，若是沉不住氣，只怕連人都要輸上去了。」

染香一笑，道：「不想你非但是色狼，是酒鬼，還是個賭棍。」

突聽門外一人沉聲道：「沈浪沈公子可是住在這裡？」

染香身子一顫，悄聲道：「來了。」

沈浪已微笑著開了門，只見一個錦衣英俊少年，雙手捧著份大紅帖子，當門而立，微微恭身道：「閣下可就是沈公子？」

沈浪微笑道：「正是，足下莫非是快活王門下使者？」

錦衣少年目光閃動，極快地打量了沈浪一眼，躬身道：「小人正是歡喜王門下急風第十八騎，奉王爺之命，傳信於公子，盼公子查收賜覆。」

他口中說話，足下前踩半步，手裡的大紅帖子高舉齊肩，閃電般推出，這一手看來雖是禮貌周到，其實卻已將拳法中的殺手「舉案齊眉」化入其中，沈浪只要一個應付不好，當場就要丟人現眼。

沈浪卻似全未留意，抱拳含笑道：「有勞兄台了。」

抱著拳的手掌，突然輕輕向上一托，也不知怎他，這少年的手中緊握住的紅帖，已到了沈浪手裡。

錦衣少年面目微變，倒退三步，躬身道：「沈公子果然不凡。」

沈浪笑道：「過獎，過獎。」

打開帖子只見上面寫的是：「今夜子正，謹備菲酌，盼閣下移玉光臨，漫漫長夜，酒後餘興尚多，盼覆。」

上面沒有稱呼，下面沒有具名，就只這二十多個字。

沈浪一眼瞧過，笑道：「相煩足下上覆王爺，就說沈浪必定準時前往。」

錦衣少年又瞧了沈浪一眼，目中似已露出欽佩之色，躬身道：「是。」轉身大步而去。

染香不禁皺眉喫道，「子時？這怪物連請客也要請在這種奇怪的時候，難道是想在別人精神不濟時乘機痛宰麼？」

沈浪笑道：「所以我此刻更要好好養養神了，你可千萬莫要吵我。」

現在，距離子正有約摸有半個時辰。

沈浪已舒舒服服睡了一覺，痛痛快快洗了個澡，換上了一套最乾淨，最輕便，最舒服的衣服。然後，他又將一塊乾淨的絲巾，疊得整整齊齊，將王夫人給他的鉅額銀票，又疊得整整齊齊，都放在腰袋裡。

他仔細檢查了一遍，覺得自己全身都沒有什麼不舒服之處，精神也甚爲飽滿，身心可說俱在最佳狀況中。

於是他便倒了杯濃濃的茶，選了個最舒服的椅子坐下來，細細品茗，靜等著那場必定刺激萬分的大戰。

染香忍不住道：「瞧你還這麼悠閒，我可真佩服你，你不急我卻快急死了。」

她也已仔細地打扮過，換了身美麗而大方的絲衣，全身香噴噴的，縱然是瞎子，也可嗅得出她是個絕色美女。

但她心裡卻是忐忑不定，舉動更坐立不安，她只怕沈浪輸了……沈浪要是輸了那該怎麼辦。

她忍不住又問道：「沈浪，求求你告訴我，你究竟有幾分贏的把握？」

沈浪閉著眼微笑道：「還未見到快活王賭錢的方式以前，我不敢說。」

染香道：「總有一半把握吧？」

沈浪道：「大概總是有的。」

染香長長嘆了口氣，道：「謝謝老天……」

沈浪卻又道：「但我身上此刻只有拾萬捌仟兩，快活王的賭本，無疑比我雄厚得多，賭本雄厚就又多佔了一成勝算。」

染香跺腳道：「早知如此，該多帶些來的。」

沈浪道：「那也沒什麼，我只要不讓快活王猜出我賭本究竟有多少，他也就不會敢全力出擊的，何況……」

他微微一笑，接道：「我還可先在別人身上撈進一筆，再和快活王作生死之決戰，鄭蘭州和龍四海雖可能賭得很精，周天富和小霸王卻想必都是好菜。」

染香「噗哧」一笑，道：「好菜……你可千萬莫要也變成好菜，又被別人吃了。」

這時從窗口望出去，已可瞧見兩盞宮紗燈籠遠遠而來，沈浪拍了拍衣服，長身而起笑道：「走吧，接咱們的人已來了。」

「綴翠軒」，正是快活王在此度夏的行宮，自然也就是整個快活林中最華麗，最精緻，也最寬敞的地方。

「綴翠軒」外，燈火輝煌，但卻靜得很，沒有一個人走動，只是暗處不時有矯健的人影閃動而已。

「綴翠軒」裡，已擺起桌酒菜，有松江的鱸魚，陽澄湖的活蟹，定海的對蝦，江南的巨鼇……

這些本來絕不可能在同一時候，同一地方出現的鮮餚，此刻竟同在這桌子上出現了，這簡直像是神話。

不出沈浪意外，桌子上果然沒有肉，但出乎沈浪意外的是，這屋子陳設竟簡單雅致，絲毫沒有做作的庸俗高貴氣。

桌子上也沒什麼金杯玉盞，只是件瓷器——自然是精美的瓷器，有的甚至已是漢唐之物。

沈浪想起朱七七假扮快活王的事，不禁暗暗好笑，暗道：「這才是快活王的氣派，她那樣一做，就像是暴發戶了。」

桌子旁已坐了八九個人。

沈浪一眼便瞧見了那龍老大龍四海，他一件布衣，雖在滿堂錦繡中卻仍如鶴立雞群，顯得卓然不凡。

龍四海身旁，坐個微帶短髭的中年人，身材已微微發胖，顯見是生活優裕，他隨隨便便穿著件輕衫，身上也沒什麼惹眼裝飾，只有面前一個鼻煙壺，蒼翠欲滴，赫然不是凡品。

沈浪想也不必想，便已知道此人必定就是那「鄭蘭州」了，世家的公子，自有世家公子的氣派。

鄭蘭州身旁的那位，可就不同了。

他身上零零碎碎也不知掛了多少東西，每件東西的價值，都絕不會在千金之下，但看來卻仍像是個已將全副家當都帶在身上的窮小子，但他自己卻得意得很，一張臉上，堆滿著目空一切的姿態。

沈浪也不必想，就猜出他必定就是那暴發戶周天富了。

周天富身旁，還依偎著滿頭珠翠的女子。

她也和周天富一樣，像是恨不得將全副家當都掛在頭上，戴在手上，卻不怕壓斷脖子。

她身子雖依偎著周天富，但媚眼卻四下亂拋，長得雖不錯，但一副淫賤之態，只差沒在臉上掛著「娼妓」的牌子。

沈浪暗暗好笑：「這當真是什麼人玩什麼鳥，武大郎玩夜貓子，有周天富這樣的角色，才會有這樣的女子。」

再瞧過去，就是那「小霸王」時銘了。

他果然最多只有十八九歲，但眼圈卻已陷下去，一雙眼睛雖不小，但卻毫無神采，像是終年都睡不醒。

他穿的倒比周天富順眼得多，但他身旁也有個女子，這少女穿得卻比周天富身側那個還要駭人。

她穿的竟似只是件背心，兩條白生生的手臂，一片白生生的胸膛，全都露了出來，手上的鐲子叮噹直響。

她看來最多只有十五六歲，但臉上卻是濃妝艷抹，嘴裡還叼著根翡翠旱煙管，從鼻子裡往外直冒氣。

這活脫脫簡直是個「小女流氓」，沈浪簡直不敢再瞧第二眼，但少女卻拍著身旁一張空椅子，向他笑道：「小伙子，坐過來吧。」

沈浪微笑道：「多謝，但……」

那少女瞪起眼睛道：「但什麼，這凳子又沒著火，不會燒紅你屁股的，你怕什麼？」

沈浪只有硬著頭皮坐過去。

那少女卻瞧著染香，哈哈笑道：「你眼光倒真不錯，這種小伙子看來雖羞答答的，其實卻都有那麼兩下子，你別瞧我年紀小，我經驗可比你多。」

染香真恨不得給她兩個大耳光，只有忍著氣坐下。

那少女卻又一拍沈浪肩頭，大笑道：「我叫夏沅沅，兄弟們卻尊我一聲『女霸王』，我旁邊這人就是我的情人『小霸王』，你叫什麼名字？」

沈浪微微笑道：「在下沈浪。」

夏沅沅道：「沈浪，不錯，我瞧你很有意思。」

突又一拍那「小霸王」的肩，道：「喂，這小伙子倒可做咱們的兄弟，你瞧怎麼？」

那「小霸王」時銘正聚精會神地拿幾個紫金錁子在桌上堆著寶塔，被她這一拍，寶塔就「嘩啦啦」倒了。

小霸王這才懶洋洋瞧了沈浪一眼，懶懶道：「嗯，還不錯……不知道能不能捱兩下子，否則就叫他做老么吧，喂，你知不知道，有女人老么先上，有拳頭老么也得先挨。」

卅一　龍爭虎鬥

沈浪笑著對小霸王道：「多謝好意，只可惜在下卻是挨不得打的。」

那夏沅沅撇了撇嘴，道：「哼，原來你也中看不中吃，是個孬種。」

那龍老大自從沈浪一進來，一雙銳利的目光，就始終未曾離開過沈浪，此刻突舉杯笑道：「沈公子可是自中原來的？」

沈浪亦自舉杯笑道：「不錯，但在下雖來自中原，卻也早已聞得龍大哥之盛名，今日一見，果然名下無虛。」

龍老大哈哈大笑，道：「好說好說……」

突然頓住笑聲，目光逼視沈浪，道：「聞得中原武林中，有位沈公子，獨創『三手狼』賴秋煌，力敵五台天龍寺天法大師，不出一月，便已名震中原，不知是否閣下？」

他這番話說將出來，桌子上的人不禁全都聳然動容，就連小霸王的眼睛都直了，周天富也張大了嘴。

沈浪卻也只是哈哈大笑道：「好說好說……」

一旁陪坐的快活林主人李登龍和春嬌，已雙雙舉起酒杯。

春嬌咯咯笑道：「這桌子上坐的，有那位不是名人，只可惜王爺身子不太舒服，不能出來陪客，只有請各位隨便喝兩杯，再去相見了。」

於是眾人齊地舉杯，那夏沅沅卻又湊了過來，悄悄笑道：「小伙子，原來你真有兩下子，你要是想跟我好，就……」

她一面說話，一隻手已往桌子下伸過去，想摸沈浪的腿，那知手還沒搭著，突然有件東西塞進她手裡。

這東西又粘又燙，竟是隻大明蝦。

她又急又氣，只見桌子上每個人都在舉杯喝酒，這花樣也不知是誰玩出來的，她空自吃了個啞巴虧竟說不出。

沈浪忍住了笑，他自然知道是誰玩的花樣——染香坐在那裡，雖仍不動聲色，但嘴角已泛出一絲得意的微笑。

那周天富放下酒杯突然道：「這位沈老弟也喜歡賭兩手吧？」

他伸出了那隻又粗又短的手，手上那大得可笑的翡翠戒指，在沈浪眼前直晃。

沈浪卻故意不去瞧他，只是微笑道：「男人不愛賭的，只怕還不多。」

周天富拍手大笑道：「不錯，賭錢有時的確比玩女人還夠勁，你說對不對？」他一拍巴掌，那隻戴著翡翠戒指的手，就晃得更起勁。

沈浪偏偏還是不瞧他，笑道：「那卻要看是什麼樣的女人了，有些女人在下的確寧願坐在家裡捉臭蟲，也不願碰她一碰。」

龍四海開懷大笑，鄭蘭州也露出笑容，幾個人的眼睛，都不由自主往周天富身旁那女子身上瞧。

周天富也不懂人家爲什麼笑，自己居然也大笑起來，居然一把摟過他身旁那女子，笑道：「老弟，你瞧我這女人還不錯吧。」

「吧」字是個開口音，他嘴邊還未閉攏，那女子已塞了個大蝦球在他嘴裡，撇了撇嘴，向沈浪拋了個媚眼。

沈浪笑道：「不錯不錯，妙極妙極。」

桌上的人再也忍不住，全都笑出聲來。

周天富就算是隻驢子，臉上也掛不住了，一張臉已成了豬肝顏色，呸的吐出蝦球罵道：「臭婊子，老子花錢包了你，你卻出老子洋相。」

一拳打了過去，將那女人打倒在地上。

那女子爬了起來，臉也腫了，大哭大罵道：「我就是婊子，你是什麼東西，我拿銀子也不是白拿，每次你那雙臭手摸在我身上，我就想吐。」

周天富跳了起來，大罵道：「臭婊子，老子撕爛你的臭……」

幸好李登龍已拉住了他，春嬌也拉住了那女子。

那女子還在哭著大罵道：「你有什麼了不起，就憑我這一身功夫，肯在我身上大把花銀子的人多著哩，又不止你一個，你有本事下次發癢時，就莫來找我。」一面哭，一面罵，轉過身子，竟一扭一扭的走了。

周天富氣得呼呼直喘氣，拍著桌子道：「臭婊子，老子下次寧可把鳥切掉也不去找你。」

龍老大突也一拍桌子，厲聲道：「桌上還有女客，你說話當心些。」

周天富立刻軟了，陪笑道：「是！是！下次我絕不說這鳥字了。」

沈浪瞧得也不知是好氣還是好笑，卻還是聲色不動，面帶微笑，鄭蘭州瞧著他，突然笑道：「不想沈公子年紀雖輕，涵養卻好得很。」

沈浪笑道：「足下過獎了。」

鄭蘭州道：「沈公子養氣的功夫既然如此到家，對『賭』之一道，想必也就精通得很，在下少時倒要領教領教。」

沈浪笑道：「在下少不得要貢獻的。」

「小霸王」時銘也笑道：「這地方我早就想來了，只是我老頭不死，一直輪不到我，今年我還是第一次，不知這地方常賭什麼？」

春嬌應聲道：「王爺最喜歡賭牌九，他老人家覺得牌九最夠刺激。」

小霸王道：「牌九雖沒有骰子有趣，也可將就了。」

龍老大笑道：「小兄弟你常玩的只是丟銅板吧。」

小霸王道：「丟銅板，那是小孩子玩的，我最少已有好幾個月沒玩了。」

龍老大忍住笑道：「哦，好幾個月，那可不短了。」

沈浪忍不住微微一笑，突見一位錦衣少年，大步走了進來，正是方才送信的那急風騎士，此刻抱拳道：「各位酒飯已用完了麼？」

周天富道：「喝酒是開篇，賭錢才是正文。」

急風騎士道：「王爺已在候駕，既是如此，各位就請隨小人來吧。」

沈浪立刻站起身子，想到即將面對那當今天下最富傳奇的人物快活王，他身子的血都似已流得快些。

裡面的一間屋子，很小，自然也很精緻。

此刻這屋子全是暗的，只有屋頂上掛著一盞奇形的大燈，燈光卻被純白的紙板圍住，照不到別的地方。

就因爲四下都是暗的，所以燈光更顯得強烈，強烈的燈光，全都照在一張鋪著綠氈的圓桌上。

綠氈四周以金線拴住，桌子四周，是幾張寬大而舒服的椅子，然後是一圈發亮的銅欄杆，圈著發亮的銅環。

桌子上整整齊齊放著副玲瓏小巧的象牙牌九，一對雕刻精緻的象牙骰子，除此之外，還有一雙手。

這是一雙晶瑩，雅致，也像是象牙雕成的手，修長的手指，平穩地攤在綠氈上，指甲修剪得光潤而整潔，中指上戴著三枚式樣奇古，手工奇精的紫金戒指，在燈光下閃動著懾人的光芒。

這無疑正是快活王的手。

但快活王的身子和臉，卻全都隱藏在黑暗陰影中。

沈浪雖然瞧得仔細，但被那強烈的燈光一照，也只能瞧見一張模糊的面容，和一雙炯炯發光的眸子。

瞧見這雙眸子已足夠了，這雙沉凝的、銳利的，令人不敢逼視的眸子若是瞧你一眼，已足以令你的心停止跳動。

鄭蘭州當先走入，躬身抱拳道：「王爺年來安樂。」

一個柔和的，平靜的，緩慢的，優美的，但卻帶著種說不出的煽動力的語聲，淡淡的笑道：「好，請坐。」

鄭蘭州道：「謝坐。」

於是他緩步走入欄杆，在快活王身旁一張椅子上坐下。

龍四海抱拳朗聲道：「王爺安好。」

那語聲道：「好，請坐。」

龍四海道：「多謝。」他也走進去，在快活王另一旁坐下。

周天富緊跟著抱拳笑道：「王爺手氣大好。」

那語聲道：「嗯，坐。」

周天富道：「是，我會坐的。」

他也走進去，在鄭蘭州身旁坐下。

小霸王神情也莊重了些，居然也躬身道：「王爺好。」

那語聲道：「你是時將軍之子？」

時銘道：「是的，我是老大……」

那「女霸王」夏沅沅接口笑道：「我就是時將軍未來的大媳婦，王爺你……」

那語聲冷冷道：「不賭之人，站在欄外。」

夏沅沅嬌笑道：「王爺莫看我是女人，我賭起來可不比男人差，有一天……」

那語聲道：「女子不賭。」

夏沅沅道：「爲什麼，女人難道……」

語猶未了，快活王身影後突然伸出一隻手，這隻手凌空向夏沅沅一按，她身子立刻直跌了出去。

這一下可真把她臉都嚇黃了，乖乖地爬了起來，乖乖地站在欄杆外，嚇得再也不敢開口。

沈浪暗驚忖道：「此人好深的功力，竟能將內家『隔山打牛』的真氣，練到如此火候，莫非就是那『氣使』？」

一念轉過，亦自抱拳道：「王爺大安。」

他不用抬頭，也可覺出那雙逼人的目光正在眨也不眨地瞧著他，然後那語聲一字字緩緩道：「足下便是沈公子？」

沈浪道：「不敢。」

那雙眼睛又瞧了半晌，緩緩道：「好，很好，請坐。」

於是沈浪也坐了下來，正好坐在快活王對面的「天門」——染香不用說話，早就也已乖乖地站在欄杆外。

突然，那雙手輕輕一拍。

兩個錦衣少年，捧來一具兩尺見方的匣子。

匣子打開，竟赫然跳出個人來。

那是個身長不滿兩尺的侏儒，但卻絕不像其他侏儒長得那般臃腫醜惡，纖細的四肢和身軀配合得居然並不離譜。

他的頭自然大了些，但配上一雙靈活的眼睛，一張薄而靈巧的嘴，使人看來倒也不覺討厭。

他戴著潔白的軟帽，穿著潔白的衣衫和軟靴，手上還戴著雙潔白的手套，潔白得瞧不見一絲灰塵。

匣子裡居然會跳出人來，就連沈浪也不免吃了一驚。

只見這白衣侏儒伏在桌子上，向四面各各磕了個頭。

然後，他翻身掠起，眨著眼笑道：「嫖要嫖美貌，賭要賭公道，公道不公道，大家都知道……小子『小精靈』，特來侍候各位，替各位洗牌。」

他口齒果然清楚，口才也極靈便。

沈浪暗道：「原來快活王怕別人疑他手下有什麼花樣，是以特地叫這侏儒來洗牌的……」

小精靈已將那副牌推到各人面前，道：「各位，這副牌貨真價實，絕無記號，各位不妨先瞧瞧。」

眾人自然齊聲道：「不用瞧的。」

小精靈道：「小人每次洗牌後，各位誰都可以叫小子再重擺一次，各位若是發現小子洗牌有毛病，立刻可切下小子的手。」

龍四海笑道：「王爺賭得公道，在下等誰不知道。」

小精靈笑道：「既然如此，各位就請下注，現銀、黃金、八大錢莊的銀票一律通用，珍寶也可當場作價，賒欠卻請免開尊口。」

龍四海道：「這規矩在下等自也知道。」

小精靈眨著眼道：「洗牌是小子，骰子大家擲，除了王爺坐莊外，但請各位輪流擲骰子。」

沈浪又不禁暗暗忖道：「如此作法，當真可說是天衣無縫，滴水不漏，當真是誰也無法作弊了，看來快活王賭時果然公道得很。」

只見小精靈兩隻小手已熟練地將牌洗勻。

鄭蘭州首先拿出張銀票，輕輕放在桌上。

小霸王卻推出堆紫金錁子，微一遲疑，笑道：「好，我和鄭老哥押一門。」伸出一雙常常抓東西來吃的手，將那堆紫金錁子全都推了出去。

突聽快活王冷冷道：「收回去，走！」

小霸王怔了怔，變色道：「為，為什麼，難道這金子不好？」

快活王那雙銳利的眸子根本瞧也未瞧他，根本懶得和他說話，但快活王身後卻有一人冷冷道：「金子雖不錯，手卻太髒。」

這語聲緩慢、冷漠、生澀，像是終年都難得開口說幾句話，是以連口舌都變得笨拙起來。只因此人動手的時候，遠比動嘴多得多。

小霸王怔了怔，大笑道：「手髒？手髒有什麼關係，咱們到這裡是賭錢來的，又不是來比誰的手最乾淨，最漂亮。」

他話才說完，突然一隻手從後面抓起了他的衣領。

他大驚之下，還想反抗，但不知怎的，身子竟變得全無氣力，竟被人抓小雞般懸空抓了起來。

只聽那冷漠生澀的語聲輕叱道：「去。」

小霸王的身子就跟著這一聲「去」，筆直飛了出去，「砰」的，遠遠跌在門外，再也爬不起來。

這人是如何來到小霸王身後，如何出手的，非但小霸王全未覺察，這許多雙睜大的眼睛竟也沒有人瞧清楚。

那「女霸王」呼一聲，直奔出去，然後，屋子裡再無別的聲音，但每個人呼吸之聲卻已都粗得像是牛喘。

快活王終於微微笑道：「各位莫被這厭物擾了清興，請繼續。」

那小精靈已雙手捧著骰子，走到鄭蘭州面前，他矮小的身子走在寬闊的檯面上，就像是個玩偶的精靈。

只見他單膝跪下，雙手將骰子高捧過頂，笑道：「但請鄭大人先開利市。」

鄭蘭州微微笑道：「多謝。」

於是這兩粒雖然小巧，但卻可判決這許多人之幸與不幸，快樂與痛苦，甚至可判決這些人之生與死的骰子，便在鄭蘭州那雙纖細白嫩，有如女子般的手掌中滑了出去，長夜的豪賭，也從此開始。

骰子在一隻細膩如玉的瓷盤中滾動著，許多雙緊張而興奮的眼睛，卻眨也不眨地瞪著這滾動的骰子。

骰子終於停頓：是七點。

小精靈大聲道：「七對先，天門。」

於是兩張精緻的牙牌，便被一根翡翠細棍推到沈浪面前，沈浪輕輕將兩張牌疊在一齊——上面的一張是八點，雜八。

這張牌並非好牌，但也不壞。

沈浪掀起了第二張牌，兩點，是「地」——那兩個紅紅的圓洞，真比世上所有美女的眸子都要可愛。

地牌配雜八，是「地槓」，好牌。

沈浪微笑著，那兩個紅點也像是在對他微笑。

小精靈大聲道：「莊家『娥』配五，長九，吃上下，賠天門……天門一千兩。」

銀票、銀子，迅速地被吃進，賠出。

沈浪微笑著將贏來的一千兩，又加在注上。

這一次他分得的竟是對天牌，一對完美無疵的天牌，一對可令天下的賭徒都眼紅羨慕的天牌。

小精靈大聲道：「莊家『梅花』配九，又是長九，又吃上下，賠天門……天門二千兩。」

他聲音雖高，但卻突然變得說不出的刻板，單調。

這刻板單調的聲音，一次又一次的繼續著。

骰子在盤中滾動，牙牌在綠絨上推過，大量的金銀、錢票，迅速的，不動感情地被吃進賠出。

沈浪連贏了五把。

他的賭注也在成倍數往上累積，已是一萬六千兩。

他身後染香的眼睛已發出了光。

周天富不安地在椅上蠕動著，一雙起了紅絲的眼睛，羨慕而妒忌地瞪著沈浪，他已輸出整整一萬。

龍四海和鄭蘭州也是輸家，神情雖仍鎮定，但一雙手卻已微微有些出汗，牌，也像是更重了。

只有陰影中的那雙眼睛，仍是那麼銳利，冷漠，無情，但這雙眼睛，也不免要瞪著沈浪。

骰子滾出了八點。

小精靈大聲道：「八到底，天門拿底……天門下注一萬六千兩。」

莊家輕輕地，不動聲色的將兩張牌翻出。

是對「人」牌。

現在，天地已出絕，人牌已至高無上。

四面不禁發出了一聲悠長的，但卻沮喪的嘆氣，鄭蘭州悄悄取出一方潔白的絲帕，擦著手上的汗。

他又輸了，別人也輸了，只剩下沈浪。

沈浪微笑著翻出了牌，四二配么丁。

至尊寶，猴王對。

四面的嘆息已變爲輕微的騷動。

小精靈大聲道：「莊家大人對，吃上下，賠天門。」

他刻板單調的語聲，竟也似有些顫抖起來——至尊寶，這正是賭徒們日思夜想，但卻求之不得的神奇的牌。

現在，檯面上已只剩下八張牌沒有推出。

快活王的頭，在黑暗中輕輕點了點。

小精靈喘了口氣，道：「莊家打老虎，各位下注。」

龍四海笑道：「至尊寶後無窮家，我押天門。」

他瞧也未瞧，就將張銀票送上天門。

周天富咬著牙道：「對，天門是旺門，我也來。」

鄭蘭州微笑著眼瞧沈浪，沈浪卻將銀子全部收了回去，只留下五百兩，鄭蘭州微笑著點了點頭。

這一次，莊家拿的是三點，龍四海那邊是空門，沈浪輕輕翻開了牌，「長三」配「板凳」蹩十。

小精靈精神一震，大聲道：「莊家要命三，賠上門，吃天門。」

周天富一張臉已變成了豬肝顏色，眼瞧著鄭蘭州將銀子收進，他牙齒咬得吱吱作響，大聲道：「我就不信這個『邪』，偏要再押天門。」

龍四海道：「好，我也再試一次。」

大量的銀子被推上天門，沈浪還是五百兩。

這一次，天門「紅頭四六」配「雜九」，九點，大牌，但莊家卻是「虎頭」配「雜八」，長九。

小精靈大聲道：「長九吃短九，吃天門，統吃。」

周天富頭上的汗珠，黃豆般迸了出來。

賭，還是要繼續。

莊家竟連吃了天門五次，周天富已在天門上輸出了三萬九千兩，龍四海也有兩萬，沈浪卻只是兩千五。

那邊鄭蘭州小有斬獲，已反敗爲勝。

但等到周天富與龍四海將賭注轉回，沈浪立刻又分到一副「天槓」——這一次他又是強注六千兩，勝！

然後，他的六千兩在半個時辰中，又變爲七萬四千兩，除了輸去的兩千五，他已淨贏十萬零兩千五百兩。

現在，別人的目光已不但羨慕而妒忌的了——這些雙瞧著沈浪的眼睛，簡直已帶著驚奇的崇敬。

在賭徒眼中，只有贏家才是神的寵兒，天之驕子，只有拿著一副好牌時，才是人生得意的巔峰。

現在，沈浪已是眾人眼中的超人，是命運的主宰，因爲他的智慧與本能，已能使他控制機遇。

所有的燈光，也像是都集中在他一個人的身上。

周天富的身子，不斷往下滑，整個人都似已癱在椅子裡，口中像是唸經般不住喃喃低語道：「十一萬五千兩，十一萬五千兩……」

鄭蘭州微笑道：「足下今夜賭運不佳，何妨歇兩手？」

周天富大聲道：「我還得賭兩把，天門，三萬。」

他取出這三萬銀票，袋子已翻了過來，像是已空了。

龍四海突然長身而起，哈哈笑道：「在下卻想歇歇了，若還再輸下去，我的弟兄們下個月就沒得酒喝了。」拍了拍衣衫大步走了出去。

沈浪微笑暗道：「好，輸得乾脆，輸得痛快，輸得漂亮，果然不愧是千百兄弟的老大。」

他又收回賭注，只押了一千。

牌翻出，小精靈大聲道：「莊家『梅花』對，統吃。」

周天富滿頭大汗，涔涔而落，像是做夢似的呆了半晌，突然將身上荷包、鍊子、扇墜、鼻煙壺一齊抓了下來推到桌上，嘶聲道：「現金輸光了，這些可作價多少？」

小精靈瞧了瞧，道：「五萬五千兩。」

周天富擦了擦汗，道：「好，五萬五千兩，全押在天門……我就不信邪，他押就會贏，我押就要輸……來，讓我來拿牌。」

沈浪微笑道：「請便。」

這一次，他連一兩都沒有押。

只見周天富顫抖著手，拿起了牌，左瞧右瞧，瞇著眼睛瞧，突然大喝一聲，整個人倒在地上。

那兩張牌跌在桌上，翻了出來，紅頭配梅花，甏十。

黑暗中那雙眸子，平靜地，冷漠地，瞧著，冷冷道：「扶他出去……李登龍，他若有所需，就給他。」

欄杆外的李登龍立刻躬身道：「是。」

快活王道：「鄭先生如何？」

鄭蘭州笑道：「小勝。」

快活王道：「不知是否也願歇歇，待本座與沈公子一搏。」

鄭蘭州笑道：「在下本來早已有意退出，看一看兩位的龍爭虎鬥……」微笑著推出一堆約摸三四千兩銀子，接著笑道：「這區區之數留給小哥買糖吃。」

小精靈單膝跪下，道：「小子謝賞。」他笑著接道：「鄭先生一共也不過只贏千餘兩，卻賞了小子四千，瞧這樣下去，小子明年就可以買個標緻的小姑娘做老婆了。」

鄭蘭州哈哈大笑，長身而起，道：「在下告退。」

快活王卻道：「鄭先生何妨留坐在此。」

鄭蘭州笑著沉吟道：「也好……在下就為兩位擲擲骰子吧。看來今夜之豪賭，到現在才算真正開始，方才的都算不得什麼了。」

沈浪仍然微笑著坐在那裡，他的手也仍然是那麼溫暖而乾燥，雖然，他也知道鄭蘭州說的並沒有錯。

真正驚心動魄的豪賭，到現在才算開始，他今夜的對象只是快活王，快活王今夜的對象也只是他，沒有別人。

雖然他已從別人身上取得十萬兩，雖然這十萬兩已使他勝算增加了兩成，但他的對手委實太強，直到現在為止，他還是找不到一絲一毫可乘之機……坐在對面的這人，簡直像是尊不敗的賭神，他的鎮定與沉著，簡直無懈可擊。

三十二張光亮潔淨的牙牌，又整整齊齊擺好。

快活王突然道：「兩人對賭，便不該由本座做莊，是麼？」

沈浪微微笑道：「王爺果然公道。」

要知兩人的牌，點數大小，若是完全一樣，則莊家勝，那麼沈浪便吃虧了，這種情況雖然極少，但快活王仍不肯佔這便宜。

快活王道：「輪流坐莊，也有不便之處，倒不如由你我兩人，協議賭注多少，兩人完全站在同等地位，誰也不會吃虧。」

沈浪笑道：「但憑王爺作主。」

快活王目光閃動，突又緩緩道：「但如此賭法，閣下不覺太枯燥了麼？」

沈浪道：「枯燥？」

快活王道：「如此賭法，可說全憑運氣，毫無技巧，這樣雖然刺激，卻太無趣。」

沈浪笑道：「依王爺之意，又該如何賭法？」

快活王目光炯炯，逼視著沈浪道：「牌是死的，但賭注卻非死的，牌雖不能變化，但賭注卻可以變化，只要能有變化，便有趣多了。」

沈浪道：「賭注又該如何變化？」

快活王道：「你我下注看牌之後，雙方都可將賭注加倍，對方若不接受，便連比牌權利都沒有了，對方若是好牌，還可再將賭注加倍……賭注可以一直加下去，直到雙方都不再加，或是一方棄權時爲止。」

他目中閃過一絲狡黠的微笑，緩緩地接道：「如此賭法，你手上若是一副大牌，便可多贏一些，但你若取得一副壞牌，卻也未必一定會輸，只因你賭注若是加得恰當，對方點子縱比你大，也可能棄權的。」

沈浪拊掌大笑道：「妙極，當真妙極，如此賭法，除去幸運之外，智慧技巧與鎮定功夫，更是萬不可少……」

快活王道：「不錯，這賭法的最大訣竅，便是不可被別人自神色中瞧出你手裡一副牌是大是小？而你卻要設法猜出對方手裡一副牌是大是小。」

沈浪大笑道：「這賭法果然有趣……有趣得多……」

四下圍觀的人，早已一個個聽得目瞪口呆。

鄭蘭州嘆息著笑道：「這樣的賭法，當真是別開生面，聞所未聞，在下本以爲對各種賭法俱都略知一二，那知王爺今日又爲『賭』開了先例。」

快活王笑道：「賭場正如戰場，賭場上雙方必須勾心鬥角，爾虞我詐，這樣賭得才有意思，如此賭法正如武林高手相爭，機遇、技巧、智慧、經驗，俱都缺一不可，這樣賭輸了的人，才算真正輸了。」

鄭蘭州笑道：「王爺因是絕頂高手，沈公子看來亦不弱，兩位今日之賭，無論誰勝誰負，我輩都可大開眼界，真是眼福不淺。」

快活王道：「沈公子若無異議，我此刻便可開始。」

沈浪笑道：「賭注既可隨時增加，第一次賭注多少，何妨先作規定，免得每次都要取得協議，豈非徒然浪費時間。」

快活王微一沉吟，道：「五千兩如何？」

沈浪笑道：「好。」

骰子擲過，牌分出，每個人的眼睛都瞪大了。

鉅大的賭注，新奇的賭法，強而有力的對手——沈浪的眼睛也不禁發出了興奮的光，卻襯得他微笑更迷人，瀟灑。

他兩隻手輕輕攏起了牌，七點不算好，但也絕不壞。

他覆起了牌，也將臉藏在陰影裡，瞧著快活王，快活王也在瞧著他，這兩雙發光的眼睛，都沒有絲毫變化。

但快活王的手，那雙完美、毫無瑕疵的手，已推出了一堆潔白的銀錠，口中輕輕地道：「再加一萬兩。」

一萬兩，這數目不少，他手中莫非是一副八點以上的大牌？還是只不過在虛張聲勢？只想將對方嚇退？沈浪遲疑著，撿出了兩張銀票，道：「壹萬兩之後，再加壹萬五千兩。」

快活王道：「很好，我再加三萬兩。」

三萬兩，他毫不猶疑就推出三萬兩，看來，他只怕不是在虛張聲勢了，他的牌必定不小。

但七點，七點卻絕不是好牌。

沈浪緩緩伸出了手，已要將牌推出，準備放棄。

但就在他伸出手的那一剎那，他的主意突然變了。

這只是他本能的靈機，絕沒有任何理由，他沒有推出牌，反而推出了一疊銀票，微微笑道：「三萬兩，我看了。」

快活王目光凝注著他，並沒有瞧他手上的牌，淡淡道：「你贏了。」

沈浪道：「但我只有七點。」

快活王輕輕翻開了牌，卻只是一點。

四下發出一聲輕微的嘆息，一點，居然敢如此重擊，而七點居然就看了，這全都令人不可思議。

沈浪贏了第一仗，贏得十分漂亮，這或者就是勝負的關鍵，染香臉上不禁綻開了微笑。

鄭蘭州嘆息著擲出第二次骰子，牌再次分出。

沈浪將牌輕輕一掀，已瞧見了，那是天牌，一對完美無缺的天牌，幸運再次降臨在他頭上。

幸運之神，今夜似乎特別照顧於他。

他不動聲色，瞧著快活王。

快活王也絲毫不動聲色，沒有絲毫舉動。

他莫非已有些怕了？

沈浪考慮著，這是難得的機遇，他絕不能輕易放過，他既不能出得太多，將對方嚇退，可也不能出得太少。

他要給對方致命的一擊。

死一般靜寂中，他終於沉聲道：「我加壹萬五千兩。」

這數目不多也不少，正是出得恰到好處，他要使對方摸不清他的虛實，他要讓對方覺得他心裡也在害怕。

快活王考慮了有半盞茶功夫，方自道：「壹萬五之後，再三萬。」

沈浪心在笑——快活王果然上鈎了。

他指尖輕觸著緞子般光滑的牌背，故意沉吟著道：「三萬……三萬之後，我再加五萬。」

快活王遲疑著，他似乎知道自己走近陷阱的邊緣。

但他終於道：「五萬之後，再加五萬。」

他終於跌了進去，沈浪覺得四面的呼吸聲都突然變粗了。

現在，對方已跌入他佈好的陷阱，他可以一擊致命，但他卻不願將這場牌結束得太早。

他想，這樣已足夠了，已足夠折去對方的銳氣，以後的牌，必將是一面倒的局勢，他不必太著急。

於是他微笑道：「五萬兩在這裡，我看了。」

快活王道：「很好……很好……」

沈浪輕輕翻起了牌，道：「天……」

幾乎在同時，他已瞧見了對方的牌。

那赫然竟然一副至尊寶，無可比敵的至尊寶。

四下的驚嘆聲、讚美聲，雖然已被極謹慎地抑制著，但匯集在一齊時，那聲音仍然不小。

沈浪卻幾乎沒有聽到，他要使別人落入陷阱，自己反而落入陷阱，這關鍵的一仗，他竟敗了。

現在，他辛苦贏來的十餘萬兩，都已輸出。

局面已完全改觀，快活王已穩佔上風，此後，他務必要處於捱打的局面，那局面必定十分艱苦。

他若想再勝，必需非常謹慎，非常小心，靜等著第二次良機的到來，否則他今夜便要從此一蹶不振而一敗塗地。

但今夜是否還會有第二次良機降臨呢？

良機降臨時，他又是否能夠把握？

這一段時間，果然是極爲艱苦的。

他打得非常小心，簡直太小心了，快活王是賭中的狼，自然不會放過每一個打擊他的機會。

接連五次，他沒有跟進，平白輸了二萬五千兩，他甚至連快活王是什麼牌都沒有瞧見，他不敢去瞧。

雖然有一次他明知快活王手上的牌絕不會超過五點，而他手中卻是八點，但他還是沒有跟進。

因爲他的信心已動搖，他完全沒有把握，他不敢再打沒有把握的仗，他賭本若是輸光，便永無翻身的機會。

幸好，他以後以一副「雜五」對手一副「天槓」小勝了兩把，贏回三萬五千兩，他的賭本又小有增加。

但快活王接連又以一副「二點」駭退了他的「七點」，一副「虎頭」對贏了他的「雜九」對。

他若不是又用一副「天槓」小小撈進一些，賭本便要送去一半了，五萬是絕不夠的，九萬還勉強可以。

骰子在盤子清脆地轉著，銀子與牌，在桌面上無聲地滑來滑去，長夜，就在這其中悄悄溜走。

但快活王的眸子更亮，旁觀的人也毫無倦容，只有沈浪他心裡已有些厭倦了，他已捱打捱得太久。

但他卻絕不讓別人瞧出來，絲毫也不能被別人瞧出來，他知道這時已接近生死存亡的關頭。

他知道剩下的時間已不多，在這短短的一段時候裡，他若還不能把握時間翻身，只怕就永遠沒有時間翻身了。

他渴望能拿著好牌。

他終於拿到！

第一把，他拿到「娥」對，第二把，是「天九」。

這兩把他贏得並不多，但卻發覺快活王那雙鎮定明銳的目光，已有一些亂了，這正是他反擊的時候。

他確信只要是能再拿著一副好牌，便可將快活王置之死地，快活王顯然已有些焦躁，只因這對手明明已快躺下去，卻偏偏還能支持著不倒，這種時候，正是勝負的最後關頭，沈浪的時機終於來了。

但這卻已是他最後的時機。

這時機若是錯過，便永不再來。

沈浪只要能再拿著一副好牌……只要一副好牌。

他全力控制著自己，不使手指顫抖。

他輕輕攏起了牌，第一張是「梅花」。

這張牌不錯，「梅花」還沒有出現過，他還有成對的機會，縱不能成對，只要配上一張八、九，他還是勝算居多！

他緩緩推開第一張牌，露出第二張，他覺得自己掌心已在出汗，小巧的牙牌，似乎變得重逾千斤。

第二張牌竟是「地」。

兩點，只有兩點，要命的兩點。

那紅紅的兩點，就像是兩個無底的洞，等著他跌下去，又像是兩隻譏諷的眼睛，在空虛地瞪著他。

他記得有一次也是拿著張「地」牌，也是同樣的兩個紅點，但這兩點與那兩點，爲何竟是如此不同？

這張兩點曾經帶給他幸運，此刻爲何又要帶給他不幸？他今夜以這兩點開始，莫非又要以這兩點結束？

強烈的燈光，此刻也像是變得有些昏黃。

旁觀的人，雖然看不出沈浪與快活王神情有絲毫變化，卻已感覺出他們之間那種緊張的氣氛。

每個人都也不由得緊張起來，神經都像是琴弦般繃緊，染香，更是緊張得連氣都喘不過來。

只見快活王推出一疊銀票，道：「加三萬。」

沈浪微一遲疑，數了數面前的銀票，道：「我再加三萬。」

快活王幾乎想也未想，道：「再加三萬。」

賭法一下子就由五千跳至九萬五千了，眾人的心不覺都提了起來，染香的一顆心更幾乎到了嗓子外。

她知道沈浪面前連上次贏來的最多已只剩下六七萬兩了，這已是他最後的賭本，輸了便不能翻身。

她瞧著沈浪，幾乎是在哀求：「你的牌若不太好，便放手吧，留下六七萬兩，多少還有翻本的機會。」

沈浪卻將最後的一疊全都推了出去，道：「一萬之後，再加三萬五千。」

染香幾乎叫出聲來，但想了想，卻又幾乎要笑出聲來——沈浪手裡必定是副好牌，說不定是至尊寶。

他的牌若不好，又怎敢孤注一擲——沒有人敢將自己最後的賭本拿去冒險的，除非他根本不會賭。

染香忍不住微笑了。

她若知道沈浪手中只是兩點，她只怕立刻就要暈過去。

快活王凝注著沈浪，像是想瞧入他的心，想瞧瞧他究竟，是否在虛張聲勢，是否在「偷機」。

沈浪就動也不動地讓他瞧，快活王突然微微笑道：「你駭不退我的，你最多只有四五點。」

沈浪笑道：「是麼？」

快活王道：「我算準了。」

沈浪微笑道；「那麼，你爲何不再打？莫非你只有一兩點？」

快活王道：「哼！」

他突然拍了拍手，身後立刻有人遞來隻小箱子。

快活王將箱子全都推了出去，道：「我再加你九十萬兩。」

四下的人又微微地騷動起來，龍四海、周天富，不知何時也被這場驚心動魄的豪賭吸引得回來了，站在欄外。

龍四海眼睛瞪得如銅鈴，周天富鼻子裡直冒氣。

沈浪卻仍然只是微微笑著，指尖在牌背上滑來滑去。

快活王道：「如何，你不敢跟進？」

沈浪微笑道：「方才我忘了請教，賭本不夠時，難道也算輸麼？」

快活王道：「你賭本已不夠？」

沈浪道：「王爺明知任何人身上都不會帶著九十萬兩銀子的。」

快活王的眼睛像是鷹，瞧著沈浪道：「雖無現銀，抵押亦可。」

沈浪笑道：「縱是那位周兄，身上也不會有價值九十萬兩之物來作抵押，何況區區在下……在下簡直可是身無長物。」

快活王目中閃過一絲冷酷的微笑，緩緩道：「別人身上縱無價值九十萬兩之物，你卻有的。」

沈浪道：「我有……」

突然仰天大笑道：「王爺莫非是要在下這條性命作賭。」

快活王道：「閣下將自己性命看作只值九十萬兩，豈非太過自貶身價？」

沈浪笑聲突頓，道：「那又是什麼？」

快活王道：「手指。」

沈浪軒眉道：「手指？」

快活王道：「不錯，閣下每一根手指，都可值四十五萬兩。」

沈浪大笑道：「在下直到今日，才知道自己手指竟有如此值錢。」

快活王冷冷道：「閣下若是勝了，這滿桌金錢，但憑取去，閣下若是敗了，只要讓本座切下兩根手指……」

他發出一聲短促的冷笑，接道：「閣下手指共有十根，切去兩根，也算不得什麼的。」

他兩人對話一句接著一句，眾人的面色，也不覺隨著他兩人的對話陣青陣紅，掌心已都不覺淌出冷汗。

染香若不是扶著欄杆，早已倒了下去，殘酷，這是何等殘酷的賭注，竟要以活生生的血肉去賭冷冰冰的銀子。

沈浪卻仍在微笑著。

他微笑著，瞧著快活王，微笑著道：「王爺若割下我拇指，我便終生不能使劍，王爺若割下我食、中兩指，我便終生無力點穴……這兩根手指，用處當真不小。」

快活王淡淡道：「你若不敢賭，也就罷了。」

沈浪凝目瞧著他，直過了盞茶功夫，突然道：「我賭了。」

「我賭了」這三個字說出來，眾人但覺彷彿被一隻手扼住了脖子，連呼吸都無法呼吸，快活王身子也似微微一震，失聲道：「你賭？」

沈浪微笑道：「賭。」

快活王厲聲道：「你是什麼牌？」

沈浪笑道：「牌不好，但也並不太壞。」

他微笑著掀起牌。

兩點，竟只有兩點！

眾人憋住的那口氣，到此刻才吐了出來，在這裡，每個人雖都不敢放肆，但仍不禁起了騷動。

染香身子一軟，終於滑倒在地上。

完了，什麼都完了。

沈浪這該死的瘋子，他竟只有兩點。

這兩點居然也敢賭。

騷動中，快活王卻石像般坐在陰影中，動也不動，那一雙冷酷銳利的眼睛，突然變得空空洞洞。

他空洞地瞪著這副兩點，一字字緩緩道：「你只有兩點……很好，你只有兩點……」

語聲也是空空洞洞的，也分不出是喜？是怒？

沈浪微笑道：「不錯，只有兩點。」

快活王突然厲聲道：「你怎如此冒險？」

沈浪笑道：「只因在下已算準了王爺的牌，絕不超過兩點。」

快活王冷笑道：「你是如何算的？本座倒想聽聽。」

沈浪道：「第一，在下已摸清了王爺賭時的手法。」

快活王道：「我是什麼手法？」

沈浪道：「王爺若有大牌時，絕不急攻躁進，只是靜靜地等著，等著別人上鈎……但王爺手中之牌若是十分不好時，王爺卻必定狠狠下注，要將對方嚇退。」

快活王道：「哼，還有呢？」

沈浪道：「所以，在下就以此佈下了圈套。」

快活王道：「圈套？」

沈浪道：「在下故意數了數銀票，讓王爺知道我賭本已不多，故意引誘王爺你『偷機』，只因王爺算準賭本不多的人，是絕不肯打沒把握的仗，隨意冒險，甚至明知王爺偷機，也未必敢抓的……」

他一笑接道：「何況這副牌的好牌都已出來，我手上點子絕不會大，正是王爺『偷機』的好機會，這機會王爺怎肯放過？」

快活王冷冷道：「這機會卻是你故意製造的，是麼？」

沈浪笑道：「不錯，王爺果然禁不起這引誘……等到後來王爺下注那般兇狠，在下更算準王爺只不過是想將在下嚇退而已。」

快活王道：「你竟如此有把握？」

沈浪笑道：「多少有些的。」

快活王冷笑道：「本座難道是死人，賭法難道不會改變？」

沈浪道：「自然有此可能，但每個人的習慣賭法，多已根深柢固，情況愈是緊張，愈是情不自禁要使出這種習慣的賭法。」

快活王冷笑道：「本座也許只不過是故意作出煙幕，讓你以為本座的賭法如此，其實卻是等著你上當的。」

沈浪笑道：「自然也有此可能，但事已至此，在下也只得冒險了，無論任何賭博，都是要冒險的，只是冒險的程度有大有小而已。」

快活王突然大笑道：「很好……很好……你自己瞧瞧我是什麼牌吧。」

狂笑聲中，他竟霍然長身而起，頭也不回的走了出去。

直到現在為止，眾人還是猜不透他手裡究竟是什麼牌，更摸不清他的牌究竟是大？是小？

大家眼睜睜瞧著他穿著寬袍的人影消失在黑暗中，一顆心都是七上八下，忐忑不定，就好像和快活王對博的人已變成自己，這副牌竟真的會比兩點還小？不可能！這簡直幾乎是不可能的事。

每個人的手都已不知不覺在顫抖著，都忍不住想掀開這副牌瞧瞧，但終究還是沒有一人敢伸出手來。

沈浪微笑道：「王爺既已去了，這副牌就讓在下翻開瞧瞧吧。」

他方自伸出手去，陰影中突有一隻手伸出來按住了牌，他只不過輕輕一按，這副牌竟整個嵌入桌子裡。

這隻手正是方才凌空震退「女霸王」夏沅沅的那隻，也正是一把就將「小霸王」時銘擲出去的那隻。

眾人片刻才瞧清這隻手，乾燥枯澀，手背上卻瞧不見一根筋，整隻手竟生像是枯木雕成的。

只聽那冷澀的語聲道：「這副牌你不必瞧了。」

沈浪微笑道：「為什麼？」

那語聲冷冷道：「我已瞧過，這副牌比兩點大，是三點。」

沈浪道：「哦……是嗎？」

那語聲怒道：「你敢不信任我。」

他這句話說出來，眾人臉色都變了。

沈浪若是說一聲「不」，此人自然立刻便要出手。

沈浪近來名聲雖響，但究竟年紀還輕，又怎會是這關外第一名家的敵手。

何況兩人真的動手起來，沈浪的計劃不就全都完了。

但若要沈浪瞧也不瞧就認輸，又有誰輸得下這口氣。

一時之間，眾人也不知爲了什麼，心裡卻不禁暗暗爲沈浪著急，都知道沈浪若要將這隻手自牌上移開，實是比登天還難。

沈浪卻只是淡淡一笑，道：「在下方才已瞧見過閣下武功，的確不愧爲王爺座下第一高手，卻不知閣下可瞧得出這樣東西有何不對？」

他伸過手去，手裡果然抓著東西。

那隻手不由自主，下意識地接了過來，攤開手掌一瞧，卻不過只是對骰子，他怔一怔，隨即怒道：「這骰子有何不對？」

沈浪大笑道：「這骰子沒什麼不對，卻不知這副牌對不對。」

大笑聲中，他手掌也在桌面上輕輕一按，那兩張已完全嵌入綠絨桌面裡的牌，竟突然向上跳了起來。

輕輕一按，便能將牙牌嵌入桌子的掌力固是驚人，但輕輕一按，就能使牌跳起來的功夫，卻更是駭人聽聞。

眾人再也忍不住失聲喝彩，眼見沈浪的手已接著牌了，突聽「嗤，嗤」兩聲，接著「噗，噗」兩響。

那兩隻牙牌竟被凌空擊得粉碎，碎片四射而出，李登龍躲閃不及，肩頭挨著一點，竟然痛徹心腑，卻見兩樣東西落在桌面，竟赫然正是方才還在那隻手裡的骰子。

堅固的牙牌已裂成碎片，這兩粒骰子卻仍是完完整整，此人手上的功夫，簡直已令人不可思議。

眾人聳然動容，李登龍撫著肩頭，咧著嘴，失聲而呼，也不知是在喊疼，還是在喝彩。

只聽那語聲冷冷道：「三點吃二點，你輸了。」

沈浪居然還是微微含笑，道：「真是三點嗎？」

那雙手在桌上一闔，剩下的三十張牌全部被他攏在手裡，只見他兩隻手搓了幾搓，揉了幾揉。

等他再攤開手時，三十張牙牌竟已碎成一堆粉末。

這一來那兩張牌究竟是否三點，更是死無對證。

那語聲冷笑道：「我說是三點，就是三點。」

沈浪喃喃道：「不錯，在下縱然不信，看來也不能不信了。」

那語聲咯咯笑道：「看來你也只有認輸。」

沈浪笑道：「但閣下卻忘了一點。」

那語聲怔了怔道：「什麼？」

沈浪大笑道：「這點。」

他兩隻手不知何時已伸在桌下，片刻只聽「啵」的一聲輕響，那整張桌面當中突然有一塊跳了起來。

原來他手輕在桌子下一拍，便已將如此堅固的桌面自中央擊出一塊，也正是方才那兩隻牌嵌在裡面的那一塊。

沈浪閃電般接了過來，那兩個陷進去的牌印子，在燈光下瞧得清清楚楚，凸出來十個圓點。

左面的一張印出來的是「四二」六，右面的一張印出來的是「板凳」四，加進來恰好是十點，一副倒楣透頂的蹩十。

那雙手雖然將整副牌都毀去，以為已燬屍滅跡，死無對證，卻忘了那兩張牌竟在桌上留下了證據。

這證據竟也正是他自己造出來的！

眾人張大了嘴，瞪大了眼睛，也不知是驚奇，是讚美。

沈浪微微一笑，道：「兩點吃蹩十，你輸了。」

黑暗中那人影站著動也不動，那兩隻手也不動，只有一雙像狼一般冷酷的眼睛，自黑暗中瞪著沈浪。

沈浪的眼睛也含笑瞧著他。

也不知過了多久，眾人已又緊張得透不過氣。

突聽那語聲輕輕吐了口氣，冷冷道：「很好，你贏了。」

這一仗，沈浪竟贏了一百萬。

銀子，在眾人讚美與羨慕的嘆息聲中，被搬了出去。

這時，東方已白。

沈浪放鬆了四肢，又懶懶的坐在他那張最最舒適的椅子裡，嘴角帶著的微笑，仍是那麼懶散，像是並沒有什麼得意。

染香又蜷曲在床上，呆呆地瞧著他，突然笑道：「你真會駭人，你方才真駭死我了。」

沈浪道：「只可惜沒有真的駭死。」

染香咬了咬嘴唇，瞅著他，還是忍不住笑道：「你方才真有十成必勝的把握？」

沈浪淡淡一笑，道：「世上那什麼事能佔十成勝算。」

染香嘆了口氣，道：「但你總算是贏了。」

她瞧著堆在桌上的銀子，瞬即展顏笑道：「現在，無論如何，你已可算是個富翁……唉，一百萬兩，世上大多數人一輩子都休想賺得到。」

沈浪道：「哦，是嗎？」

染香道：「你可知道一百萬兩能做些什麼事？」

沈浪道：「能做些什麼？」

染香閉起眼睛，徐徐道：「一百萬兩買來的房子，能住得下全蘭州大大小小所有的人，一百萬兩買來的糧食，能使全甘肅的人吃上一年。」

她輕輕嘆了口氣，接道：「一百萬兩能使一千個忠心的奴僕背叛他們的主人，一百萬兩也能使一千個貞潔的少女失去貞操。」

沈浪突然一笑，道：「但一百萬兩也可能什麼事都未做就不見了。」

染香道：「不見了……不可能，這絕不可能，你就真將這一百萬兩都拋入黃河，最少也能叫全蘭州一半人跳進河裡去找。」

沈浪微微笑道：「可能的，一定可能的。」

染香笑道：「我不跟你抬槓，我只問你，第一仗你既然勝了，以後該怎麼辦？難道還是坐在這裡等快活王來找你。」

沈浪道：「我難道不能去找他一次。」

染香失聲道：「找他？」

沈浪一笑，也不答話，卻突然高聲喚道：「春嬌姑娘進來吧。」

這一次是春嬌自己推門進來的了。

她滿臉是笑，萬福道：「賤妾正想敲門，不想沈公子就已知道了。」

卅二　鬼爪攫魂

染香見春嬌推門進來，冷笑道：「你反正沒有敲門的習慣，這次敲不敲都是一樣。」

春嬌根本不敢瞧她，也不敢接她的話，只是向沈浪陪著笑道：「賤妾想來瞧瞧沈公子有沒有什麼吩咐。」

沈浪含笑道：「我正想去找你。」

春嬌臉色變了變，道：「沈公子要……要找我。」

沈浪道：「煩你到蘭州城去，爲我選購一批最好的珍珠。」

春嬌這才放心，展顏笑道：「這個容易，不知沈公子要多少。」

沈浪道：「就買一百萬兩的吧。」

春嬌、染香忍不住同時失聲道：「一百萬兩？」

沈浪笑道：「可是太少了……那麼就買一百三十萬兩吧。」

染香呆在那裡，春嬌結結巴巴地道：「一百三十萬兩，那……那不會太多麼？」

沈浪道：「我不是要你買普通的珍珠，是要最好最大的珍珠，每個最少要有龍眼核那麼大，一百三十萬兩只怕也買不到多少。」

春嬌道：「但……但那種珍珠，只怕難買得很。」

沈浪笑道：「只要有銀子，還怕買不到。」

春嬌透了口氣，道：「但……但價錢……」

沈浪道：「無論價錢多少，就算比市面上貴一倍也沒關係，但卻要在今天買到，最遲也不能遲過子時。」

染香已忍不住道：「一百三十萬兩全買珍珠，你……你瘋了麼，要這麼多珍珠幹什麼？」

沈浪笑道：「自然是有用處的。」

春嬌眨了眨眼睛，突然笑道：「我知道了，沈公子莫非是要送人？」

染香道：「呀……莫非是送給快活王？」

沈浪笑道：「爲什麼定要送給快活王，難道不能送給你們？」

春嬌、染香對看一眼，兩個人都呆住了。

沈浪大笑道：「珍珠很難買，你還不快去。」

春嬌定了定神，滿臉陪笑道：「是，我這就去，我親自去。」

沈浪道：「還有……」

春嬌道：「公子還有什麼吩咐？」

沈浪道：「煩你爲我準備幾張請帖，四張就足夠了，人家既然請了咱們，咱們少不得也得還請人家一頓的。」

春嬌拍手道：「對，對極了。」

沈浪道：「事不宜遲，就在今夜子時。」

春嬌道：「那麼賤妾更該快爲公子去準備酒菜。」

沈浪道：「用不著酒菜。」

春嬌又是一怔，道：「請客用不著酒菜，公……公子你卻讓人家吃什麼？」

沈浪神秘地一笑道：「我自然有東西給他們吃。」

一杯酒，每人面前只有一杯酒。

這就是沈浪請客吃的東西。

不錯，杯是金的，而且是很大的酒杯，酒看來也是好酒，但請客只有一杯酒，這像話麼？

鄭蘭州、龍四海、周天富，甚至連「小霸王」時銘都來了，都直著眼睛，瞧著面前的一杯酒發呆。

快活王呢？快活王還沒有來，他架子當然不小。

鄭蘭州瞧著這杯酒，微笑著，既沒有驚奇，更沒有不滿，他似乎早已瞧出沈浪這杯酒裡必定有著花樣。

龍四海也在笑，只是笑容裡有些驚詫，有些好奇。

沈浪請客難道真的只有一杯酒，爲什麼？

周天富卻皺著鼻子，皺著眉頭，一雙眼睛不住東張西望，他並不是在等快活王，他是等菜。

「小霸王」時銘卻只是爬在桌上，用十來個銀錁在堆寶塔，寶塔總是堆不成，他不住地在嘆著氣。

染香心裡在好笑，這位小霸王被昨夜那一駭，居然變乖了，衣服穿得整整齊齊，手也洗得乾乾淨淨。

那位「女霸王」居然沒有來，莫非是被嚇病了。

沈浪靜靜地瞧著他們，嘴角的微笑仍是那麼瀟灑。

子時早已過去，窗外星光滿天。

「小霸王」突然道：「那位王爺會來麼？」

沈浪微笑道：「說不定。」

小霸王道：「咱們還要等多久？」

沈浪笑道：「也說不定。」

周天富忍不住道：「若再不來，裡面的菜只怕都涼了。」

染香瞟了他一眼，笑道：「不會涼的。」

周天富道：「哦？」

染香笑嘻嘻道：「只因根本就沒有菜。」

周天富呆了呆，突然大笑起來，指著沈浪笑道：「不想你倒節省得很。」

沈浪微笑道：「在下一向節省。」

染香笑嘻嘻道：「他又沒有挖著金礦，自然該節省些……」

語聲突然頓住，笑容也凝結，眼睜睜瞧著門。

門口不知何時已多了個人。

門已夠高了，但這人卻比門還高著一個頭，他身子已走到門口，頭卻在門楣之上，染香只能瞧見他那瘦骨嶙峋，像竹竿般的身子，卻瞧不見他的頭，但只瞧見這身子，卻已足夠使人心裡冒出一股寒氣。

他穿的是件黑油油的皮衣，緊裹在他那瘦長的身子上，就像是蛇皮，他整個人也就像是條毒蛇，每一分，每一寸，都潛伏著不可測量的兇險，他雖然連指尖都未動一動，但隨時都像是在等著擇人而噬。

他那雙乾燥枯澀，像蛇頭似的手，竟幾乎已垂到膝蓋，別人在三尺內才可以打到他，他卻在五尺外就可傷人。

他簡直就像是為了殺人而生，若不殺人，他活著簡直別無意義。

沈浪含笑而起，抱拳道：「氣使光臨，何不請進來小飲一杯？」

那生澀的語聲在門外冷冷道：「本座獨孤傷。」

沈浪笑道：「原來是獨孤兄。」

那語聲冷冷道：「獨孤之氏，從無兄弟。」

沈浪仍然笑道：「是，是，獨孤先生何不請進。」

獨孤傷「哼」了一聲，道：「正是要來喝你一杯。」

沈浪道：「王爺大駕，不知何時光臨？」

獨孤傷道：「他本要來的，但今夜卻偏偏有個好朋友要去找他，他若不在那裡等著挖出那人的心，那人必定失望得很。」

這種殺人挖心之事，在他口中說來，真是稀鬆平常，但聽在別人耳裡，身上卻不禁冒出雞皮疙瘩。

沈浪卻仍然笑道：「王爺既然無暇前來，獨孤先生來了也是一樣。」

獨孤傷又「哼」了一聲，袖中突然飛出一根金絲，他的頭雖然還在門外，但手上卻也似長著眼睛。

只見金絲一閃，已套住一隻酒杯，飛回他的手掌。

獨孤傷一飲而盡，冷冷道：「好酒。」

手掌再一揚，金杯突又飛回，落在原來的位置，竟是不差分毫，這金杯連杯帶酒，少說也有兩斤，他竟以一根柔絲套起，這腕力、準頭，已是駭人聽聞，而金杯竟能落回原地，這手功夫更是難如登天。

大家瞧他露了這一手，連氣都透不過來，只見燈光一閃，光影流動，再瞧門口，卻已沒有人了。

龍四海長長嘆了口氣，道：「好厲害！」

沈浪微笑道：「此人手上的功夫，只怕已可算是關外第一。」

龍四海道：「關外第一？」

沈浪道：「不錯，關內至少還有三個人強勝於他。」

鄭蘭州突然微微一笑，道：「這次沈兄卻錯了。」

沈浪道：「哦！」

鄭蘭州笑道：「縱在關外，他也算不得第一。」

沈浪嘆道：「在下也知道大漠草原間，盡多臥虎藏龍之地，但只知關外的高手武功多以氣勢見長，卻不知還有手上功夫也如此精妙的人。」

鄭蘭州道：「沈兄可聽過『鬼爪抓魂』？」

沈浪動容道：「鬼爪抓魂，莫非就是當年天下外家邪派武功中，最最神秘陰毒之『白骨幽靈掌』的別稱？」

鄭蘭州頷首道：「正是，沈兄果然博聞。」

沈浪道：「但是『幽靈門』群鬼，三十年前便已被大俠沈天君會合七大劍派掌門人於陰山一役中除盡，據聞幽靈群鬼已再無傳人，卻又怎地到了關外。」

鄭蘭州嘆道：「沈兄有所不知，幽靈群鬼雖已死了個乾淨，但『幽靈門』練功之心法秘譜，卻不知怎地，流傳到關外。」

沈浪唏噓道：「不想陰山一役，竟還有此一餘波，沈大俠與七大掌門人在九泉下若是得知，只怕也不能瞑目了。」

他說這句話時，神情竟突然變得十分沉重，而這種沉重之色，在沈浪面上是極少能見到的。

但大家都被「幽靈門」這充滿了詭譎，充滿了神秘的三個字所吸引，誰也沒有留意到他面上的神色。

鄭蘭州道：「據說三十年前，關外武林道，也曾爲了這『幽靈秘譜』，引起了一場爭殺，但奇怪的是，這件事在江湖中流傳並不廣。」

他微一沉吟，接道：「這或許是因爲當時爭奪秘譜的人並不多，而且一個個俱都守口如瓶，只是在暗中爭殺，並未將消息洩露。」

沈浪道：「這些人自然是不能將消息洩露的，否則中原的武林道只怕都不知要有多少人趕來爭奪，他們就愈發得不到手了。」

鄭蘭州道：「除此之外，還有一個原因，那就是當時爭奪此本秘譜的人，聲名都不顯赫，是以他們所作所爲，就引不起別人的注意。」

沈浪頷首道：「不錯，但無論是誰，他本來的名聲縱不響，地位縱不高，得到這『幽靈秘譜』後，卻不可同日而語了。」

鄭蘭州道：「正是如此。」

沈浪道：「卻不知最後得到的究竟是誰？」

鄭蘭州道：「據說當時爭奪秘譜的幾家人，到後來全都自相殘殺殆盡，只剩下一個燒飯的丫頭，這『幽靈秘譜』自然也就落到這丫頭手裡。」

沈浪嘆息一聲，道：「那些人若知道後果如此，當時只怕就不會殺得那般起勁了吧，唉！世人爲何大多愚魯如此。」

鄭蘭州道：「但後來這丫頭也並未練成『幽靈門』之秘技。」

沈浪道：「哦，爲什麼？」

鄭蘭州道：「這其中真象究竟如何，誰也不知道，但據我側面所聞，這秘密後來終於被一個武林高手知道。」

沈浪道：「那秘譜可是就被他搶去了？」

鄭蘭州道：「他要殺死那丫頭，自然不過是舉手之勞，怎奈那丫頭也懂得身懷秘譜，必惹來殺身之禍，是以竟又將那秘譜藏在一個秘密之處，那位武林高手縱然殺死了她，還是得不到這秘譜的。」

沈浪道：「但他又怎會就此罷休？」

鄭蘭州道：「他自然不肯罷手。」

沈浪道：「他難道想出了什麼法子？」

鄭蘭州道：「此人心計陰沉毒辣，竟將那丫頭誘騙失身，他知道女孩子若肯給身子給了一個人，那就什麼東西都交給他了。」

沈浪道：「但憑那『幽靈秘譜』四個字，正是世上所有的儇薄少年，連做夢時都忘不了的。」

鄭蘭州道：「誰知那丫頭竟比他想像中聰明得多，還是不肯將秘譜拿出來，那人等了許久，終於忍不住了，漸漸露出了本來面目，於是那丫頭就更不肯給他了。」

沈浪道：「不想那丫頭倒是個聰明人。」

鄭蘭州一笑道：「那丫頭知道自己生得並不美，這樣的武林高手，自然不會是真的喜歡她，自然是貪圖她的秘譜，她若拿出了秘譜，自己縱然不死，他也會拋下她走的，她不拿出來，反倒可和他多廝守些日子。」

沈浪道：「天下盡多自我陶醉的少女，不想這丫頭倒是個例外，但看這情況，這丫頭對他終是喜愛得很。」

鄭蘭州道：「不但喜愛，而且癡心，但她愈是癡心，那人愈是討厭，到後來終於使出毒辣的手段，逼她將秘譜取出。」

他嘆了口氣，接道：「據說他使出的手段，無一不是慘絕人寰，毒辣之極，那丫頭後來被他折磨得已不成人形，眼睛瞎了，手腳也殘廢了，但還是咬緊牙根，死也不肯說出那秘譜究竟藏在什麼地方。」

龍四海突然「砰」的一拍桌子，怒道：「這小子是誰，我想會會他。」

鄭蘭州道：「此人究竟是誰？天下沒有一個人知道，只知道他後來還是沒有得到秘譜，還是空手回去了。」

沈浪道：「他怎會肯放過那丫頭的。」

鄭蘭州道：「據說那丫頭也不是個普通人，雖然殘廢了，但還是趁他不留意時逃了出去，而他那時也突然有了急事，必須趕回中原，等他事辦完了，那丫頭已不知藏到何處，他再無法尋著，只有死了這條心。」

沈浪嘆了口氣道：「那丫頭……」

鄭蘭州道：「那丫頭自然也無法再練武功，但肚子裡卻已有了身孕，她竟咬緊牙根，將這孩子生了出來。」

他長嘆接道：「這孩子也正就是幽靈秘技的傳人。」

沈浪動容道：「這樣的孩子，對世人必定充滿了怨毒，他若再練成這種本就殘酷毒辣已極的功夫，那……那還得了。」

鄭蘭州嘆道：「正是如此，據說，這孩子長大成人，練成武功後，也收了批弟子，昔日之『幽靈群鬼』雖已死，今日之『幽靈群鬼』卻又生。」

沈浪道：「這孩子又是什麼樣的人？」

鄭蘭州道：「江湖中沒有人瞧見過她的模樣，對她卻有許多種傳說，傳說中，她是個美艷絕倫，天仙般的少女，但行事卻狠毒得有如惡魔。」

沈浪嘆道：「女子若是狠毒起來，當真比男人狠毒十倍。」

染香撇了撇嘴，道：「那還不是因爲男人都不是好東西。」

鄭蘭州道：「關外武林道，聽得這『幽靈群鬼』四字，也不過是近年間事，但卻不知已有多少人栽在這『幽靈群鬼』的手裡，不但家破人亡，而且都死得極慘，據說這女子好吃人心，每殺了一個人後，就將那人的心取出吃了，她殺的自然全都是男人，她就是要吃男人的心。」

沈浪苦笑道：「她母親上了男人的當，她想來自然恨毒了男人。」

染香突然笑道：「沈浪，不知道你的心滋味如何？」

沈浪笑道：「想來必定是苦的。」

染香眨著眼睛，笑道：「縱然是苦的，我也想嚐一嚐……而且，想嚐嚐你的心是何滋味的女人，大概還不止我一個。」

鄭蘭州微笑道：「沈公子原來也是個薄情郎。」

龍四海大笑道：「也是個……這『也』字用得妙。」

鄭蘭州突然斂去笑容，壓低語聲，道：「還有件奇怪的事。」

沈浪道：「什麼事？」

鄭蘭州道：「這『幽靈群鬼』，也不知爲了什麼，專門和快活王作對，快活王的門下只要一放單，就會被『幽靈群鬼』把心取去吃了。」

沈浪動容道：「哦？」

鄭蘭州道：「聽那『氣使』獨孤傷的話風，快活王今天要等一個人來開膛取心，今天要來找快活王的，只怕就是，就是……」

染香瞪大了眼睛，忍不住脫口道：「莫非就是那『幽靈群鬼』的女鬼頭。」

鄭蘭州嘆了口氣，道：「但願不是她……」

沈浪道：「但想來卻只怕必定是她了……是麼？」

鄭蘭州道：「正是。」

這句話說完，眾人突然覺得身子有些發冷，一個個呆呆地坐在那裡，也沒有一個說話。

過了半晌，周天富突然站了起來，道：「我一聽可怕的事，肚子就餓，可得去吃飯了。」

沈浪微笑道：「這杯酒……」

周天富大笑道：「你既然如此節省，這杯酒索性也替你省下吧。」

染香冷笑道：「你若不喝這杯酒，以後只怕一輩子也喝不到這樣的酒了。」

周天富狂笑道：「這杯酒縱然是金汁，我周天富也可每天喝上個兩三杯，絕不會皺一皺眉頭喊心疼的。」

染香冷冷道：「金汁……哼，這杯酒至少也比金汁要貴上個三五百倍。」

周天富怔了怔，瞬即笑道：「吹牛反正是不要本錢的。」

染香道：「閣下既然什麼事都要講銀子，那麼，我就請問閣下，你可知道單只這一杯酒就要值多少兩銀子？」

周天富道：「難道還會要一百兩一杯不成？」

染香冷笑道：「這話我本來也不願說的，但衝著你，我卻非說不可……這杯酒不折不扣，要值十五萬零三兩。」

周天富失聲道：「十五萬兩……哈哈，十五萬兩銀子一杯酒，你欺我周天富是土蛋？你欺我周天富沒喝過酒？」

染香道：「一百三十萬兩銀子，全買了珍珠，珍珠磨成粉，全溶在酒裡，一共溶了八杯酒，一杯酒要多少銀子，這筆賬你可算得出。」

周天富怔在當地，目定口呆，喘著氣道：「十……十五萬……不錯，正是十五萬。」

染香冷冷道：「還得加上三兩酒錢。」

周天富道：「不……不錯，十五萬零三兩。」

他瞧著那杯酒左瞧右瞧，滿臉恭敬之色，直瞧了有盞茶功夫，終於端起酒杯，拚命往肚子裡灌。

這種人唯一尊敬的東西，就是銀子，除了銀子外，就是他祖宗都不行，更莫要說別的人。

龍四海哈哈大笑，道：「下次我若要請周兄吃飯，就在桌上堆滿銀子就行了，他只要瞧著銀子，吃不吃都沒關係。」

突又一拍桌子，板下了臉，冷笑道：「但我的飯寧可請狗吃，也不會請這種人的。」

周天富放下杯子，大怒道：「你說什麼……別人怕你這大流氓，我可不怕你。」

龍四海厲聲道：「好，出去！」

他霍然長身而起，周天富臉已紅得像是豬肝。

就在這時，突聽一陣嘯聲響起。

這嘯聲尖刺，淒厲，詭異。也不知道是什麼東西發出來的，但絕不是人，人絕不會發出這種嘯聲。

這嘯聲本來還在遠處，但聲音入耳，便已到了近前，來勢之快，簡直快得令人不可思議。

這也絕不會是人，人絕不會有這麼快的速度。

那麼？這究竟是什麼聲音？

是鬼哭！

聲音一入耳，眾人便覺得有一股寒氣，自背脊冒起，手腳立刻冰冷，周天富「噗」的坐下，臉上已沒有一絲血色。

只聽一個嘯聲變成了兩個，兩個又變成了四個……

眨眼之間，嘯聲四起。

嘯聲飄忽流動，忽前忽後，忽左忽右，天地間立刻就被這種淒厲尖銳的嘯聲充滿，再也聽不見別的聲音。

周天富身子發抖，恨不得立刻鑽到桌子下面去。

鄭蘭州、龍四海面上也不禁變了顏色。

染香顫聲道：「幽……幽靈鬼……」

沈浪突然站起來走了出去。

染香大驚呼道：「沈浪，你……你出去不得。」

沈浪頭也不回，笑道：「我這顆心反正要被人吃了的，倒不如被那幽靈鬼女吃了也罷。」

鬼火，深夜的園林竟已充滿了點點鬼火。

慘碧色的鬼火，如千萬點流星，在黑暗中搖曳而過，幽靜的園林，竟突然變得說不出的陰森詭秘可怖。

沈浪大步走了出去。

突然，一點鬼火，帶著那慘厲的嘯聲，迎面飛來。

沈浪袍袖一展，將這點鬼火兜入袖裡，卻見那只是薄銅片製成的哨子，被人以重手法擲出，破風而過，便發出了嘯聲。

至於鬼火，那不過只是一點碧磷。

沈浪微微一笑，拋卻了它，笑道：「幽靈群鬼的伎倆也不過如此。」

他腳步絲毫不停，筆直走向「綴碧軒」。

「綴碧軒」也是黑黝黝的，只有迴廊間，矮几上，擺著盞孤燈，一個敞著衣襟的黃衣人，正箕踞在燈下飲酒。

他面對著滿天鬼火，神情竟還是那麼悠閒。

這千萬點詭秘陰森的幽靈鬼火，竟似乎只不過是幽靈群鬼特地爲他放出的煙花，供他下酒。

沈浪遠遠瞧過去，依稀只見他廣額高頭，面白如玉，頷下一部長髯，光亮整潔，有如緞子。

沈浪不禁吸了口氣，他終於瞧見了快活王，這數十年來，天下武林道中最最神秘，也最最狠毒的傳奇人物。

只見快活王用耳畔兩隻金鈎，掛起了鬍子，剝了個蟹黃，放在嘴裡大嚼，又用滿滿一杯酒沖了下去。

然後，他放下酒杯，滿足地嘆了口氣，突然面向沈浪藏身之處，朗聲一笑，又自舉杯大笑道：「閣下既已來了，何不過來與本王飲一杯。」

沈浪暗道一聲：「此人好靈敏的耳目。」

口中卻微微笑道：「在下沈浪。」

快活王道：「哦，原來是沈公子。」

沈浪大步走出，含笑施禮道：「滿天鬼火，獨自舉杯，王爺的雅興真不淺。」

快活王朗聲大笑道：「滿天鬼火，沈公子居然還出來閒逛，雅興當真也不淺。」

沈浪微笑道：「在下既然請不動王爺，只有移樽就教。」

快活王拊掌大笑道：「本王一人正覺無聊，有沈公子前來相陪，那真是再好也沒有，請，請，快請坐。」

沈浪道：「多謝。」

這時，他已將快活王的容貌瞧得更清楚了些。

只見他長眉如臥蠶，雙目細而長，微微下垂的眉目，一閃閃發著光，當中配著高高聳起而多肉的鷹鈎鼻，象徵著無比的威權，深沉的心智，也象徵著他那絕非常人可比的，旺盛的精力。

沈浪瞧不見快活王的嘴，只瞧見他那中間分開，被金鈎掛住的鬍子，那果然修飾得光滑整潔，一絲不亂。

沈浪走得愈近，愈敏感到他氣勢之凌人，他穿得雖隨便，但卻自然而有一種不可方抑的王者之氣。

快活王也在瞧著沈浪，目中光芒更亮。

他座下多的是英俊瀟灑的美男子，但和沈浪一比，那些人最多不過是人中之傑，沈浪卻是人中之龍鳳。

矮几旁還有金絲蒲團，也不知是否爲那幽靈鬼女準備的，矮几上也還有隻空著的酒杯。

沈浪卻自管坐了下去，自己斟了杯酒，道：「久聞王爺杯中美酒冠絕天下，在下先敬王爺一杯。」舉杯一飲而盡，失聲道：「果然好酒。」

快活王在金盆中洗了手指，笑道：「此酒雖不錯，卻又怎比得上公子的百萬珍珠酒。」捋鬚一笑，又道：「但這螃蟹卻還不錯，你不必客氣，只管淨手……這螃蟹一物，非要自己剝來吃才有風味，若是要別人剝好，便味同嚼蠟了。」

沈浪笑道：「王爺不但精於飲食，更懂得如何吃法，這飲食享受一道，那般暴發富的傖夫俗子，當真學也學不來的。」

快活王突然仰天狂笑起來，笑聲震動屋瓦，遠處木葉飄落，沈浪卻連酒杯中都未濺出一滴，只聽微笑道：「王爺爲何突然發笑？」

快活王狂笑道：「當今天下江湖中人，誰不知道沈浪乃是我快活王的強仇大敵，但沈浪你此刻卻敢與本王對坐飲酒，而且口口聲聲誇讚本王，教本王聽在耳裡，如何不笑……哈哈，如何不笑。」

沈浪面不改色，突也仰天狂笑起來。

兩人笑聲同起，桌上酒杯，「啵」的一聲，竟被這笑聲震得片片碎裂，杯中酒灑了一地。

快活王不禁頓住笑聲，道：「沈公子又爲何突然發笑？」

沈浪朗聲笑道：「當今天下江湖中人，誰不知道快活王耳目遍於天下，誰知快活王卻連個沈浪的事都調查不出，卻教在下如何不笑……哈哈，如何不笑？」

快活王厲聲道：「你若以爲本王不知你的底細，你就錯了。」

沈浪笑道：「王爺又知道在下些什麼……」

突然，「哧」的一聲，一道帶著碧磷磷鬼火的短箭，破空急飛而來，來勢之急，急如驚電。

沈浪卻不慌不慢，拿起筷子輕輕一挾，他看來動作並不快，但那碧磷箭偏偏被他挾在筷子裡。

他看也不看，隨手抛了，隨口笑道：「王爺可知我家鄉何處？身世如何？」

快活王道：「不知。」

沈浪含笑道：「王爺可知我武功出於何門何派？是何人傳授？」

快活王道：「哼。」

沈浪笑道：「哼是知道？還是不知？」

快活王仰頭喝了一杯，道：「不知。」

沈浪也舉起酒杯，道：「王爺可知我究竟有無兄弟？有無朋友？有無仇家？」

快活王大聲道：「不知。」

沈浪笑了笑，緩緩道：「王爺可知我是否真的名叫沈浪？」

快活王怔了怔，道：「這……不知，還是不知。」

沈浪大笑道：「王爺別的不知倒也罷了，連在下姓名都不能確定，又怎能說是知道在下的身世底細？」

快活王皺了皺眉，道：「但……」

沈浪全不讓他說話，接口又笑道：「王爺若連在下底細都不知道，又怎知在下乃是王爺的強仇大敵？」

快活王厲聲道：「江湖中盡人皆知。」

沈浪道：「江湖傳聞，豈足深信？」

快活王道：「十人所說或假，千人所說必真，本王爲何不信？」

沈浪微微一笑，道：「既是如此，江湖中人究竟說了在下些什麼？王爺究竟聽到些什麼？此刻也不妨說給在下聽聽。」

快活王微微一笑，拍了拍手掌。

掌聲驟響，那獨孤傷已掠了出來，以沈浪的耳力、目力，竟也未覺出此人方才一直躲在身後暗處。

沈浪笑道：「人道獨孤兄與王爺形影不離，這話果然不假。」

獨孤傷「哼」了聲，將一束黃捲，送到桌上。

快活王大笑道：「本王何嘗不知，你等久已在暗中窺探本王，甚至將本王之生活起居，都調查得清清楚楚，但你等一舉一動，又何嘗能逃過本王耳目。」

他大笑著自那束黃捲中抽出了三張，隨手抛在沈浪面前，道：「你自已瞧瞧吧。」

這三張紙上，寫的竟是熊貓兒、朱七七和沈浪近日來的行蹤，竟將沈浪在仁義莊中如何遇著了朱七七，兩人如何闖入死城古墓，火孩兒如何神秘失蹤，兩人如何與熊貓兒結爲朋友……

這些事都記載得清清楚楚。

這三張紙上，自然也都提了王憐花，也將王憐花如何與沈浪勾心鬥角的事，調查得明明白白。

沈浪看完了，面上雖仍未動聲色，心裡卻不禁大吃一驚，因爲這些事，有的本是除了他三人之外，再也不會被別人知道的，尤其是他們三人在私下所說的話，沈浪委實再也想不出快活王怎會知道。

除非是他們三人之間，也有了個奸細？

那會是誰？

是熊貓兒？那絕不可能！

熊貓兒絕不會是這樣的人，何況他根本全無和快活王秘密通訊的機會，他的行動，根本全未逃過沈浪的耳目。

是朱七七？也絕不可能。

朱七七也絕不會是這樣的人，她出身豪富世家，根本就不會和快活王沾上任何關係。

何況，她若是這樣的人，又怎會落在快活王部下那「色使」的手中，又怎會受那折磨。

若說他兩人會是奸細，沈浪死也不會相信。

但除了他兩人之外，就只有沈浪自己。

那麼，沈浪自己難道還會是自己的奸細？

沈浪委實想不通，猜不透，只有暗中苦笑，緩緩將那三張紙放在桌上，這三張薄薄的紙，似已突然變得重得很。

快活王目光凝注著他，道：「紙上寫的，可有虛假？」

沈浪沉吟微笑道：「是真是假，王爺自己難道還不能確定。」

快活王捋鬚大笑道：「既是如此，你還有何話說？」

沈浪淡淡一笑，道：「紙上寫的，只有一處不確。」

快活王道：「哦！那一處？」

沈浪道：「這紙上將沈浪的爲人，寫得太好了。」

快活王大笑道：「這你又何苦自謙。」

沈浪道：「這紙上竟將沈浪寫成個大仁大義，公而忘私的英雄俠士，但沈浪其實卻只是個自私自利的小人。」

快活王笑道：「人不爲己，天誅地滅，縱是英雄俠士，有時也要爲自己打算打算的，古往今來，又有那一個是全不爲自己打算的人，除非他是個瘋子，白癡。」

沈浪笑頷道：「正是如此，世人碌碌，誰也逃不過這名利二字，縱是至聖先師，他周遊列國，爲的也不過是要擇一名主，使自己才有所用而已。」

快活王拊掌大笑道：「如此高論，值得本王相敬一杯。」

四面鬼火已愈來愈密，嘯聲已愈來愈響，不可預知的危機，顯然已迫在眉睫，但兩人卻仍長笑舉杯旁若無人。

四面的鬼火雖陰森，嘯聲雖淒厲，但兩人卻只覺對方的鋒芒，委實比鬼火與嘯聲還要可怖。

獨孤傷突然輕叱道：「討厭。」

自桌上攫起一把蟹殼，一揉一搓，撒了出去，只聞數十道急風掠過，接著一連串「叮叮」聲響。

眼前一片鬼火，便已有流螢花雨般落了下來。

但鬼火委實太密，眨眼又將空處補滿。

沈浪持杯在手，微笑道：「這鬼火委實擾人清談，待在下也助獨孤兄一臂之力。」

喝了口酒，突然噴將出去，一口酒竟化做滿天銀霧，銀霧湧出，立刻百十點鬼火全都吞沒。

獨孤傷冷冷道：「好氣功。」

快活王笑道：「足下武功，委實可說是本王近年所見之唯一高手，此刻本王便在足下面前，足下為何還不動手？」

沈浪笑道：「在下為何要動手？」

快活王笑道：「先下手為強，這句話你難道不知。」

沈浪大笑道：「在下與王爺究竟是敵是友？王爺難道不知？」

快活王道：「是敵是友，本王一念之間……」

突聽遠處數十人齊地長笑道：「快活王，命不長，不到天光命已喪。」笑聲淒厲，歌聲斷續，宛如群鬼夜號。

快活王捋鬚大笑，朗笑道：「快活王，命最長，幽靈群鬼命必喪。」

笑聲高朗，歌聲雄厚，一字字傳到遠方。

歌聲方了，滿天鬼火已現出了數十條人影。

碧磷磷的人影，每個人的身上也都發著碧光！人影在鬼火中閃動飄蕩，實如地獄門開，群鬼夜現。

歌聲又起：「地獄門已開，幽靈煉碧火，火煉快活王！」

歌聲中數十人雙手齊揚風驟起，千百點鬼火，隨著砭人肌膚的陰風，如海浪的湧了過來。

快活王安坐不動，微笑道：「獨孤何在？」

獨孤傷雙臂齊振，衣衫鼓動。

沈浪長笑道：「區區鬼火，何足道哉。」

張口一吸，將一壺酒全都吸了進去，叱道：「咄。」

千百點銀雨，便隨著這一聲「咄」字飛激而出。

銀雨化爲銀霧，銀霧吞沒鬼火。

滿天鬼火，突然消失無影。

快活王拊掌大笑道：「幽靈群鬼，原是喝不得酒的。」

一句話說完，鬼火又湧到近前，但只是在曲廊迴旋飛舞，那些碧磷的人影也只是在遠處舞躍閃動，不敢再以掌力將鬼火催來。

沈浪微微笑道：「幽靈門武功，果然有獨到之處，非但輕功身法飄如鬼魅，就連掌風中也帶著森森鬼氣！」

快活王冷笑道：「幽靈門之武功，這些人十成中未必練得一成，數十人掌力匯集一齊，只怕也擋不了沈公子一掌。」

沈浪道：「那卻未必，在下只不過是藉著酒氣佔了些便宜，若論真實功力，在下又怎比得上獨孤兄之深厚。」

獨孤傷冷冷道：「你我總要比一比的。」

沈浪笑道：「這也未必……你我是友是敵，還在王爺一念之間……」

獨孤傷目光閃動，道：「是友是敵，王爺可以決定麼？」

沈浪笑道：「自然。」

「自然」兩字出口，突然長嘯而起，袍袖振處，一股強風捲出，沈浪卻又若無其事的坐了下去。

獨孤傷冷笑道：「你莫非是想露手武功給我瞧瞧？」

沈浪笑道：「在下不敢。」

獨孤傷沉聲道：「你又爲何……」

話聲未了，沈浪方才發出的袖風已消失，地上卻響起了一片輕微的「叮叮」之聲，若非這三人的耳力根本難以聽見。

獨孤傷面色變了變，住口不語。

快活王卻笑道：「幽靈門這一手『無影鬼羽』的功夫，端的是人所難防，若非沈公子耳目超人，本王此刻只怕也難安坐這裡。」

沈浪道：「如此雕蟲小技，怎值得王爺親自出手，在下蒙王爺賜酒，若還不能爲王爺效此微勞，就真的要無顏坐在這裡了。」

快活王道：「你爲何要爲本王出手？」

沈浪道：「只因……」

突聽遠處一聲尖銳淒厲的長嘯。

數十條碧磷鬼影，突然一齊衝了過來。

當先兩條人影，來勢如箭，帶著一連串格格的詭笑撲上迴廊，他們的面上也塗滿碧磷，閃閃發光，使人根本無法分辨面目，他們的長髮披散，隨風飛舞，在暗夜中看來當真比活鬼還要怕人。

兩人手中，一個拿著柄碧光閃閃的短叉，叉頭閃動，叉環「叮叮」作響，響聲也足懾人魂魄。

另一人手中卻拿著柄碧劍，叉劍卻長不過一尺。

這「幽靈群鬼」竟敢用如此短的兵刃，自然另有一種奇詭的招式，這招法必定險絕天下。

叉環響處，碧磷叉隔空直刺快活王。

沈浪微笑道：「王爺還請安坐……」

揮手處，那「幽靈碧鬼」已被震得慘嘷飛出，但碧磷劍則已到了沈浪耳畔，沈浪筷子一伸，竟將那柄劍挾住。

這「幽靈碧鬼」縱然用盡了生平之力，竟也掙之不脫。

沈浪笑道：「螃蟹味美，足下可要嚐嚐？」

左手取起了個巨螯，閃電的挾著這活鬼的鼻子，只聽一聲慘呼，他已雙手掩面，連滾帶爬，如飛逃走。

沈浪的筷子還挾住那柄碧磷劍，又自道：「幽靈鬼物，在下不取，還給你們吧。」

語聲中筷子一抖，碧磷劍如急箭離弦，飛了出去。

「幽靈群鬼」中，正有一人撲來，忽見碧光已在眼前，心膽皆喪，倒翻而出，碧磷劍卻已插入他肩上。

霎時之間，沈浪談笑自若，已重創三人，「幽靈門」險絕天下的身法招式，在沈浪面前，竟直如兒戲。

「幽靈群鬼」雖仍在迴廊前舞躍詭笑，但已無一人再敢撲過來，詭譎的笑聲，也像是有些發抖。

快活王凝注著沈浪，大笑道：「好！果然好得很。」

沈浪道：「王爺過獎了。」

快活王笑道：「你本來是想取本王性命的，此刻卻屢次爲本王出手，你本對本王到處辱罵，此刻卻如此恭敬……」

面色突然一沉，厲喝道：「你如此做法，究竟爲著什麼？」

沈浪微笑道：「王爺難道不知？」

快活王道：「你究竟存著什麼陰謀，本王確想聽聽。」

沈浪緩緩道：「在下本無陰謀，只是……」

突然，五條人影，一齊撲了過來。

刀、叉、劍、鎚、鞭，五件碧光閃閃的兵刃，前後左右，一齊擊向沈浪，不但招式奇詭，出手更是狠毒。

獨孤傷雖然站在沈浪身後，竟是袖手不動。

沈浪長袖一展，捲住了碧磷刀，使刀的人被他力量一引，身子不由自主，撞向使劍的人身上，兩人一齊跌倒。

使叉的人叉尖直戳沈浪雙目，突聽「噹」的一聲，他叉尖不知怎地，竟套入了個酒杯裡，嘴裡卻被塞入了個小碟子，身子也砰地倒在裝魚的盤子裡，沈浪卻以筷子點住了他的頭，笑道：「王爺請嚐嚐這條活魚滋味如何？」

使鎚的人瞧見這情況，怔了怔，狂吼一聲，一鎚他明明擊下，擊的沈浪頭，那知沈浪忽然間移開了三尺。

他這一鎚，竟擊在鞭上，「噹」的，鎚也落地，鞭也落地，兩個人但覺肋下一麻，齊地倒了下去。

沈浪舉手投足間，竟又擊倒五人。

這幾手看來雖然輕描淡寫，其實部位之拿捏，出手之疾、準，俱已妙到毫巔，正是沈浪一身武功之精華。

快活王卻冷笑道：「你如此賣力，想來也是要本王瞧瞧的。」

那使劍的人已自爬起，一劍刺來。

沈浪笑道：「正是要王爺瞧瞧的。」

一句說完，已將那使劍人的頭，按在盤子裡，現在，桌子上不但多了條「活魚」，也更多了個「蝦球」。

「幽靈群鬼」舞躍更急，嘯聲更厲，但卻在漸漸退後了，沈浪這樣的武功，他們委實連瞧都沒有瞧見過。

沈浪微微一笑，緩緩道：「禽棲良木，人投名主，在下流浪江湖，要創出一番事業，也不能獨力行事，此意王爺，想來是不會不知道的。」

快活王目光閃動，道：「你難道是要來投靠於我？」

沈浪道：「正是。」

手掌一鬆，被他按住的兩個人，抱頭鼠竄而去。

快活王精神卻已完全投注在沈浪身上，別的人他連瞧也不瞧一眼，厲聲道：「但你昔日……」

沈浪微笑截口道：「江湖流浪人，行事本為其主，合則留，不合則去，在下昔日雖曾為『仁義莊』效力，但今日卻已非昔日。」

快活王道：「今日你意如何？」

沈浪斂去笑容，正色道：「仁義莊已老邁，已非身懷雄心大志之人久留之地，而放眼當今天下，除了仁義莊外，還有誰能收留沈浪這樣的人。」

他傲然一笑，接道：「還有誰有資格收容沈浪這樣的人？」

快活王縱聲長笑道：「自然只有本王。」

沈浪道：「這就是了，漢王可容韓信，足下何不能容沈浪。」

快活王笑聲突頓，聳然動容，大喝道：「沈浪，你可是真有此意？」

沈浪道：「若無此意，爲何來此？」

快活王目光凝注著他，久久不眨。

沈浪也回眼凝注著他。

兩人目光之中，漸漸有了笑意。

獨孤傷突然大聲道：「此人心懷叵測，萬萬容不得他的。」

快活王頭也不回，喝道：「滾！」

獨孤傷身子一震，面色大變，這一聲「滾」，當真是他從未聽過的，他手腳都起了顫抖，終於黯然垂首，悄悄地退下。

快活王也不理他，一字字道：「沈浪呀沈浪，你若真有此意，實在是你之好運，亦爲本王之福，本王得你爲助，實亦如虎添翼。」

沈浪道：「多謝。」

快活王突又厲聲道：「但你此意若假，只怕……」

突然間，遠處又傳來一聲異嘯。

嘯聲起處，舞躍詭笑的「幽靈群鬼」，突然跳躍呼嘯而去，滿天鬼火，也突然消失無影。天地間，立刻恢復靜寂了，方才還是陰森詭異的鬼域，一眨眼間，又變成了幽靜美麗的園林。

月色，又復映照著大地。

微風吹動，樹影婆娑，若非還有兩個被沈浪點住穴道的碧衣人躺在那裡，真令人幾疑方才所發生的一切，只不過是場噩夢。

沈浪笑道：「這些人來得雖快，去得倒也不慢。」

快活王道：「方才來的，只不過是『幽靈門』下的小鬼，前來試探虛實而已，真正厲害的角色，要到此刻才會來的。」

沈浪道：「聞得那『幽靈鬼女』，非同小可。」

快活王朗聲笑道：「她縱有通天的本事，有你我兩人在這裡，又能如何？」

能被快活王這樣的人物許爲同儕，就連沈浪心裡也不禁起了一種異樣的感覺，微微笑道：「在下之意是真是假，王爺此刻想必已知。」

快活王捋鬚而笑，道：「無論你此意是真是假，本王都已在所不計，你這樣的人才，是值得本王冒險試一試的。」

沈浪笑道：「多謝。」

快活王突又道：「聞得中原武林中，有個王憐花，也是個角色。」

沈浪嘆道：「此人心計之狡毒，手段之狠辣，當今天下，委實無人能出其右，尤其行蹤詭秘，來去飄忽，易容巧妙，更令人防不勝防。」

快活王道：「他與你相較又如何？」

沈浪道：「我若與他生死相搏，實不知鹿死誰手。」

快活王動容笑道：「哦！今日之江湖，除了你之外，居然還有這樣少年，他的身世又如何，武功是何人傳授？」

沈浪道：「這個……」

忽然一笑，接道：「王爺可知道當今天下，身世最詭秘的三個是誰？」

快活王道：「不知。」

沈浪緩緩道：「一個是沈浪，一個便是王憐花。」

快活王道：「還有一個？」

沈浪笑道：「還有一個便是王爺閣下。」

快活王縱聲笑道：「不錯，果然不錯，你我之身世來歷江湖中的確無人知曉，不想除了你我之外，還有個王憐花。」

過了半晌，突又大笑道：「幸好你們兩人是敵非友，否則你們兩人若是聯手，本王只怕也得要退避三舍，瞧你們稱雄天下了。」

沈浪亦自笑道：「幸好他未被王爺所用，否則王爺只怕也容不得沈浪了。」

快活王道：「只是不知那『幽靈鬼女』又是何許人物？她年紀想起來也不會太大，本王真想瞧瞧她究竟有什麼驚人的手段，竟能統馭幽靈群鬼。」

語聲突頓，目光移向遠方。

沈浪緩緩道：「王爺不必再等，她已來了。」

黑暗的院中，突然有了燈光。

十六個身披白紗，雲鬢高髻的少女，挑著宮燈，穿過月色浸浴的園林，婀娜的走了過來。

她們的步履輕靈，風姿婉約，環珮在風中輕鳴，輕紗在風中飄舞，她們竟像並非來自人間，而是來自天上。

方才來的是地獄中的惡魔，此刻來的卻是天上的仙子，這又是多麼大的變化，這變化又是多麼可喜。

快活王優美的手，優美地輕捋長髯，笑道：「幽靈門來的都是如此人物，本王倒歡迎得很。」

十六盞粉紗宮燈，發出了嫣紅的燈光。

兩個身穿七色錦緞長褲，頭戴綴珠七色高冠，卻精赤著上身，露出了鐵一般胸膛的八尺大漢，抬著頂小轎，走在宮燈間。

沈浪微笑道：「轎中的想來必定就是『幽靈鬼女』，她的氣派倒不小。」

快活王道：「她的膽子也不小。」

十六個少女走到近前，襝衽為禮，一字排開。

大漢駐足停轎，輪子後原來還跟著個宮裝少女，此刻碎步走到前面，掀開了轎廉，盈盈拜倒，道：「宮主請下轎。」

一個女子的語聲自轎裡傳了出來，輕輕道：「快活王可是在這裡麼？」

沈浪只道這「幽靈門」掌門人的聲響，必定也是陰森詭異，令人悚慄，那知此刻這語聲卻是柔美嬌媚，使人銷魂。

但他仍然聲色不動，只是靜靜地瞧著。

快活王自然更沉得住氣。

只聽那宮裝少女道：「快活王是在這裡。」

轎中人道：「他爲何不來迎接於我？」

那少女眼波流動，嬌笑道：「他只怕已喝醉了。」

轎中人道：「酒醉之人，不可理論，既是如此，咱們就走吧，等他清醒，咱們再來也不遲。」

那少女道：「是……」

到了這時，快活王終於忍不住喝道：「既然來了，還是留下爲佳。」

轎中人道：「你沒有醉。」

快活王道：「本王千斗不醉。」

轎中人道：「既然未醉，爲何不來迎接於我？」

快活王縱聲長笑道：「你小女子，還要本王迎接於你，也不怕折了福分？」

轎中人冷冷道：「我乃一派掌門，你前來迎接於我，也不會有失你的身分。」

那少女嬌笑道：「是呀，有些人要來迎接咱們宮主還不配哩。」

快活王笑道：「你乃宮主，我卻是王爺，世上焉有王爺迎接宮主之理。」

那少女咯咯笑道：「但你這王爺是假的。」

快活王見少女說他這個王是假的，不由笑道：「你那宮主難道是真的嗎？」

轎中突然發出了銀鈴般的笑聲，道：「我只知道快活王必定陰鷙嚴酷，那知卻是如此風趣，王爺與宮主既然都是假的，宮主自當參拜王爺。」

沈浪愈聽愈覺這語聲委實熟悉已極，卻又偏偏想不起是什麼人來，若說「幽靈鬼女」沒有和他說過話，這種溫柔嫵媚的語聲，他是萬萬不會聽錯的。

幽靈宮主已在笑聲中下轎，果然是個少女，絕色的少女，她身上非但瞧不出絲毫鬼氣，看來簡直是個仙女。

她身上雖穿著層層輕紗，但卻更襯得她體態窈窕，風姿綽約，她面上雖也蒙著輕紗，但別人根本不必真的瞧見她面目，也可想像到必是天香國色。

有風吹過，輕紗飛舞。

她身子也像是要被這陣風吹倒，倚住了那少女的肩，姍姍走了過來，彷彿是走在雲霞上。

快活王目中，燃起了火炬般的光芒，捋鬚笑道：「憐她甘為鬼……」

沈浪應聲笑道：「願君莫摧花。」

快活王伸手一拍他肩頭，敞聲長笑道：「妙極，數十年尋尋覓覓，不想你竟是本王之知己。」

只見幽靈宮主姍姍走上曲廊，竟筆直走到那杯盤狼藉的長几前，扶起了酒杯，柔聲笑道：「俗子無知，擾了王爺雅興，賤妾謝罪。」

快活王道：「不錯，此罪當罰。」

幽靈宮主點首道：「但願王爺莫罰得太重，賤妾承受不起。」

她神情中自有一種楚楚堪憐之意，令人銷魂。

快活王大笑道：「本王怎捨得罰重了你……說該如何罰她。」後面一句話，自然是向沈浪說的。

沈浪微笑道：「罰她爲王爺斟酒三杯。」

快活王歡聲道：「有佳人斟酒，本王不飲已醉。」

幽靈宮主已執起了銀壺，在杯中斟了杯酒，柔聲道：「王爺只要不嫌賤妾手髒，就請飲此一杯。」

燈光下，只見她玉手纖纖，柔白如雪，別人的眼睛會說話，她卻連一雙手都會說話。

她從頭到腳，看來似乎天生就是要被人欺負的，教人見她，雖然憐惜，卻又忍不住要生出一種殘酷的征服之意，她這雙手似乎在求人憐惜，但卻又彷佛在邀請別人，求別人摧殘似的。

快活王似已神魂飛越，大笑道：「你這雙手若是髒了，天下人的手都該斬去才是。」

但是他方自接過酒杯，身後已有一隻手伸過來，在杯中滴了一滴不知是什麼樣的藥水。

水入杯中，毫無反應，酒，並未被下毒。

幽靈宮主笑道：「王爺的屬下，當真仔細，但可惜……」一笑垂首無語。
快活王道：「只可惜卻以小人之心，度了君子之腹，是麼？」
仰首一飲而盡，笑道：「本王也該罰，回敬你一杯。」
他就在那杯中倒了杯酒，送到幽靈宮主手上。
幽靈宮主接過酒杯，笑聲婉囀，道：「賤妾體弱，不勝酒力，這杯酒也請王爺代賤妾喝了吧。」
快活王笑道：「代佳人飲酒，本王何樂不為，但……至少你也得先喝一口。」
幽靈宮主依依垂下了頭，彷彿不勝嬌羞，微微掀起輕紗，淺淺啜了口酒，雙手將酒杯送到快活王面前，道：「王爺，你……你……你真的不嫌賤妾髒麼。」
語聲輕顫，若不勝情。
快活王眉飛色舞，早已全忘了面前這婉約依人小鳥般的女子，便是江湖聞名喪膽的「幽靈門」掌門人，捋鬚大笑道：「願天下佳人香唾俱都化做美酒，好教本王一一嚐遍。」
接過酒杯，便待飲下，突然間，一隻手伸過來，按住了酒杯。
沈浪道：「這酒喝不得。」
快活王目光閃動，軒眉笑道：「可是你也想喝麼，好，本王讓給你。」
沈浪接過酒杯，微微一笑，道：「在下只怕也無福消受。」
竟將這杯酒倒在地上，酒珠濺起，竟化為縷縷輕煙。
幽靈宮主道：「呀……酒中有毒。」

沈浪道：「酒中有毒，宮主難道不知？」

幽靈宮主柔聲道：「酒是王爺自倒的，賤妾怎會知情？」

沈浪笑道：「正因酒是王爺倒的，宮主縱然下毒，別人也不加防範。」

幽靈宮主道：「我……我下了毒，你……你莫要……」

沈浪道：「輕紗微啓，宮主便已做了手腳，別人手中有毒，身上有毒，宮主卻連櫻唇之間，都藏了劇毒，在下好不佩服。」

幽靈宮主輕輕嘆了口氣，道：「你的眼睛只怕也有毒的。」

快活王拍案喝道：「果然是你下的毒？」

幽靈宮主垂首道：「賤妾能賴得掉麼？」

快活王軒眉道：「你好大的膽子。」

幽靈宮主道：「賤妾自小膽弱。」

快活王厲聲道：「你難道不知本王舉手之間，便可取你的性命。」

幽靈宮主仰面一笑，道：「賤妾知道王爺不捨得殺我的。」

雖然隔著層輕紗，但笑容仍足懾人魂魄。

快活王突然縱聲長笑道：「不錯，本王雖有服人的鐵腕，卻從無摧花的辣手。」

沈浪微微笑道：「君王重佳人，非常賜顏色……」

幽靈宮主面向著他，道：「這位是……」

沈浪道：「在下沈浪。」

倒。

幽靈宮主媚笑道。「公子一表堂堂，不想竟甘爲奴才。」

沈浪道：「佳人既甘爲鬼，在下又何妨爲奴。」

幽靈宮主凝注著他，目光隔著輕紗，就像是霧中的箭，瞧了半晌，嬌軀搖動，似乎搖搖欲倒。

那少女趕緊扶起了她，淒然道：「不好，我家宮主的心病又犯了。」

快活王皺眉道：「心病？」

那少女輕嘆道：「我家宮主一見到惡人，這心病就會發作。」

快活王大笑道：「如此說來，本王與沈浪都是惡人了。」

那少女眼睛瞪著沈浪，鼓著嘴道：「是他。」

沈浪笑道：「過獎過獎。」

那少女咬牙道：「你害我家宮主犯了病，你得賠。」

沈浪道：「在下縱有回春妙手，只怕也難治佳人的心病。」

那少女大聲道：「你若不治好宮主的病，我可人就和你拚命。」

她杏目閃睜，銀牙淺咬，當真是名副其實楚楚可人。

快活王大笑道：「可人呀可人，我若與你家小姐同鴛帳，怎捨得教你疊被鋪床。」

可人的臉，飛紅了起來，不依道：「嗯……原來王爺也是個惡人。」

快活王笑道：「正是個不折不扣的惡人。」

可人眼波轉動，道：「那麼，我家宮主的病，說不定就是被王爺氣出來的。」

快活王大笑著一拍沈浪肩頭，道：「便宜了你了。」

可人道：「王爺既然素來憐香惜玉，眼看我家宮主這麼可憐的模樣，難道也不想個法子替她治治病麼？」

快活王道：「自然要治的。」

幽靈宮主雙手捧心，凄然道：「賤妾的病，只怕是治不好的了。」

快活王道：「胡說，天下那有治不好的病。」

幽靈宮主道：「病雖易治，藥卻難求。」

快活王道：「既然有藥，藥便可求。」

幽靈宮主柔聲道：「王爺難道真願意爲賤妾求藥麼？」

快活王道：「本王若爲你求得藥來，你又如何？」

幽靈宮主垂首道：「王爺無論要賤妾怎麼，賤妾無不從命。」

快活王乜眼笑道：「隨便怎樣？」

幽靈宮主頭垂得更低，道：「嗯……」

快活王大笑道：「好，你只管說出藥在那裡便是。」

幽靈宮主道：「那藥……便在王爺身上。」

快活王道：「哦……」

可人插口道：「藥雖在王爺身上，卻怕王爺捨不得。」

快活王笑罵道：「小丫頭，你怎敢將本王瞧得如此小氣。」

可人眼波一亮，道：「王爺真的捨得？」

快活王笑道：「佳人若真化鬼，本王豈不斷腸。」

可人盈盈拜倒，道：「多謝王爺。」

快活王道：「到底是什麼藥，你且說來聽聽。」

可人眨了眨眼睛，道：「心病還需心藥醫，這句話王爺可知道？」

快活王沉吟道：「心藥？」

可人嫣然笑道：「王爺只要將一顆心賜給我家宮主，宮主的病立刻就會好了。」

快活王微微變色，仰天長笑道：「好丫頭，原來便是想要本王的心。」

可人道：「君王無戲言，王爺說出來的話，可不能不算。」

快活王敞開胸襟笑道：「本王的心就在這裡，只管來拿吧。」

可人再拜，笑道：「王爺當看是大慈大悲，我家宮主的病好了，絕不會忘了王爺。」

抽出一把匕首，便向快活王走過去。

快活王突然厲喝一聲，叱道：「且慢。」

這一聲厲叱，聲如霹靂。

可人身子一震，倒退幾步，道：「王……王爺難道……難道也會食言反悔？」

快活王道：「本王的心，只肯給天下之絕色，若要本王的心，需得你家宮主自己來取。」

幽靈宮主道：「既是如此，賤妾從命。」

快活王狂笑道：「你只管來吧。」

語聲未了，刀光已至胸膛。

快活王竟真的動也不動。

就在這時，突聽一聲暴喝，幽靈宮主人影倒飛出去，退出七丈，面前已站著瘦如竹竿般的黑衣人，正是獨孤傷。

可人驚呼道：「哎呀，快活王竟真的說話不算數了。」

快活王微微笑道：「本王雖然答應，但別人不許，又當奈何？」

幽靈宮主笑道：「王爺難道怕他？」

快活王道：「本王若是死了，他飯碗也就破了，飯碗相關，本王也不能怪他。」

幽靈宮主瞧著獨孤傷，道：「吹皺一池春水，干卿底事？」

獨孤傷冷冷道：「某家也有些毛病，要吃你的心才能治好。」

幽靈宮主道：「真的麼？」

獨孤傷道：「你若是真的，某家也是真的。」

幽靈宮主笑道：「我可沒有你家王爺那麼小氣，你要就給你。」

突然伸手一扯，竟將胸前紗衣撕了開來，露出了白玉般的胸膛，柔軟，豐滿，在燈光下愈發令人魂飛魄散。

這一來快活王與沈浪俱都怔住了。

卅三　巧逢故人

獨孤傷面對著這足以令天下男子都情願葬身其中的胸膛，呼吸已在不知不覺間急促起來，幾乎已透不過氣。

幽靈宮主道：「來呀，來拿呀……你怕什麼？」

獨孤傷喉結上下滾動，竟說不出話。

幽靈宮主已一步步向他走過來，纖手將衣襟拉得更開，柔聲道：「你摸摸看，我的心還在跳，我的胸膛也是暖和的……現在，這一切全都給你了，你爲什麼不來拿？」

獨孤傷突然怒喝道：「你……你……」

槍一般筆直站著的身子，突然搖動起來。

幽靈宮主也銀鈴般笑道：「現在，隨便什麼人的心都對你沒有用了。」

獨孤傷一掌劈出，幽靈宮主動也不動，但他手掌方自觸及幽靈宮主的胸膛，身子已仰天跌倒下去。

快活王真沉得住氣，反而大笑道：「牡丹花下死，做鬼也風流……」

可人嬌笑道：「是呀，他能瞧見我家宮主的胸膛，死了也算不冤枉了。」

眼波一轉，瞟了瞟快活王與沈浪，笑道：「你們也瞧見了這世上最美的胸膛，也可以死了。」

快活王道：「不錯，朝聞道，夕死而無憾矣。」

幽靈宮主再次盈盈走上曲廊，走到快活王面前，柔聲道：「現在，已沒有人干涉王爺了，王爺可以將心賜給賤妾了麼？」

快活王笑道：「你連臉都不肯讓本王瞧瞧，便想要本王的心，這豈非有些不公平？」

幽靈宮主笑道：「王爺已瞧見了賤妾的身子，這還不夠麼……賤妾這樣的身子，難道還不值王爺的區區一顆心麼？」

沈浪突然笑道：「你連身子都不惜被人瞧見，卻不願讓人瞧見你的臉，這豈非怪事？莫非你的臉醜得不能見人？」

幽靈宮主嬌笑道：「你若想瞧我的臉，自己來瞧吧。」

可人接著笑道：「只是瞧過後莫要暈倒。」

沈浪大笑道：「衣香雖能殺死獨孤傷，面紗中之迷香卻未必殺得了沈浪……」

笑聲中手掌已到了幽靈宮主面前。

幽靈宮主竟未瞧見他是何時掠過來，如何掠過來的，大驚之下，身子流雲般退下曲廊，退後一丈。

沈浪大笑道：「你既讓我瞧，爲何又要逃。」

也不見他有任何動作，身形卻已到了幽靈宮主面前，他身法雖快如閃電，但神情卻仍是那麼從容瀟灑。可人在一旁瞧著，面色已變了，再也笑不出。

快活王手捋長髯，笑道：「手下留情些，莫要傷了她的香肌玉膚，花容月貌。」

沈浪笑道：「你瞧王爺多麼憐香惜玉，到此刻還一心體貼著你。」

笑語中，他雙手已飄飄拍出了四十掌，他一共只說了二十字，卻揮出四十掌，掌勢之急，當真急如閃電，但見掌影漫天，如落英繽紛，以快活王的眼力，竟也未能瞧出他招式的變化。

幽靈宮主笑道：「體貼的男人，女子最是歡喜，你為何不也學學王爺。」

笑語聲中，她居然也將沈浪的四十掌全都避了開去，身法之輕靈迅急，變化之奇詭繁複，竟也令人目不暇給。快活王實也未想到這看來弱不禁風的少女，除了一手鬼神不測，無形無影的使毒功夫外，武功竟也如此高妙。他瞧了半晌，竟也不禁為之聳然動容。

但幽靈宮主雖能避開沈浪的四十掌，身法雖仍是那麼美妙，明眼人卻一望而知她實已盡了全力。

沈浪四十掌揮出後，卻似乎只不過是略為嘗試嘗試而已，還不知有多少妙著留在後面。

幽靈宮主的武功雖高，別人猶能窺其全豹，沈浪的武功卻如浩瀚煙波，廣不見邊深不見底。

可人咬著嘴唇，大聲道：「好男不和女鬥，和女人打架的男人，可真沒出息。」

過了半晌，跳腳又道：「姓沈的，你聽見了麼……哎呀，王爺，你瞧他竟想摸我家宮主的胸口，你說他要不要臉。」

快活王笑道：「若是本王，也想摸的。」

可人瞪大眼睛，大聲道：「哎呀，王爺，你……你難道不吃醋？」

快活王微笑道：「你若想故意擾亂沈浪，那你就錯了，縱有五百個人在他身旁打鐵打鼓，他若想聽不見，還是可以聽不見的。」

可人道：「哼，裝聾作啞，算什麼本事。」

快活王大笑道：「裝聾作啞，正是對付女人的最好本事。」

可人跺腳道：「男人都不是好東西，只會一鼻孔出氣，欺負女孩子。」

她指手畫腳，又跳又叫，袖中卻有七道銀絲無息地飛了出來，閃電般直取沈浪的後背。

其實，可人自然也知道這暗器是傷不了沈浪的，她只是想以此擾亂沈浪的心神，拖延沈浪的掌勢。

沈浪縱能避開這無聲無息，歹毒絕倫的「游魂絲」，至少也得要分心、分手，那幽靈宮主就有了可乘之機。銀絲一閃，沈浪攻向幽靈宮主的右掌，已向後揮出，流雲般的長袖，也隨之灑了出來。

他自然只能暫緩傷人，先求自保，但前胸空門已露出，這正是幽靈宮主的第一個機會，她怎會放過。銀絲閃動，袍袖揮展……也就在這同一刹那間，幽靈宮主一隻纖纖玉手，已到了沈浪心口。

鬼爪抓心。那一隻蘭花般的纖纖玉手，已變成了追魂奪命的利刃。

這時，沈浪若要避開這一抓，就避不過背後的「游魂絲」，可人已不禁拍掌嬌笑，道：「這顆心的滋味不知如何？我可得要嚐一嚐。」

那知就在這時，沈浪的身子突然平空向旁移開半尺，竟全不管身後的「游魂絲」，擊出的手掌，突然向內一挾竟將幽靈宮主那隻纖纖玉手挾在肋下，身子藉勢一偏，已到了幽靈宮主身後。

這樣，他雖等於沒有避開幽靈宮主這一抓，但幽靈宮主掌上狠毒的掌力，卻完全無法施展出來。

這時，他雖也等於沒有避開「游魂絲」，但卻以幽靈宮主的身子，替他作了盾牌，「游魂絲」更不能傷得了他。

這正是妙絕天下的招式，這正是出人意外的變化，要使出這樣的變化，不但要有過人的武功，還得要有過人的機智。

可人一句話未說完，臉色已變了，大叫道：「宮主小心。」

呼聲中「幽靈宮主」被沈浪挾在肋下的那隻手，已藉著手腕上的一點力量，將袍袖灑出，將銀絲震退。她手臂雖被挾著不能動，但腕子卻還是能動的，只可惜她這隻手此刻已不能傷人，而必需先將銀絲震落，這「游魂絲」本來是要傷沈浪的，這隻手本來也是要傷沈浪的，但此刻，這隻要傷沈浪的手，卻擊落了要傷沈浪的暗器。仔細想來，這真是種奇怪的變化。這種變化委實要令人有些啼笑皆非。

而這迅急、奇怪之變化的每一個細微的關鍵，卻都早已在沈浪計算之中，別人遇著危急時常會驚惶失措。但沈浪，他卻能將最危急的情況變爲有利於自己的情況，別人認爲他已無力招架時，他卻還能乘機反攻。這就是沈浪爲什麼會和別人都不同的緣故。江湖中高手縱多，但那些人最多也不過只是英雄。

而沈浪……沈浪卻是英雄與智者的混合。

幽靈宮主揮袖擊落了銀絲，手腕一偏，指尖直點沈浪後背肋下「秉風」、「天宗」、「肩真」三處穴。

那知沈浪卻早已料到她這一著——沈浪本就故意要她腕子還能活動，否則她又怎能將暗器擊落。

此刻沈浪手臂輕輕一挾，幽靈宮主半邊身子立刻就麻痺，指尖雖已觸及沈浪的穴，卻是無力點下。

幽靈宮主這才大驚失色，嘶聲喝道：「你……你淫賊，你想將我怎樣，放開我。」

可人也在一旁大叫道：「不得了，來救人呀，沈浪抱住我家宮主要強姦她了。」

沈浪笑道：「既是如此，我少不得要先親親你的臉。」

他右臂挾著幽靈宮主，左手已去掀她的面紗。

幽靈宮主頓聲道：「你敢瞧我的臉，我就要你死。」

快活王拊掌笑道：「好，沈浪，你就要她咬死你吧。」

他眼睛也在盯著沈浪的手，希望這隻手快將面紗掀開，他也是男人，他自然也著急想瞧瞧這張臉究竟是何模樣。這張臉究竟是美？還是醜？

幽靈宮主為什麼寧可讓人瞧見她的身子，也不願被人瞧見她的臉，莫非，她這張臉也有什麼機密不成？

只見沈浪終於已微笑著將面紗掀起了。

面紗方自掀開一線，沈浪面色突然大變，就像是捱了一鞭子似的，身軀一震，連挾著的手臂竟也鬆開了。

幽靈宮主已急箭般退出七尺，她身子前面立刻爆出一片粉紅色的迷霧，奇蹟般將她完全掩沒。

這變化更是出人意外，就連快活王也不禁聳然動容。

只聽粉紅霧中幽靈宮主的語聲道：「沈浪，你瞧過我的臉，你的眼珠子就是我的了，我遲早會來拿的……遲早會來拿的……」

語聲漸遠，濃霧漸漸擴散，擴散……終於消失在園林間，幽靈宮主也隨著奇蹟般不見了。

可人自然還沒有溜得了。

她眼珠子一轉，居然銀鈴般嬌笑起來。

笑聲中只見她身子乳燕般輕盈一轉，肩上的輕紗，已隨著她這輕輕一轉被甩了下來，露出了瑩玉般的香肩。

那十六個手提宮燈而來的少女，本如石像般站在那裡，此刻，卻已都復活了，輕輕放下了紗燈，纖腰微轉，甩落了肩上輕紗。

她們蒼白而死板的面目，此刻也泛起了笑容，那是淫蕩而媚艷的笑容，眉梢眼角，充滿了銷魂的春意。

接著，可人曼歌低唱，也沒有人聽得出她唱的究竟是什麼，她只不過是一聲聲短促的、斷續的呻吟。

但這呻吟，卻比世上所有的艷曲還要令人動心。歌聲銷魂，舞姿更銷魂。

少女們身上的輕紗，已隨著歌聲一層層剝落，燈光，從地上瞧上來，已可將她們的修長而勻稱的玉腿，照得纖毫畢現。

她們的舞姿散漫，已不再是「舞」，已只是一種原始的、斷續的、不成節奏的簡單動作。但這動作，也正比世上最佳艷舞還要令人銷魂。

這一切變化來得好快，片刻前，這裡是鬼氣森森的戰場，此刻卻已變成活色生香的銷魂窟，溫柔鄉了。

只要是男人，只要是個有血有肉的男人，聽到這呻吟，瞧見這舞姿，若不動心，就必定是生理有了毛病。

那麼，沈浪此刻就像是有了毛病。

他對這一切竟全都像是視而無睹。

他只是呆呆的站在那裡，夢囈般喃喃道：「怎會是她……怎會是她？」

快活王顯然是想聽聽他在說什麼，但他的低語聲卻全都被那些少女的銷魂呻吟所掩沒。呻吟聲愈來愈銷魂，舞姿也愈來愈急迫。

少女們額上已泛出了汗珠，面上已紅得像火。

就連這汗珠，也是銷魂的。

這汗珠竟彷彿能挑逗起男人身體裡一種原始的本能，這汗珠正可滿足男人本能上殘酷的虐待狂。

快活王直著眼睛，也不知是看癡了，還是在出神地想著心思，至於他究竟在想什麼，自然沒有人知道。

突然，少女們的身子竟起了陣痙攣，四肢扭曲著，顫抖著，倒在地上，柔膩的肌膚，在粗糙的沙土上拚命的磨擦。

她們摩擦、掙扎、扭曲、顫抖……就好像要將自己身體撕裂，就好像一條條被人壓住的魚。

然後，她們又突然不再動了。

她們伸展了四肢，躺在地上，胸膛起伏，不住喘氣，她們似已被人壓榨出最後一分力氣。

她們似已不能再動了。

但她們面上，卻都帶著種出奇的滿足，彷彿世上就算在這一剎那中毀滅，她們也不在乎了。

天地間只剩下她們心頭的聲音。

可人終於以手肘支起了身子，瞧著快活王，喘息著道：「王爺，你……你也滿足了麼？」

快活王捋鬚一笑，道：「鬼丫頭。」

可人眼波流轉，頓聲道：「像我們這樣的女孩子，一定可以令你滿足的，你信不信？」

快活王大笑道：「你已證明了，本王怎能不信。」

可人道：「那麼，王爺你就收留咱們吧。」

快活王道：「收留你們？」

可人笑道：「我家宮主將我們拋在這裡，顯然已是不要我們了，她……她終究是個女人，但王爺你……捨得殺我們麼？」

快活王微微一笑，道：「原來你想以自己的身子來換回活命。」

可人道：「王爺你總是男人呀。」

快活王捋鬚大笑道：「本王怎會殺你們，若連你們這些小女子都不能放過，本王又怎能稱天下之英雄，又怎能服得沈浪這樣的豪士。」

他突然揮了揮手，道：「你們都去吧。」

可人怔了怔，道：「王……王爺不要我們……」

快活王大笑道：「你們雖然自覺已誘惑得很，但在本王眼中瞧來，卻只不過是一群還沒有長成人形的小鬼而已，本王又怎會將你們瞧在眼裡。」

可人嬌呼一聲，道：「你……你……」

快活王笑道：「你方才一番做作，全是白費了心思，快些穿上衣服，乖乖的回家，下次若要再來時莫忘了把尿布也帶來。」

可人的臉，飛也似的紅了，一骨碌從地上爬了起來，抓起塊輕紗，掩住身子，紅著臉，跺著腳道：「你這老鬼，你……你簡直不是人！不是人……不是人……」

轉過身子，飛也似的逃了，就像是隻被鞭子趕著的小白兔，那些少女也紅著臉踉蹌而去，那裡還有半分令人銷魂的樣子。

快活王仰天大笑，雙手卻輕輕拍了拍。

一條矮小的人影，突然輕煙般鑽了出來，拜倒在地，道：「王爺有何吩咐？」

只見他身形小如嬰兒，顯然正是昨夜為沈浪等洗牌的小精靈，沈浪竟也未想到這矮小的侏儒，輕功竟如此驚人。

快活王頓住笑聲，沉聲道：「跟在她們身後，追查出她們的落腳之處，即速回來稟報。」

小精靈再拜道：「是。」

「是」字出口，身子突然彈丸般躍起，在夜色中閃了閃，便消失無蹤，身法之快當真有如黑夜的精靈。

沈浪嘆了口氣，暗道：「快活王門下，果然沒有一個等閒角色。」

他面也瞧不出絲毫方才的癡迂之色，走到快活王面前，長揖道：「王爺之胸襟豪氣，應變機智，當今天下，當真無人能及，而在下卻力不能擒個小小的女子，實在愧對王爺。」

快活王笑道：「那幽靈鬼女的容顏，竟能令沈浪也為之手軟，想必定是天下之絕色，只可惜本王竟無緣一見。」

沈浪道：「她難道還不是王爺的掌中之物？」

快活王大笑道：「沈浪呀沈浪，你不但知我，而且還救了我，卻教本王如何待你。」

沈浪苦笑道：「在下若不出手，那女子此刻只怕已是王爺的階下囚，王爺還要如此說，豈非令沈浪愧煞。」

快活王道：「若非有你，那杯酒本王已喝下，此刻只怕已是她的階下囚了。」

沈浪微微一笑，道：「王爺難道真的不知酒中有毒？」

快活王道：「本王若知酒中有毒，為何要喝？」

沈浪道：「王爺已舉杯，但卻絕未沾唇，王爺那麼做，只不過是要試試沈浪的眼力，是否能瞧破她的詭計。」

快活王拊掌大笑道：「沈浪深得我心……沈浪深得我心……」

那時刻相隨在他身旁，不惜以性命護衛著他的獨孤傷，此刻直躺在地上，生死不知，他竟連瞧也不瞧一眼。

他只是拉起了沈浪的手，道：「大戰已過，本王理當犒勞於你，且讓你見識本王的後宮佳麗。」

沈浪道：「王爺後宮佳麗，自然俱都是人間絕色，但在下此刻最最想瞧見的，卻是個極醜極醜的男人。」

快活王道：「金無望？」

沈浪道：「王爺明鑒。」

快活王道：「本王只當你已忘懷了他。」

沈浪道：「生平良友，豈能相忘。」

快活王笑道：「你能與金無望結為知己，當真不易，你敢在本王面前承認你與金無望友情深厚，更是難得。」

沈浪道：「王爺以誠相待，沈浪怎敢隱瞞。」

快活王頷首道：「好……好，你此刻便要見他？」

沈浪道：「在下已等了許久。」

快活王道：「好，本王這就叫他來。」

雙掌又是一拍。掌聲響後，便有個人捧著小小的紫檀木箱，大步走來，只見此人長身玉立，少年英俊，那裡是金無望。

沈浪心頭一寒，面色也不覺有些改變。

只見那少年將紫檀木箱雙手送上，快活王拍著箱子，沉聲這：「你要瞧他，就打開箱子吧。」

沈浪一生中也不知遇到過多少凶險之事，但卻從未有如此刻驚懼，剎那之間，他手足都已冰冷。

金無望莫非已遭了毒手？

這箱子裡裝的莫非是金無望的人頭？

沈浪不敢再想下去。

那是隻小小的木箱，長不及四尺，寬不過兩尺，鑲著紫金的環飾，雕刻得十分精巧雅致。

沈浪手觸及那堅實而光潤的木質，竟不禁顫抖起來。

他力可舉千斤之鼎，此刻卻似掀不起小小木箱的蓋子，快活王冷眼瞧著他，突然發出聲長長的嘆息。

箱子終於被打開了——是快活王打開的。

箱子裡那有什麼人頭。

箱子裡只有一封信。

沈浪長長鬆了口氣，只見信上寫著：「屬下手足已殘，雖有再為王爺效死之心，卻再無為王爺效忠之力，王爺以國士待屬下，屬下恨不能以死報知己，從此當流浪天涯，不知所去，然身負如山之恩，似海之仇，亦不敢從此自暴自棄，他日若有機緣，重得報恩復仇之力，當重歸麾下，死不求去。」

沈浪瞧完這封信，但覺血衝頭頂。

快活王拍案道：「恩怨分明，至死不忘，金無望可算是人間奇男子。」

沈浪黯然嘆道：「但望他能如願，恩仇兩不相負。」

快活王縱聲長笑道：「本王屬下四使，死的死，走的走，如今俱已散去，但本王此刻還如此開心發笑，你可知為了什麼？」

沈浪道：「在下不知。」

快活王道：「只因本王有了你，以你一人之力，已可抵四使而有餘。」大笑聲中，拉著沈浪的手，走向內室。

若要用任何言語來形容快活王內室之精雅，都是多餘的，只因那已非任何言語所能描述得出。

內室中有十多個絕色少女，有的斜臥，有的俏立，有的身披及地輕紗，有的卻露出了玉雪般的雙腿。

若要用任何言語形容她們的誘惑與美麗，也是多餘的。

她們瞧見快活王竟帶著個少年進來，都不禁吃驚得瞪大了眼睛，她們瞧著沈浪，就像是沈浪臉上有花似的。

這密室中居然有男子進來，可真是從來未有之事。

這少年到底是什麼人，為什麼連王爺都如此看重他，非但將他帶入了這男人的禁地，而且還拉著他手。

這少年到底從哪裡來的？為什麼他的笑容是那麼可愛，又那麼可恨，教人恨得牙癢癢的，卻又要愛入心底。

快活王大笑道：「我只道男人瞧見美女時，要神魂顛倒，原來女人瞧見美男子時，也會這樣子失魂落魄的。」

少女們一個個飛紅了臉，垂下頭去，吃吃的笑，卻又忍不住要悄悄抬起頭，悄悄向沈浪瞟一眼。

快活王拍著沈浪肩頭，笑道：「你瞧她們怎樣？」

沈浪道：「俱都是美如天仙，艷如桃李，這就難怪王爺對方才那些小女子要不屑一顧了。」

快活王道：「你鍾意了誰，本王就送給你。」

沈浪笑道：「在下不敢。」

快活王大笑道：「古人有割愛贈妾的美事，千古來傳爲佳話，本王爲何不能，何況，你再瞧這些丫頭們都如此瞧著你，若等她們效紅拂之夜奔，本王倒不如索性大方些，無論是鍾意了誰，只管說出就是。」

沈浪微微一笑，再不說話——他瞧著這些絕色佳人，瞧著這一雙雙修長而勻稱的玉腿，就好像瞧著一根根木頭似的。

快活王眼瞪著他，大聲道：「此中佳麗，本王敢誇縱是大內深宮中的妃子，也不過如此了，你難道連一個也瞧不上眼。」

沈浪含笑道：「卻嫌脂粉污顏色。」

快活王捋鬚，縱聲笑道：「沈浪呀沈浪，你好高的眼色。」

沈浪緩緩道：「只可惜王爺方才未曾瞧見那幽靈鬼女的面目。」

快活王道：「你只當那鬼女顏色真的已是天下無雙？」

沈浪笑而不語。

快活王道：「好，本王不妨叫你見識見識真正的人間絕色。」

沈浪笑道：「佳麗易得，絕色難求……」

快活王狂笑道：「本王此刻便帶你去見一人，你見著她後，若還要說那幽靈鬼女乃是無雙之絕色，本王就算輸了。」

他又拉起了沈浪的手，接著笑道：「但你見著她後，千萬莫要神魂顛倒，本王之一切，均可割愛相贈於你，只有她……」

頓住語聲，仰天狂笑，得意之情，溢於言表。

沈浪喃喃道：「但願她莫要教在下失望……」

他言語中竟似另有深意，只可惜快活王未曾聽出。

密室之中，竟還有密室。

沈浪隨著快活王穿過了重重簾幕，猶聽得那少女們在外面嬌嗔、輕啐、跺腳、低罵……

快活王笑道：「沈浪呀沈浪，你本不該傷她們的心的，你此番不顧而去，可知那些女孩子是多麼傷心，失望。」

沈浪微笑道：「在下本爲魯男子，怎及得王爺之憐香惜玉。」

快活王大笑道：「好一個魯男子……」

突然頓住笑聲，道：「噓──輕聲些，腳步也放輕些，她身子柔弱，當不得驚吵。」

沈浪口中不語，心中暗笑忖道：「不想快活王竟對她如此憐愛，當真可說是三千寵愛集一身，夫差之愛西施，看來也不過如此了。」

心念一轉，又忖道：「但她真會是我想像中那人麼？」

只見簾幕深處，有道小巧的門戶。

沈浪瞧著各式各樣的門戶，有的是木製，有的是銅鑄，有的是磚砌，也有的是黃金所造。

但這扇門戶，卻與他所見的任何門戶都不相同。

這扇門竟是以鮮花編成的，千百朵顏色不同的鮮花，巧妙地編結在一起，色彩之鮮艷，眩人眼目。

兩個垂髫丫鬟，正站在門口低低說笑，瞧見快活王來了，一齊盈盈拜倒，齊聲嬌笑道：「王爺今天來得好早。」兩人的眼波也不由得在沈浪面上轉了幾轉，兩人的年齡雖小但眼波卻是又靈活，又妖嬈。

快活王笑道：「不是今天太早，而是昨夜太遲了。」

左面的垂髫丫鬟笑道：「是呀，王爺每天早上都要來瞧瞧姑娘，只有今晚……哦，該說是昨夜，姑娘左等王爺也不來，右等王爺也不來，等得急死了。」

快活王道：「她真的會等得著急麼？」

那丫鬟道：「還說不急，王爺若不信鶯兒的話，問燕兒好了。」

燕兒道：「燕兒也不知姑娘等得急不急，只瞧見姑娘在等時，將手中的一串茉莉球都揉得碎了。」

快活王不禁又笑將出來，但笑聲方出口，又縮回去了，低聲道：「姑娘此刻已睡了麼？」

鶯兒道：「方才喝了小半碗參湯，才算睡著。」

快活王道：「哦……」

他面上居然露出了失望之色，竟也似不敢驚醒她。

鶯兒道：「王爺此刻不如還是請到前面去喝兩杯，等到姑娘醒來時，鶯兒與燕兒再去請王爺過來好麼？」

快活王笑容突然變得十分溫柔，再也瞧不見那不可一世的梟雄霸主之氣概，輕聲笑道：

「我只是輕輕走進去瞧瞧她好麼？」

鶯兒呶起了嘴，道：「王爺要進去，誰敢阻攔。」

燕兒也呶起了嘴，道：「只是王爺明知姑娘最是驚醒，姑娘睡著時，誰也不准打擾，這話也是王爺自己說出來的。」

快活王道：「那麼……那麼……」

轉首瞧了瞧沈浪，苦笑道：「本王總不能在這些小丫頭面前自食其言，是麼。」

沈浪微笑道：「是極是極。」

快活王道：「那麼……那麼……咱們就走吧？」

沈浪道：「走吧，走吧。」

他委實也想不到這不可一世的快活王，竟會對這位姑娘如此的服貼，這位姑娘若真是他所想像的那人，那麼她手段之高，就又大出乎他意料之外。

快活王這邊轉身，眼睛還在瞧著那門。

門裡突然有一陣溫柔的語聲傳了出來，柔聲道：「是王爺來了麼？」

快活王面露喜色，口中卻道：「你睡吧，你睡吧？」

鶯兒撇了撇嘴，悄聲道：「明明將別人吵醒了，還叫別人睡吧。」

快活王只作沒聽見，又道：「本王少時再來就是。」

門裡那溫柔的語聲輕輕笑道：「王爺既然來了，為何不進來。」

快活王笑道：「進去豈非驚吵了你。」

那語聲柔聲笑道：「王爺來了，賤妾縱然幾天睡不著，也是歡喜的。」

這笑聲是如此溫柔，如此嬌美，語聲中更有著一種動人，嬌怯不勝，教人不得不憐的味道。

沈浪一聽得這笑聲，眼睛突然亮了。

只聽快活王大笑道：「既是如此，本王就進來了……只是，這裡還有位客人，也想見見你，不知你可願意見他麼？」

那語聲道：「王爺既將他帶到這裡來，他想必定是超群出眾的人物，賤妾有幸得見如此人物，也高興得很。」

快活王拉了拉沈浪的袖子，悄聲道：「你聽，她那張小嘴多討人歡喜。」

沈浪微笑道：「果然不凡。」

快活王笑容更得意，燕兒、鶯兒，呶著嘴拉開了花門，道：「王爺請。」嘴裡說「請」，心裡卻像是一百個不願意。

那裡，竟是鮮花的世界。

一間屋子裡，到處都是鮮花……再也瞧不見別的，千萬朵鮮花，裝飾成一個迷人的天地。

萬紫千紅中，斜倚著一個長髮如雲，白衣勝雪的絕代佳人，她淡掃蛾眉，不著脂粉，但已足夠奪去世上所有鮮花的顏色。

沈浪瞧見她，心頭不禁加速了跳動。

她果然是沈浪想像中的人。

她赫然竟是久別無消息的白飛飛。

白飛飛那溫柔如水的眼波在沈浪面上轉了轉，這眼波輕輕一轉，當真便已勝過千言萬語。

這曼妙眼波一轉，像是幽怨，又像是歡喜，像是責怪，又像是求恕，像是淡淡的恨，又像是濃濃的愛……

這眼波輕輕一轉中的含義，別人縱然不停嘴地說上三天三夜，也是敘不盡的，說不完的。

她口中卻柔聲道：「賤妾無力站起迎駕，王爺恕罪。」

快活王道：「你躺著……你只管躺著……」

將沈浪拉到前面，笑道：「這位沈浪沈公子，一心想瞧瞧你。」

在這一剎那間，沈浪心中也有千百念頭閃過。

快活王難道會不知她認得自己？

她是否要裝出不認得自己？

我是否也要裝作不認得她？

沈浪平日雖然當機立斷，但在這一剎那間，卻拿不定主意，只因他自知在快活王面前，是一步也差錯不得的。

只聽白飛飛輕輕嘆息了一聲，道：「王爺明知賤妾是認得沈公子的，爲何還要故意這麼說？」

快活王拍了拍頭，笑道：「哦，原來你說的那位沈公子，就是這位沈公子呀。」

白飛飛溫柔的笑了笑，道：「賤妾昔日流浪江湖時，若非這位沈公子多次搭救，現在……現在只怕就不能侍候王爺了。」

快活王笑道：「如此說來，本王倒真該謝謝他才是。」

沈浪含笑揖道：「不敢。」

白飛飛道：「沈公子今日居然也會來到這裡，賤妾當真是不勝之喜。」

快活王道：「好教你得知，他此刻已與本王是一家人了。」

白飛飛真的像是十分歡喜，笑道：「這……這是真的！」

快活王道：「本王縱騙盡世上所有人，也不會騙你。」

白飛飛道：「這真是天大的喜事，賤妾無論如何，也得置酒敬兩位一杯。」

一面說話，一面已掙扎著下了花床。

快活王趕緊過去扶著她，道：「你莫要勞動，本王要喝酒，自會找別人伺候。」

白飛飛道：「王爺放心，賤妾此刻已好得多了。」

她輕笑著接道：「何況，今天兩位絕代英雄見面的日子，賤妾若不能親手爲兩位置酒，實在是終生遺憾。」

她輕輕拉開了快活王的手，盈盈走了出去。

快活王瞧著她身影，嘆道：「她什麼都好，就是身子太單薄了些。」

轉首笑問沈浪道：「你瞧如何？」

沈浪面帶微笑，卻故意嘆氣道：「名花已得名主，沈浪徒喚奈何。」

快活王捋鬚道：「沈浪呀沈浪，你莫非在吃本王的醋麼？」

沈浪笑道：「王爺豈不正是希望沈浪吃醋麼？」

快活王縱聲長笑，道：「沈浪之能，萬夫莫敵，沈浪之唇，亦是萬夫莫敵，上天若只准本王在白飛飛與沈浪兩人選擇其一，本王寧擇沈浪。」

沈浪笑揖道：「王爺如此說，當真勝過千萬句誇讚沈浪的言語。」

快活王突然頓住笑聲，目光逼視沈浪，沉聲道：「我如此待你，但願你日後莫要負我。」

沈浪肅然道：「知遇之情，永生不忘。」

快活王伸手一拍沈浪肩頭，大笑道：「好，絕代之英雄與美人盡屬於我，本王今日豈能不醉。」

白飛飛已盈盈走來，衣袂飄飄，有如仙子。

燕兒與鶯兒跟在她身後，一人手上托著個精緻的八珍盤，盤當中有山珍美點，另一人手上托著的自然是金樽美酒。

白飛飛嫣然笑道：「賤妾也沒有什麼奉待沈公子，只有手調的『孔雀開屏』酒，王爺素覺不錯，只是不知是否能當得公子之意。」

沈浪笑道：「王爺於名酒美人鑒賞之力，天下無雙，王爺既覺好的，想必自是……」話猶未了，捧酒的燕兒「嚶嚀」聲，腳下似是絆著什麼，身子向他懷中跌倒，沈浪趕緊伸手去扶，只覺掌心之中，已被塞入了張小小的紙條。

卅四 連環妙計

沈浪暗中接過燕兒塞入掌心的紙條，聲色不動，笑道：「小心走好。」

快活王微怒道：「你跌倒也不打緊，若要玷污了沈公子的衣裳，若要傾倒了姑娘手調的美酒……」

白飛飛立刻柔聲接道：「賤妾再調一次，也沒什麼。」

玉手執壺，爲快活王斟酒一杯，快活王怒氣立刻化作長笑，她不但有馭下手段，也有迎上本事。

她不但能令快活王服服貼貼，也能令這燕兒鶯兒死心塌地，沈浪瞧在眼裡，不禁微笑頷首。

一杯酒下肚，沈浪立刻發覺這「孔雀開屏」酒，不但芳香甘冽，無與倫比，酒力之沉厚，亦是前所未有。

這酒中似乎不但有大麴、茅台、高粱、汾酒、竹葉青等烈酒，還似有狀元紅、萄葡桂圓等軟酒。

這十餘種酒摻和在一齊，喝下肚裡，又怎會不在肚子裡打得天翻地覆，縱是鐵鑄的肚子，只怕也禁受不起。

何況，硬酒與軟酒摻和在一起，不但酒力發作分外迅快，而且後勁之強，也是夠人受的。

沈浪立刻留上神了，一杯酒雖然仰首飲下，總留下小半，白飛飛爲他斟酒時，也總是倒得少些。

快活王卻是胸懷大暢，酒到杯乾。

他縱是超人，卻也有人類的弱點。

那顯然便是酒、色二字。

芸芸眾生，又有幾人能闖得過這酒、色二字。

於是，快活王終於醉了。

他雖然還未倒下去，但銳利的目光已遲緩，呆滯——他瞧人時已不能轉動目光，卻要轉動整個頸子。

沈浪以手支頤，道：「在下已不勝酒力，要告退了。」

快活王叱道：「醉，誰醉了？」

沈浪微道：「王爺自然未醉，在下卻醉了。」

快活王縱聲笑道：「沈浪呀沈浪，看來你還是不行，還是差得太多，縱然本王喝兩杯你只喝一杯，你還要先倒下去。」

沈浪道：「是是是，在下怎比得王爺。」

快活王大笑道：「莫走莫走，來來來，再喝幾杯。」

他果然又舉杯一飲而盡，拍案道：「好酒，再來一壺……不行，再來八壺。」

他雖是睥睨天下，目無餘子的絕代梟雄，但等到喝醉了時，卻也和個趕騾車的沒什麼兩樣。

只見他忽而以箸擊杯，放聲高歌，忽而以手捋鬚，哈哈大笑，忽而伏在案上，喃喃自語，道：「白飛飛，你爲什麼定要叫本王苦等你……本王已等不及了……本王今日一定要在這裡歇下。」

沈浪瞧了白飛飛一眼——這女孩子身在虎窟之中，居然竟能保持了身子的清白，快活王居然不敢動她。

沈浪目光中也不知是歡喜，還是佩服。

白飛飛的剪水雙瞳也正在瞧著他，那溫柔的眼波中，像是含蘊著敘不盡的情意，敘不盡的言語。

她像是正在對沈浪說：「你可知道，我一切都是爲你保留的。」

兩人僅只瞧了一眼，卻已似全都了解了對方的心事。

白飛飛眼角瞟了瞟快活王，嫣然一笑。

沈浪含笑點了點頭，長身而起，道：「在下告退了，王爺醒來時，就說沈浪已醉了。」

快活王道：「莫走莫走，再喝幾杯。」

他一把抓住了沈浪的衣服，沈浪輕輕扳開了他手指，悄悄走了出去，只聽快活王語聲已更模糊。

燕兒迎在門外，輕笑道：「燕兒領公子出去。」

沈浪笑道：「多謝姑娘。」

燕兒盈盈走在前面，回眸一笑，道：「沈公子當真是又溫柔，又多禮，真也難怪我家姑娘要……要……」掩嘴「噗哧」一笑，碎步奔了出去。

穿過重重簾幕，走到前面間屋子，那些少女倒有的已睡了，有的正在對鏡梳妝，有的正瞧著雙晶瑩的玉腿，在修著腳趾，用一枝小小的刷子，蘸著鮮艷的玫瑰花汁，小心地塗在趾甲上。

沈浪雖未低頭，但卻絕未去瞧一眼。

只聽少女們輕啐道：「好神氣，有什麼了不起，姑奶奶們有那一隻眼睛瞧得上你。」

「你瞧他那微笑，有多可惡。」

「嗯，你爲什麼要這樣笑，你以爲天下的女孩子瞧見你這笑都要昏倒麼……哼！自我陶醉。」

燕兒一直掩著嘴在笑，好容易走了出去，終於忍不住笑出聲來，輕輕咬住櫻唇，笑啐道：「好一群醋娘子。」

沈浪笑道：「其實女孩子吃醋時大多可愛得很。」

抬眼望去，陽光已灑滿庭園，草木散發著芬芳的香氣，昨夜陰森、詭秘的種種遺跡，都已不見。

獨孤傷也不見了，他若未死，必定傷心得很。

沈浪長長伸了個懶腰，笑道：「姑娘請留步吧。」

燕兒道：「你……你爲什麼對我總是這樣客氣。」

扭轉身，燕子般輕盈掠去。

沈浪搖頭笑道：「人小鬼大的女孩子，近來愈發多了……」

只見燕兒突又轉回頭來，道：「喂，莫忘了那……」

指了指自己的手，又指了指沈浪的手。

沈浪點了點頭，緩步走出遍地陽光的庭園，昨夜，又是艱苦的一夜，但艱苦總算有了代價。

他終於勝了，終於贏得了快活王的信任。

此刻，他走在溫暖的陽光下，但覺全身都充滿了活力，昨夜的苦戰疲憊，也正如庭園一般，被陽光照得全未留一絲痕跡。

他自信無論什麼事發生，都可以應付的。

雖然他心裡還有幾點想不通的事，但他悄悄摸出藏在袖裡的紙團，便知道今日一切都可獲得解釋。

剛走進門，染香就一把抱住了他。

她雲鬢蓬亂，衣裳不整，明媚的眼波也滿是紅絲，像是一夜都未合眼，此刻一把抱住沈浪，顫聲道：「你終於回來了，謝謝老天，你……你沒有事麼？」

沈浪道：「什麼事都沒有。」

染香道：「你身子還好麼？」

沈浪笑道：「從來沒有更好過。」

染香長長嘆了口氣，道：「你也該早些叫人回來通知一聲才是，你……你……你可知我為你多麼擔心，我……我一夜都睡不著。」

沈浪道：「你現在睡吧。」

染香抬起眼波，眼波中充滿柔情蜜意，輕聲問道：「你呢？」

沈浪道：「我生來就像是沒有睡覺的福氣。」

染香道：「你不睡，我也不睡。」

沈浪苦笑道：「為什麼？」

染香咬了咬嘴唇，道：「你不睡我也睡不著。」

沈浪笑得更苦，道：「你不認識我時，難道從來不睡的麼？」

染香道：「你……你這沒良心的。」

撲上去，重重在沈浪脖子上咬了一口。

沈浪摸著脖子，唯有苦笑。

除了苦笑，他還能怎樣——被太多的女孩子包圍，被太多女孩子喜歡，可真是件又麻煩，又痛苦的事。

那簡直比沒有女孩子喜歡還要麻煩得多。

沈浪倒了杯茶，方待喝下，突然轉身，一把拉開門。

春嬌果然又小偷似的站在門口，又似駭了一跳。

她頭髮也是亂的，眼睛也是紅的，也像是一夜未合眼。

沈浪瞪著她，道：「什麼事？」

春嬌低垂著頭，道：「沒……沒什麼，賤妾只是……只是來問候公子安好。」

沈浪笑道：「難道你也在擔心我，怕我被快活王宰了麼？」

春嬌扭著衣角，強笑道：「賤妾心裡有些不安，只求……求公子大人不見小人過，莫要怪罪。」

沈浪笑道：「原來你心裡也有不安的時候。」

春嬌道：「公子你……求你……」

沈浪道：「我若要怪罪你，還會等到此時。」

春嬌長長透了口氣，道：「多謝公子。」

沈浪突然沉下面色，道：「但你下次若要再像小偷似的站在我門口，我……」

染香衝過來，跺腳道：「你下次若敢再來打擾偷聽，我就割下你耳朵，剜出你的眼睛，還要將你偷人的事告訴李登龍。」

春嬌臉都白了，垂首道：「是，是，下次不敢了。」

扭面轉身子，頭也不回地逃了。

沈浪突然道：「慢著！」

春嬌身子一震，道：「公……公子還有何吩咐？」

沈浪道：「快下去吩咐為我準備一籠蟹黃湯包，一盤烤得黃黃的蟹殼黃，一大碗煮得濃濃的火腿乾絲，還要三隻煎得嫩嫩的蛋，一隻甜甜的哈密瓜……快些送來，我現在什麼都不想，只想好好吃一頓。」

面對著滿園燦爛的陽光，沈浪慢慢地享受著豐富的早點，湯果然很濃，蛋果然很嫩，哈密瓜果然甜如蜜。

他靜靜地吃完，身後已傳來染香均勻的鼻息。

謝天謝地，她終於睡著了。

沈浪闔上眼睛，將那張紙上寫的又回想一遍。

「多日不見，渴思縈懷，今日午時，庭園靜寂，盼君移玉，出門西行，妾當迎君於濃蔭樹下。」

現在，正將近午時。

什時，果然是這快活林裡最靜的時候，經過長夜之飲後的人們，此刻正是睡得最甜的時候。

沈浪緩步西行，四下聽不見一絲人聲，甚至連啁啾的鳥語都沒有，只有微風穿過樹林，發出一陣陣溫柔的聲音，就像是枕畔情人的呼吸。

遠處有老樹濃蔭如蓋，一條俏生生的白衣人影，正佇立樹下，風，舞起她衣袂與髮絲。

她目光正向沈浪來路凝睇。

沈浪瞧見她，心裡忽然泛起一種難言滋味，也不知是愁是喜？這是個溫柔而美麗的女孩子，但也是個奇異而神秘的女孩子，她看來正如嬰兒般純潔而天真，但世上卻沒有一個人能猜出她的心。

瞧見她，沈浪又不禁想起朱七七。

那刁蠻、任性、頑皮、倔強、最可愛、也最可恨的朱七七，那明朗、爽快、驕傲，但有時又溫柔如水的朱七七。

那可憐、可恨、又不知有多可愛的朱七七。

朱七七和白飛飛，是兩種多麼不同的女孩子，兩人正像是兩個極端，兩種典型，一個熱得像火，一個卻冷得像冰。

但無論如何，這兩個女孩子都是可愛的。

沈浪實在想不出世上還會有比她們更可愛的女孩子。

他面上泛起微笑，心裡卻不禁嘆息，為什麼這兩個如此可愛的女孩子，命運卻都是這麼悲慘，不幸？

白飛飛自然也瞧見他了。

她面上泛起仙子般的笑容，比陽光更燦爛。

她輕輕招了招手，柳腰輕折，向林蔭深處走去。

四下沒有人跡，遠處有蟬聲搖曳，花已將開，春已漸濃，今年的春天，像是來得並不太遲。

濃濃的樹蔭，將白飛飛的衣裳映成淡淡的碧綠色，她垂著頭坐在那裡，長長的睫毛，輕輕覆蓋著眼瞼。

那裡是一塊凹進去的巖石，四面有柔枝垂藤，宛如垂簾，自枝條間望過去，她容光更是明媚絕世。

沈浪悄悄走過去，站在她面前，沒有說話。

她也沒有說話。

兩人的呼吸聲，正也勝過世上所有的柔情蜜語。

然後，她整個人投入沈浪懷抱裡。

沈浪輕撫著她如雲柔髮，良久良久。

風更輕柔，春意更深。

沈浪突然長長嘆了口氣，道：「幽靈宮主，你好麼？」

白飛飛抬起了頭，嫣然一笑，道：「你連我的名字都忘了麼？」

沈浪俯首凝注著她，這張臉上，絲毫沒有驚惶，絲毫沒有惡意，有的只是甜蜜的柔情，深濃如酒。

她意甜蜜，她眼波輕柔，她婉轉投懷，她香澤微吐……這標緻的女孩子，怎會是殺人的魔頭？

沈浪唯有輕輕嘆息，道：「有誰能忘得了你的名字？」

白飛飛眼波展轉，道：「那麼，你說我叫什麼名字？」

沈浪道：「飛飛……白飛飛……你真是個聰明的女孩子。」

白飛飛柔聲道：「那麼，你爲何要叫我幽……幽靈宮主？」

沈浪淡淡笑道：「白飛飛難道不是幽靈宮主？」

白飛飛輕輕推開了他，後退半步，眼波深情地望著他，深情的眼波中似乎有些嬌嗔薄怒。她輕咬櫻唇，道：「那幽靈宮主究竟是誰？你爲何時時刻刻都要提起她，她……她難道也是個美麗的女孩子？」

沈浪目光凝注遠方，悠悠道：「不錯，她是個非常美麗的女孩子，也非常聰明，還有一身非常高明的武功。」

白飛飛垂下頭，輕嘆道：「你如此誇獎她，她一定比我強得多，但……求求你，莫要在我面前誇獎別人好麼？」

沈浪道：「但她也是個非常非常狠毒的女孩子，別人不能做，也不敢做的事，她卻全都能做得出來。」

白飛飛抬起眼，道：「你見過她？」

沈浪道：「我見過她，就在昨夜……非但見過她，還曾和她交過手。」

白飛飛道：「她……她長得是何模樣？」

沈浪道：「她面上總是覆著層輕紗，不肯讓人瞧見她的真面目，但是我……我終於將那層輕紗揭開了。」

他目光突然利箭般望向白飛飛，一字字緩緩道：「我這才發現，她原來就是你，你原來就是幽靈宮主……所以我就沒有再出手。」

白飛飛後退三步，失聲道：「我……你瞧錯了吧。」

沈浪嘆道：「我不會瞧錯的，別人縱能假冒你的容貌，但那雙眼波……那雙眼波除了你外，誰也不會再有。」

白飛飛全身都顫抖起來，道：「所以你認爲我就是那狠毒的幽靈宮主？」

沈浪道：「我別無選擇。」

白飛飛顫聲道：「我若是幽靈宮主，怎會流浪到江南，任憑別人賣我爲奴？我若有一身武功，又怎會一時時受人欺負？」

她眼圈兒已紅了，淚珠已將奪眶而出。

沈浪長長嘆息道：「這正也是我百思不解的事。」

白飛飛淚流滿面，道：「你……你難道一點也不相信我？」

沈浪道：「我很願意相信你，只是，我又不能不更相信我的眼睛。」

白飛飛道；「親眼瞧見的事，有時也未必是真的。」

沈浪默然半晌，喃喃道：「不錯……親眼瞧見的事，有時也未必是真的。」

白飛飛掩面輕泣，斷續著道：「我是個孤兒，從小就不知父母是誰，世上從來沒有一個人，真心的待我好，只有你……只有你……」

她突又撲到沈浪身上，悲泣著道：「而你現在也不相信我，我……我活著還有什麼意思？」

沈浪神色也頗爲黯然，道：「我能相信你麼？」

白飛飛仰起頭，秀髮波浪般垂落。

她淚眼瞧著沈浪，道：「你瞧我可像是那麼狠毒的女子。」

沈浪瞧著她滿面淚痕，滿面凄楚，唯有嘆息搖頭，道：「不像。」

白飛飛道：「那麼，你就不該懷疑我。」

沈浪嘆道：「若說那幽靈宮主不是你，世上又怎會有兩個如此相像的女孩子？」

白飛飛道：「我難道就不能有個孿生的姐妹，只不過她的命運比我好，我一生受人欺負，而她卻在欺負別人。」

沈浪怔了怔道：「孿生姐妹？」

白飛飛道：「這事聽來雖然像是太巧，但世上湊巧事本就很多，這種事也不是不可能發生的……是麼？」

沈浪道：「這……」

白飛飛接著道：「何況，昨夜你只不過是匆匆一瞥，又是在黑暗之中，你難道能斷定你是完完全全瞧對麼？」

沈浪垂下了頭，道：「我……」

白飛飛流淚道：「你既然不能斷定，你就不該如此說，你可知道，我一生的幸福，全在你手上，你又怎忍心將我一生斷送？」

沈浪默然半晌，輕撫著她的柔髮，道：「我錯了……我錯了……你能不能不怪我？」

白飛飛幸福地嘆息一聲，伏在沈浪胸膛上，柔聲道：「我一切都是你的，你縱然殺了我，我也不會怪你。」

風，溫柔地吹著，有如此溫柔美麗的女子伏在自己胸膛上，輕敘著如此溫柔的言語，如此溫柔的情意……

沈浪縱是鐵石人，也不禁軟化了。

溫柔……永遠是英雄們不可抗拒的。

也不知道過了多久，沈浪終於柔聲問道：「這些日子來，你遭遇了什麼？可以說給我聽麼？」

白飛飛道：「那天在客棧中，你和熊貓兒都走了，朱姑娘很生氣，我……我知道是我拖累了她，心裡也不知有多麼難受？」

沈浪苦笑道：「她……她並不是故意的。」

白飛飛道：「我知道……我知道朱姑娘有時雖然脾氣大些，但心卻是好的，而且她又聰明，又爽朗，又嬌美，……我實在比不上她。」

沈浪微笑著，又不禁嘆息著道：「你什麼事總替別人著想，就這一點，她已比不上你。」

白飛飛展顏一笑，如春花初放，道：「真的麼？」

但這美麗的一笑瞬即隱沒。

她又顰起雙眉，輕嘆道：「那時我真想一個人悄悄溜走，免得再惹朱姑娘生氣，誰知也就在那時，那個可惡的金……金……」

沈浪道：「金不換。」

白飛飛道：「不錯，金不換已闖進來了，掩住了我的嘴，將我擄走，他……他……他竟將我送到那王……王公子手上。」

沈浪黯然道：「這些事，我知道。」

白飛飛道：「我心裡真是害怕死了，我知道那王公子是個……是個不好的人，幸好他……他像是很忙，並沒有對我怎樣。」

她像是費了許多氣力，才將這番話說出，說出了這番話，蒼白的面頰，已嫣紅如朝霞。

她紅著臉，垂頭接道：「後來，他們就又將我送到一位王夫人的居處，那位王夫人的美麗，我縱是女人，見了也未免心動。」

沈浪淡淡一笑，道：「她對你怎樣？」

白飛飛嘆息道：「她對我實在太好了，她就像是天上的仙子，有一種神奇的力量，可以將任何人的悲傷化做歡樂。」

沈浪道：「所以，你很聽她的話？」

白飛飛垂首道：「她對我這麼好，我怎能拒絕她的要求。」

沈浪道：「她要你做什麼？」

白飛飛道：「她要我混入快活王這裡，爲她打探消息，我本來是不敢的，但後來知道快活王也是你的仇人，我就答應了。」

沈浪柔聲道：「謝謝你。」

白飛飛嫣然一笑，道：「只要能聽見你這句話，無論吃什麼苦，我都心甘情願了。」

沈浪道：「你吃了很多苦麼？」

白飛飛淒然垂頭，道：「爲了要取信於快活王，她只好先將我和那……那世上最最可惡可恨的妖魔關在一個地方。」

沈浪嘆道：「你一定嚇壞了。」

白飛飛臉又紅了，道：「我寧願和毒蛇猛獸關在一起，也不願見到他一面，但……爲了王夫人，爲了你，我只有壯起膽子。」

沈浪道：「想不到你還是個如此勇敢的女孩子。」

白飛飛的臉更紅道：「王夫人後來還告訴我件秘密，原來那妖魔不是男的，而是個女的，但後來我雖明知她是女的，瞧見『她』那一雙眼睛時，仍然不住要全身發抖，『她』手指沾著我時，我真恨不得立刻就死去。」

沈浪道：「可是那王夫人故意放『她』和你逃的？」

白飛飛道：「王夫人知道『她』若能逃走，必定會帶著我，那一路上……唉……」她淚珠又復流下，但瞬即又抬頭笑道：「無論如何，『她』現在總算死了。」

沈浪道：「他可是一到這裡就死了？」

白飛飛道：「一進門就死了。」

沈浪道：「他是如何死的。」

白飛飛幽幽道：「是我殺死了他。」

沈浪聳然道：「你？」

白飛飛道：「不錯，我……你奇怪麼？」

她掠了掠散亂的鬢髮，接口道：「王夫人給了我一個戒指，那戒指上有個極細的尖針，針上是其烈無比的毒藥，我只要輕輕一拍『她』肩頭，眨眼間『她』便要毒發而死，『她』始終將我認作『她』的囊中之物自然全未曾防備著我。」

沈浪沉思半晌，長長嘆了口氣，道：「原來如此。」

白飛飛幽幽道：「我也殺了人，你會不會怪我？」

沈浪柔聲笑道：「無論任何人換作你，都會殺死她的。」

白飛飛道：「那麼，你又在想些什麼？」

沈浪嘆道：「我有件始終不懂的事，直到此刻才恍然大悟。」

白飛飛道：「什麼事？」

沈浪道：「我始終不了解，展英松那些人，爲何一入『仁義莊』，就全都暴斃，如今我才知道，那也是王夫人的指上毒針。」

白飛飛眨了眨眼睛，道：「但那戒指上的毒針，只能用一次呀，那就好像毒蜂的尾針一樣，用過一次，就沒有毒了。」

沈浪皺眉道：「哦……」

白飛飛道：「何況，那些人死得一個不剩，又是誰下的手？」

沈浪又自沉思半晌，展顏笑道：「我明白了。」

白飛飛道：「那究竟是什麼秘密？」

沈浪道：「王夫人放他們時，必定有個條件。」

白飛飛道：「什麼條件？」

沈浪道：「那就是要他們每個人都必須殺死一個人。」

白飛飛搖頭道：「我還是不懂。」

沈浪道：「王夫人分別將他們召來，每個人都給他一枚指上蜂針，他們彼此間卻全不知道，所以，到了『仁義莊』，甲殺了乙，乙殺了丙，丙殺了丁，丁又殺了甲，結果是每個人都死了，殺死他們的仇人，正是他們自己。」

白飛飛長長吐了口氣，道：「好毒辣的計謀，好毒辣的手段。」

沈浪嘆道：「這手段雖毒辣，但展英松這些人若全都是正人君子，那麼王夫人縱有毒計，卻也無法使出了。」

白飛飛頷首嘆道：「這就叫做害人害己……」

突聽一人冷笑道：「你們這正也是在害人害己。」

語聲中，一柄長劍，毒蛇般自拂柳枝垂藤間劃了出來。劍，閃動著毒蛇般的青光。

白飛飛嬌呼一聲，投入沈浪懷裡。

沈浪身形閃動，避開三步，叱道：「什麼人？」

劍尖斜飛，挑起了垂藤。

一個勁服急裝的英俊少年，斜舉長劍，瞧著他們冷笑，胸前一面銅鏡上，寫著「三十五」。

這赫然正是快活王門下的急風騎士。

沈浪面上竟仍然帶著笑容，點頭道：「兄台竟能來到這裡，在下竟毫未覺察，看來兄台的武功，必定高出同僚許多，當真可賀可喜。」

那急風騎士冷笑道：「閣下已墮入溫柔鄉裡，縱有千軍萬馬到來，閣下只怕也是聽不見的。」

沈浪笑道：「也許真是如此。」

急風騎士怒喝道：「王爺待你不薄，將你引為知己，你就該以知己之情，同報王爺才是，那知你卻在此勾引王爺姬妾，你可知罪？」

沈浪淡淡笑道：「知罪又如何？」

急風騎士厲聲道：「快隨我同去見過王爺，王爺或許還會從輕發落，賜你一個速死。」

沈浪笑道：「那在下真該感激不盡，只是……」

他眨了眨眼睛，又笑道：「你看沈浪可是如此聽話的人麼？」

急風騎士怒道：「你想如何？」

沈浪道：「在下只是有些為兄台可惜，兄台若是聰明人，方才就該悄悄溜走才是，此刻兄台再想走只怕是已走不了啦。」

急風騎士冷笑道：「你當我是一個人來的麼？」

沈浪道：「你難道不是。」

急風騎士厲聲道：「這四周已佈下十七騎士，除非你能在剎那間將我等全都殺死，否則你縱然殺了我，還是難逃一死。」

沈浪道：「哦──」

他面上竟還在笑，白飛飛面上卻已全無一絲血色，突然衝出去擋在沈浪面前，咬著牙大叫道：「這完全不關他的事，這全是我叫他來的。」

急風騎士冷笑道：「白姑娘當真是情深意厚，只可惜我……」

白飛飛顫聲道：「你要殺，就殺我吧。」

那急風騎士目中突然閃過一絲邪惡的笑意，道：「像姑娘這樣的美人，在下怎忍下手？」

白飛飛身子顫抖起來，道：「你想怎樣？」

急風騎士緩緩道：「姑娘想怎樣？」

白飛飛咬著牙跺了跺腳，道：「只要你放過他，我……我……我什麼都……都依你。」

急風騎士笑道：「真的麼？」

白飛飛又自淚流滿面，道：「真的。」

急風騎士道：「沈公子意下如何？」

沈浪微微一笑，道：「很好，你們走吧。」

這句話說出來，那急風騎士與白飛飛全都一怔。

白飛飛顫聲道：「你……你……你……」

沈浪微笑道：「你既然肯犧牲自己來放我，我若堅持不肯被你放，豈非辜負你一番好意……騎士兄，你說是麼？」

急風騎士道：「這……我……」

沈浪笑道：「兩位此去，需得尋個幽秘之處，莫要被別人發現才是。」

白飛飛嘶聲道：「你……你不是人。」

沈浪道：「這可是你自己說的，怎麼反而罵我？」

白飛飛道：「這……我……」

沈浪笑道：「這若是個故事，寫到這裡，你一心要犧牲自己救我，我就該全力攔阻於你，甚至不惜拚命，那才是個凄惻動人，賺人眼淚的故事，若不如此寫法，那讀者必定要失望得很，故事也說不下去了。」

他一笑接道：「只可惜此刻你不是在寫故事，此間也沒有觀眾，是以這情節的變化，也就不必再去套那老套了。」

白飛飛愕在那裡，像是已呆住了。

那急風騎士也愕了半晌，突然哈哈大笑道：「好，沈浪果然是好角色。」

沈浪笑道：「豈敢豈敢。」

那急風騎士大笑道：「你是如何認出我來的？」

沈浪淡淡道：「急風騎士若有這樣的輕功，快活王就當真可以高枕無憂了，何況，急風騎士縱有你這樣的輕功，也不會有你這樣色瞇瞇的眼神。」

他大笑接道：「像這樣的輕功，這樣的眼神，除了咱們的王憐花王公子外，世上只怕再也找不出第二個人來的。」

白飛飛像是又愕住了，瞧瞧沈浪，又瞧瞧那急風騎士，面上的神情，也不知哭是笑。

那「急風騎士」抱拳笑道：「適才在下玩笑，白姑娘恕罪則個。」

白飛飛道：「你……你真的是王憐花？」

王憐花笑道：「只可惜在下製作的這面具，花了不少功夫，否則在下此刻就必定請白姑娘瞧瞧真面目了。」

白飛飛突又珠淚滾滾，瞧著沈浪，流淚道：「你……你怎忍這樣開我的玩笑？」

若是換了朱七七，此刻早已一拳打在沈浪身上，但白飛飛她卻只是自艾自怨，流著眼淚又道：「但這也怪不得你，這……這全該怪我，我……我不該……」

她若真的打了沈浪，沈浪反覺好受些，她如此模樣，沈浪倒真是滿心歉疚，又憐又愛，忍不住輕輕攏起她的肩頭，柔聲道：「我只當你也認出了他，所以……」

白飛飛淒然道：「怎會認出他，那急風第三十五騎，我雖見過，但他……他實在扮得太像，簡直連語聲神態都一模一樣。」

王憐花笑道：「多謝姑娘誇獎，但我還是被沈兄認出了。」

突似想起什麼，竟反手給了自己個耳括子，苦笑這：「該死該死。」

王憐花驚才絕艷，心計深沉，雖然年紀輕輕，已隱然有一代梟雄之氣概，此刻居然做出這小丑般的動作來。

白飛飛不禁怔住，道：「什麼該死？」

王憐花苦笑道：「這沈兄兩字，豈是我能叫得的。」

白飛飛道：「沈兄兩字，你爲何叫不得？你又該喚他什麼？」

她嘴裡說話，眼角卻在瞟著沈浪，這玲瓏剔透的女孩子，似乎已從王憐花一句話裡聽出了些什麼？

她似已微微變了顏色。

沈浪苦笑著，此刻他面上的神情，白飛飛竟從未見過，他舉止竟似已有些失措，笑得更是十分勉強。

王憐花卻似什麼也未瞧見，笑道：「好教姑娘得知，現在我至少也得喚沈公子一聲叔父才是。」

白飛飛纖手掩住了櫻唇，失聲道：「叔父！」

王憐花道：「不錯，叔父……只因沈公子已與家母有了婚約。」

白飛飛仿彿被鞭子抽中，身子斜斜倒退數步，一雙眼充滿驚駭，也充滿悲忿的眼色，緊盯著沈浪，顫聲道：「真的……這可是真的？」

沈浪苦笑道：「這使你吃驚了麼？」

白飛飛身子顫抖著，淚珠又奪眶而出。

整整有盞茶功夫，她就這樣站著，任憑身子顫抖，任憑淚珠橫流，像是永生也無法再移動。

然後，她突然嘶聲悲呼，道：「你爲何不早對我說，你爲何方才不對我說，你是不是還想騙我。」她翻轉身奔出垂藤，踉蹌而去。

她沒有再回頭。

沈浪就這樣瞧著她衝出花叢。

他沒有攔阻，沒有說話，他根本沒有動。

他甚至連神情都恢復了平靜，沒有絲毫變化。

王憐花就這樣瞧著沈浪，也沒有動，沒有說話。

他面上的表情甚是奇特，目中直藏著一絲殘酷的笑。

沈浪終於回轉頭，面對王憐花。

王憐花就以那種含笑的目光，瞧著他。

沈浪嘴角終於又露出那種懶散的、毫不在乎的微笑。

王憐花若非已經易容，嘴角的笑容必定也和沈浪差不多。

這是當今一代武林中兩個最具威脅性，最具危險性，也最具侵略性的人物，此刻在這四面垂藤的陰影中，面對面笑著，他們的心裡在想著什麼？他們的笑容有什麼含義，誰能知道？誰能猜得出？

他們的年紀相差無幾，他們的立場似同非同，他們的關係是如此複雜，他們究竟是友?是敵?

他們是想互相陷害，還是想互相扶助?

誰能知道?誰能分得出。

無論如何，在這一刹那間，正是最危險的時候，他們心中若有積怨控制不住，此刻便是出手的時刻。

這一出手，必將驚天動地，必將改變天下武林之大局，這一出手，必將分出生死存亡，勝強弱負。

但他們誰也沒有出手。

危險的一刻，只是在平靜的微笑中度過。

沈浪一笑道：「你爲何要這樣做，爲何要這樣說?」

王憐花淡淡笑道：「你難道猜不出?」

沈浪道：「無論我是否猜得出，我都要聽你親口告訴我。」

王憐花道：「你自然早已知道，這自然是家母的意思。」

沈浪道：「哦?她……」

王憐花詭秘的一笑，道：「我若是她，我也會這樣做的，任憑你這樣的男子保留自由之身，世上只怕沒有一個女人能放心得下。」

沈浪道：「你此刻是以什麼身分在和我說話？」

王憐花道：「兄弟之間，敵友之間。」

沈浪道：「此刻你和我又回復爲兄弟了麼？」

王憐花道：「在別人面前，你算是我的長輩、叔父，但是只有你我兩人在時，我卻是你的兄弟、朋友……有時說不定還是你的對頭。」

沈浪凝目瞧了他半晌，展顏一笑，道：「不想你說話也有如此坦白的時候。」

王憐花笑道：「我縱要騙你，能騙得過你麼？」

兩人拊掌而笑，居然彷彿意氣甚投。

但沈浪突又頓住笑聲，道：「但你卻仍然忘記了一件事，這件事正是一切問題的症結所在。」

王憐花道：「此事若這般重要，我自信不會忘卻。」

沈浪道：「你難道忘了，女子在受了刺激時，是什麼事都做得出的。」

王憐花道：「這句話天下的男人都該記得，我又怎會忘記。」

沈浪道：「你難道不怕白飛飛在受刺激之下，去向快活王告密？」

王憐花微微一笑，道：「她不會去告密的。」

沈浪道：「你知道？」

王憐花道：「我自然知道。」

沈浪道：「你有把握？」

王憐花道：「我自然有把握。」

沈浪目光閃動，像是要再追問下去，但一點靈機在他目中閃過後，他卻突然改變語鋒。他展顏一笑，道：「無論如何，你此番前來，總是我想不到的事。」

王憐花笑道：「家母的戰略計謀，本是人所難測。」

沈浪道：「你不怕被他認出？」

王憐花道：「不近君側，便無懼事機敗露。」

沈浪沉吟道：「但她……她為何……」

王憐花笑了一笑，道：「我知道你心中必有許多疑竇，我也無法向你一一解說，但我帶你去見一個人後，你或許就會明白許多。」

沈浪道：「哦，那是什麼人？」

王憐花目光閃爍，道：「你見著他後，自會知道。」

沈浪道：「我何時能見著他？」

王憐花道：「就在此刻。」

沈浪沒有再問，他知道再問也必定問不出什麼。

就在這時，遠處突然有人笑呼道：「沈公子當真是雅人，竟尋了個陰涼所在來避暑。」

沈浪微微皺眉，自垂藤間望出去，只見一人錦衣敞胸，手提著馬鞭，鞭打著長草，邊笑邊走而來。

來的這人委實有些出乎沈浪意料之外。

他竟是那不務正業的紈綺子弟「小霸王」。

沈浪回首道：「你要我見的莫非是他？」

王憐花失笑道：「怎會是他？」

沈浪噓了口氣，但目中又復閃動出逼人的光彩。

只見那小霸王一頭鑽進了垂藤，揮著馬鞭，笑道：「好個涼爽所在，真虧沈兄如何找得到的。」

沈浪微微笑道：「是呀，此事倒奇怪得很。」

小霸王眨了眨眼睛，道：「奇怪？」

沈浪道：「兄台還未走到這裡，遠遠便喚出在下的名字，這豈非是件怪事？」

小霸王道：「這……嘻嘻哈哈……妙極妙極，沈兄難道未曾聽說過，身無彩鳳雙飛翼，心有靈犀一點通，小弟那時雖未真個見到沈兄，但遠遠瞧見這裡有人，便猜中那必定是沈兄了……」

他拊掌笑道：「這些人除了沈兄外，還有誰有此風雅。」

沈浪大笑道：「妙極妙極，果然妙極，兄台果真是妙人。」

他有意無意，伸手去拍小霸王肩頭。

王憐花卻也似在有意無意，輕輕托住了他的手。

沈浪目光微閃，王憐花微微搖頭，就在這一眨、一搖頭之間，小霸王已在生死邊緣上走了一周。

小霸王卻渾然不覺，仍在傻笑著，若說他心存奸謀，委實不似，若說他胸無城府，卻又委實令人可疑。

沈浪突然發現，此時此刻，在這快活林中，每個人都不如表面瞧來那麼簡單，每個人都有神秘的內幕。

小霸王手揮著馬鞭，東瞧瞧，西望望，突又轉身，面對沈浪，笑道：「沈兄可知道小弟來尋沈兄是爲什麼？」

沈浪笑了笑，沒有說話。

小霸王道：「小弟來尋沈兄，只是爲了要請沈兄鑒賞一個人而已。」

沈浪道：「哦？」

小霸王道：「小弟日前帶的那女子，委實幼稚低俗，沈兄只怕已在暗中笑掉了大牙，是以小弟此番又請了一位姑娘來，想請沈兄品評一番。」

沈浪笑道：「在下對女子一無所知，否則此刻也不會仍是光棍了。」

小霸王大笑道：「沈兄莫要太謙，沈兄只怕是因爲對女人所知太多，所以至今仍是光棍一條……騎士兄，你說是麼。」

王憐花拊掌笑道：「是極是極，妙極妙極。」

小霸王道：「那位姑娘此刻就在附近，小弟一呼即至……垂花藤下，品鑒美人，這是何等風雅之事，沈兄雅人，諒必不致推卻的。」

沈浪道：「既是如此，小弟就恭敬不如從命了。」

小霸王馬鞭一揚，笑道：「沈兄稍候，小弟去去就回。」

他揮著馬鞭，像是在騎馬似的，跳跳蹦蹦奔了出去。

沈浪目送他背影遠去，微微一笑，道：「如今我才知道人當真是不可貌相，水當真不可斗量。」

王憐花道：「沈兄為何突有此感慨？」

沈浪道：「這小霸王看來彷彿是個還未長成人形的大孩子，其實胸中卻也大有文章，他故意做出那般模樣，只不過叫人輕視於他，不加防範而已。」

王憐花漫應道：「哦。」

沈浪道：「如今我才知道，原來這小霸王，居然也是你的屬下。」

王憐花笑道：「你從何得知？」

沈浪微微笑道：「若非你告訴了他，他又怎會知道我在這裡，他若非你的屬下，你又怎會阻我出手傷他。」

王憐花眨了眨眼睛，道：「是這樣麼？」

沈浪一笑道：「其實我方才又怎會真個出手傷他，我那般的做作，只不過是要試一試我們的王憐花公子而已。」

王憐花拊掌大笑，道：「你我行事，真真假假，大家莫要認真，豈非皆大歡喜。」

笑聲中，小霸王又一頭鑽了進來，笑道：「來了……來了。」

地。

兩個健壯的婦人，抬著頂綠絨頂紫竹簾的軟兜小轎，走入這四面垂藤，幽秘而陰涼的小天地。

她們放下轎子，立刻又轉身走了出去。

竹簾裡，隱約可瞧見條人影，窈窕的人影。

小霸王手扶竹簾，笑道：「此人若再不能入沈兄之目，天下只怕便無可入沈兄之目的人了。」

沈浪微笑道：「既是如此，在下理當一拜。」

他竟真的躬身一揖到地。

小霸王怔了怔，失笑道：「沈兄為何如此多禮？」

沈浪道：「傾城之絕色，理當受人尊敬。」

他朗聲一笑，接道：「豈不聞英雄易得，絕色難求，古來的英雄，多如恆河沙數，但傾城之絕色，卻不過寥寥數人而已，在下今日能見絕色，豈是一禮能表心意。」

小霸王大笑道：「沈兄當真不愧為天下紅顏的知己。」

突然掀起竹簾，轎中端坐的，赫然竟是朱七七。

沈浪委實再也想不到會在這裡見著朱七七。

朱七七正是王夫人用來要挾沈浪的人質，王夫人又怎肯將她送到沈浪身側，怎肯將她送到這裡。

剎那之間，就連沈浪也不禁怔在當地。

只見朱七七雲鬟高挽，錦衣華麗，低眉斂目，神情端莊，眼波雖瞧著沈浪，但面容卻平靜如水。

這那裡還是昔日那嬌縱，刁蠻，調皮的朱七七，這那裡還是那敢愛得發狂，也敢恨得發狂的朱七七。

但這明明是朱七七，那眉、那眼、那鼻、那唇……

那是半分也不會假的。

那正是縱然化為劫灰，沈浪也認得的朱七七。

那正是任何人易容假冒，都休想瞞得過沈浪的。

沈浪怔了許久，終於勉強一笑，道：「多日未見，你好麼？」

這雖然是句普普通通的問候之辭，但言辭中卻滿含情意，他知道朱七七是必然聽得懂的。

他暗中不知不覺在期望著她熱烈的反應。

他畢竟是個男人。

但朱七七面上仍無絲毫表情，竟只是淡淡道：「還好，多謝沈公子。」

這冷冷淡淡一句話，就像是鞭子。

沈浪竟不覺後退半步。

他如今才知道受人冷淡是何滋味，他如今才知道自己也是個人，對於失去的東西，也會有些惆悵悲情。

小霸王揮著馬鞭，眨著眼睛，笑著，瞧著。

王憐花目中充滿了得意的詭笑。

沈浪霍然回首，道：「她……她怎會……」

王憐花含笑道：「家母突然覺得與其以別人來要挾沈公子，倒不如要沈公子完全出於自願的好，家母對沈公子之了解，沈公子原該感激才是。」

沈浪道：「但……但她此番前來……」

王憐花淡淡笑道：「何況，家母自覺也不該再以朱姑娘來要挾沈公子，是以特地令她前來，與沈公子重新見禮。」

沈浪動容道：「重新見禮？」

王憐花緩緩道：「只因家母已爲小侄與朱姑娘訂下了婚事。」

沈浪不覺又後退半步，眼睛盯著朱七七，失聲道：「你……你……」

朱七七淡淡一笑，悠悠道：「你難道不覺歡喜？」

沈浪呆在那裡，道：「我……我……」

這一擊實在不輕，但沈浪並未倒下去。

他只是木立半晌，突又展顏一笑，抱拳道：「恭喜恭喜。」

朱七七淡淡道：「多謝公子……」纖手突然一抬，竹簾「唰」的落了下去，她冷淡的眼波與嬌媚的容貌又不復再見，又只剩下一條朦朧的身影。

現在，沈浪心頭若還有什麼剩下的，那也只不過是一絲苦澀的回憶，以及一大片不可彌補的空虛。

但他身子卻挺得更直，笑容也仍是那麼灑脫，「小霸王」在一旁瞧著，目中也不禁露出佩服之意。

王憐花笑道：「我知道沈公子必定還有一句話要問的。」

沈浪道：「不錯，我正要問，朱七七既來了，熊貓兒在哪裡？」

王憐花緩緩道：「熊貓兒麼，他只怕也要做出些沈公子猜想不到的事。」

沈浪一把抓住他的手腕，道：「他在哪裡？」

王憐花面頰肌肉一陣痙攣，但畢竟未露出疼痛之態。

他深深吸了口氣，道：「他現在正……」

就在這時，只聽四下有人呼叫：「沈浪……沈公子，快請出來，王爺有請。」

這呼喚一聲接著一聲，遠近俱有。

王憐花目光閃動，道：「這裡已非談話之地，你快去吧，我自會與你連絡的。」

沈浪凝目瞧著他，五根手指，一根根放鬆，然後霍然轉身，頭也不回，快步走了出去。

一杯濃濃的，以新鮮番茄製成的汁，盛在金杯裡。

快活王一口氣喝了下去。

然後他朗聲一笑，道：「病酒，酒病，古來英雄，被這酒折磨的只怕不少。」

沈浪俯身瞧著臥榻上的快活王，微笑道：「英雄若不病酒，正如美人不多愁一般，總令人覺得缺少些風味，只是這病酒之事，史書不傳而已。」

快活王拊掌大笑，道：「那些史官若少幾分酸氣，若將自古以來英雄名將病酒之事歷歷繪出，那麼無論三國漢書，都更要令人拍案叫絕了。」

沈浪微笑道：「曹阿瞞與劉皇叔煮酒論英雄後，是誰先真個醉倒？班定遠投軍從戎時，是否先飲下白酒三斗？這當真都是令後人大感興趣之事。」

快活王笑聲突頓，目光凝注沈浪，緩緩道：「卻不知你此刻最感興趣之事是什麼？」

沈浪沉吟道：「小精靈身輕如葉，不知是否已探出那幽靈宮主的巢穴。」

快活王皺眉道：「此事無趣之極，不提也罷。」

沈浪道：「莫非他還未曾回來？」

快活王嘆道：「不錯，他還未曾回來。」

突然以拳擊案，大聲道：「他此刻既不回來，只怕永遠也回不來了。」

卅五　千鈞一髮

沈浪無言垂首，心頭卻不禁暗暗嘆息：「好厲害的幽靈宮主，但總有一日我會知道你究竟是誰的，而且這一日看來已不遠了。」

只見快活王突又展顏一笑，道：「此事雖無趣，但本王今日卻另有一件有趣之極的事。」

沈浪笑道：「但望王爺相告。」

快活王長鬚掀動，縱聲笑道：「就在今日，竟又有一人不遠千里而來，投效於我。」

沈浪動容道：「哦……此人是誰？」

快活王道：「此人自也是天下之英雄。」

沈浪軒眉道：「天下之英雄？」

快活王道：「此人不但酒量可與你比美，武功只怕也不在你之下，獨孤傷與他拆了七掌，竟也敗在他手下。」

沈浪再次動容，道：「此人現在何處？」

快活王拊掌道：「他與你正是一時瑜亮，是以本王特地請你前來與他相見，天下之英雄盡在此間，不亦快哉，不亦快哉。」

霍然長身而起，笑道：「此刻他仍在與人痛飲不休，你正好趕去和他對飲三百杯。」

拉起沈浪的手，大步向曲廊盡頭的花廳走了過去。

只聽一陣陣歡呼豪飲之聲，透過珠簾，傳了出來。

那燕兒正掀著半邊簾子，悄悄向裡面窺望，聽見後面的人聲，瞧見了快活王，一縮脖子，一溜逃走了。

珠簾內有女子嬌笑，道：「芳芳敬了你二十杯，萍兒也敬了你三十杯，現在，我敬你三十杯，你為何不喝下去。」

另一個女子嬌笑道：「是呀，你若不喝下去，珠鈴一發脾氣，就要咬你的舌頭了。」

一個男子的聲音大笑道：「區區三十杯，算得了什麼，來，倒在盆子裡，待我一口氣喝下後，再來個三十杯又如何。」

他喝得連舌頭都大了，但語聲聽在沈浪耳裡，竟仍似那麼熟悉，沈浪忍不住一步趕過去，掀起珠簾。

只見花廳裡杯盤狼籍，五六個輕衣少女都已衣襟半解，雲鬢蓬亂，暈紅的面頰，如絲的媚眼，正告訴別人說她們都已醉了。

一條大漢，箕踞在這些自醉卻更醉人的少女間，敞著衣襟，手捧金盆，正在作淋漓之豪飲。金盆邊沿，露出他兩道濃眉，一雙醉眼，敞開的衣襟間，露出他黑鐵般的胸膛，卻不是熊貓兒是誰？

熊貓兒，熊貓兒，原來你也到了這裡。

一時之間，沈浪也不知道是驚！是喜？

無論如何，這貓兒此刻還能痛飲一盆美酒，顯見得仍是體壯如牛，總是令人可喜之事。

沈浪但覺眼前有些模糊，這莫非是盈眶熱淚。

他就站在門旁，靜靜地瞧著熊貓兒，瞧著熊貓兒將那盆酒喝得點滴不剩，揚起金盆，大笑道：「還有誰來敬我？」

沈浪微微笑道：「我。」

熊貓兒目光轉動，瞧見沈浪，呆住。

然後突然狂呼一聲，拋卻金盆，一躍而起，大呼道：「沈浪呀沈浪，你還沒有死麼？」

呼聲中他已緊緊抱住沈浪，那撲鼻的酒氣，汗臭，嗅在沈浪鼻子裡，沈浪只覺比世上所有女子的脂粉都香得多。

朋友，這就是朋友，可愛的朋友。

有了這樣的朋友，誰都不忘記憂愁。

一聲霹靂，雷雨傾盆而落。

這是乾燥的邊境少有的大雨，使人備添歡樂。

沈浪與熊貓兒把臂走在暴雨中，他們的頭髮已濕，衣衫也濕透，若非這如注大雨，又怎能平靜他們沸騰的熱血。

庭院中沒有人跡，只有碧綠的樹葉在雨中跳躍，只有這一雙重逢的朋友，他們的心，也在跳躍著。

在方才他們互相擁抱的一剎那中，快活王心目中居然也含有真心的欣慰，居然也會拍著他們的肩頭說：「多日未見的好朋友，要說的話比多日未見的情人還多，你們自己聊聊去吧，我絕不許別人去打擾。」

在那一剎那中，沈浪突然覺得這絕代的梟雄也有著人性，並不如別人想像中那麼惡毒冷酷。

現在，熊貓兒腳步已踉蹌，葫蘆中的酒所剩已無多。

他揮舞著葫蘆，大笑道：「朋友，酒……世上若沒有朋友，沒有酒，自殺的人一定要比現在多得多，第一個自殺的就是我。」

沈浪扶著他，微笑道：「貓兒，你又醉了麼？」

熊貓兒瞪起眼睛，道：「醉，誰醉了。」

沈浪道：「此刻你是醉不得的，我正有許多話要問你，許多話要向你說，你我以後能這樣談話的機會只怕已不多了。」

雨打樹葉，雷聲不絕，他們的語聲三尺外便聽不清楚，何況在這大雨中的庭園中，三十丈外都沒有個人影。

若要傾談機密，這確是最好的地方，最好的時候。

沈浪道：「你非但現在不能醉，以後也永遠不能醉的，酒醉時人的嘴就不密了，你若在酒醉時洩露了機密。」

熊貓兒大聲道：「我熊貓兒會是洩露機密的人麼？」

沈浪一笑，道：「你自然不是。」

他笑容一現即隱，嘆道：「她此番竟將你與朱七七放出來，倒當真是大出我意料之外的事，由此可見她計謀之變化運用，的確是人所不及。」

熊貓兒道：「你說的她，可是……」

沈浪道：「自然是那王……」

熊貓兒笑道：「她行事竟能出你意料之外，自然是個好角色。」

沈浪默然半晌，又道：「她可當真爲朱七七與王憐花訂了婚事？」

熊貓兒嘆道：「女人，女人……簡直都不是東西。」

沈浪道：「朱七七真的心甘情願？」

熊貓兒恨聲道：「見鬼的才懂得女人的心。」

沈浪又默然半晌，嘆道：「這也難怪朱七七，她見我既與那王……王夫人訂了親事……自然什麼事都做得出來了，唉，她的脾氣，你應該知道她的脾氣。」

熊貓兒眼睛眨了眨，道：「但她也該知道你此舉別有用意。」

沈浪苦笑道：「其實，世上又有誰能真的了解我的心意，有時連我自己都無法了解，愈是我摯愛著的人，我對她愈是冷漠，這是爲的什麼？」

熊貓兒道：「因爲你在逃避，你不敢去承受任何恩情，因爲你覺肩上已挑起副極重的擔子，因爲你自覺隨時都可能死。」

沈浪黯然道：「你說得是。」

熊貓兒道：「你既覺如此痛苦，爲何不放下那副擔子。」

沈浪道：「有時我真想放下一下……世上的人那麼多，爲何獨獨要我挑起這副擔子，快活王縱是惡人，但他待我卻不薄，爲何我一定要他的性命？我如此做法，又能得到什麼？又有誰會了解？誰會同情……」

在這如注的大雨下，在這最好的朋友身旁，沈浪也不覺發出了他積鬱著的牢騷，感慨。他竟吐露了他始終埋藏心底，從未向人吐露的心事。

熊貓兒沒有瞧他，只是靜靜傾聽。

過了半晌，沈浪又道：「自然，這其中有個原因。」

熊貓兒道：「可是就爲了這原因，所以你寧願承受痛苦，也不願放下那擔子。」

沈浪道：「不錯。」

熊貓兒道：「那又是什麼原因？」

沈浪道：「只因快活王與我實是勢難兩立，所以我縱然明知王家母子也是人中的惡魔，我縱然明知他們在用盡各種方法來利用我，但爲了除去快活王，我寧可不惜一切，也要和他們合作到底。」

熊貓兒道：「莫非你與快活王有什麼私人的恩怨不成？」

沈浪目中閃動著火花，道：「正是。」

熊貓兒道：「是爲了白飛飛？」

沈浪道：「你想我會是爲了她麼？」

熊貓兒道：「那又是爲了什麼？」

沈浪沉吟半晌，緩緩道：「這是我心底的秘密，我現在還不能說。」

熊貓兒道：「你何時才能說？」

沈浪道：「等快活王死的時候。」

熊貓兒道：「他不會比你先死的。」

口中這八個字說出，手掌已接連點了沈浪七處穴道，說到最後一字，一個肘拳將沈浪撞了出去。

就算殺了沈浪，沈浪也不能相信熊貓兒竟會向自己出手，甚至直到他跌倒在地，他還是不能相信。

他身子不能動彈，口中嘶聲道：「貓兒，你……你這是在開玩笑麼？」

熊貓兒挺立在雨中，突然仰天狂笑起來。

他醉意似已完全清醒，笑聲竟也突然改變。

沈浪面色慘變，失聲道：「你不是熊貓兒。」

「熊貓兒」狂笑道：「你如今才知道，不嫌太晚了麼？」

沈浪道：「你……你莫非是龍四海？」

「熊貓兒」大笑道：「不錯，你現在總算變得聰明了些。」

沈浪慘笑道：「我早就該想到是你的，我早就覺得你與熊貓兒許多相似之處，世上若有一人能假冒熊貓兒而如此神似，那就是你。」

龍四海道：「你爲何不早些想到？」

沈浪道：「只因我瞧錯了你，我實未想到那般英雄氣概的龍四海，竟也會是別人的走狗。」

龍四海不怒反笑，道：「這次總該叫你得著個教訓，無論多麼聰明的人，也會上人當的，只可惜這教訓你已永遠無法享用了。」

沈浪慘然道：「不錯，任何人都會上人當的。」

龍四海道：「但咱們爲了要你上當，的確也花了不少心思。」

沈浪嘆道：「熊貓兒自然已來了，否則快活王縱有無雙的易容好手，也是無法將你改扮得與他一模一樣的。」

龍四海笑道：「你果真是個聰明人，快活王爲我易容時，熊貓兒就躺在我身旁，我簡直就是自他身下取下來的模子。」

沈浪道：「但還有……」

龍四海道：「還有聲音，是麼？」

他一笑道：「我模仿別人語聲的本事，本就不小，但我還怕被你聽出，是以故意裝作酒醉，且舌頭都大了，其實我一共也不過只喝了三杯酒，其中還有一杯是倒在身上的，真正醉了的，只不過是那些小丫頭而已。」

沈浪苦笑道：「果然妙計，無論是誰，見到陪你喝酒的人都已醉了，自然再也不會想到你喝的酒竟是假的。」

龍四海道：「何況，再加上這雷雨擾亂了語聲，正是天助我成事，更何況你今日精神不知怎地，本就有些恍惚，我再騙不倒你，那才是活見鬼。」

沈浪黯然，過了半晌，啞聲道：「但熊貓兒他……」

龍四海笑道：「這其中只有一件事是真的，那就是熊貓兒來投效快活王確是真的。」

沈浪道：「快活王莫非懷疑了他，所以……」

龍四海道：「快活王倒未懷疑他，懷疑的是你。」

沈浪動容道：「我？」

龍四海道：「他今晨醒來，尋不著白飛飛，也尋不著你，心裡便動了懷疑，那時恰巧熊貓兒來了，他正好假藉熊貓兒來試試你。」

他狂笑道：「這一試之下，你果然露了原形。」

沈浪苦笑道：「如今你又想怎樣？」

龍四海陰森森笑道：「快活王再三吩咐，只要一試出你真象，便立刻下手將你除去，你這樣的人多留一刻都是禍害，何況他……他也不願再見到你。」

沈浪長長嘆息，慘笑道：「很好，不想我沈浪今日竟死在這裡。」

龍四海大笑道：「不想聲名赫赫的沈浪今日竟死在我手裡。」

一步掠過去，鐵掌已待擊下。

沈浪突又喝道：「且慢。」

龍四海獰笑道：「你再想拖延時間，也是無用，此刻再也不會有人來救你的。」

沈浪苦笑道：「我只想再問你一句話。」

龍四海道：「你還有什麼話好問。」

沈浪慘然道：「我只要知道，熊貓兒此刻在那裡？」

龍四海大笑道：「好，你和熊貓兒果然不愧爲生死過命的交情，直到此時此刻，你還是忘不了他，好，我告訴你……」

他目中笑意變得更惡毒，一字字接道：「你只管放心，你在黃泉路上，是不會寂寞的，熊貓兒會陪著你，說不定他此刻已比你先走了一步。」

沈浪失色道：「他……他……他也遭了毒手？」

龍四海道：「不錯。」

沈浪道：「是……是誰下的毒手？」

龍四海道：「告訴你，你難道還想爲他報仇不成……只因他一心逞強，拚命勝了獨孤傷一掌，所以取他性命的，正是獨孤傷。」

沈浪道：「但……但快活王在未知我真象之前，怎會取他的性命，我若是真心投效快活王，快活王豈非殺錯了他，殺錯了這樣的人材，豈不可惜？」

龍四海道：「快活王屬下收容的都是智計武功雙全之士，熊貓兒匹夫之勇，有勇無謀，他的死活，快活王根本不放在心上。」

沈浪默然半晌，緩緩闔起雙目，道：「很好，你現在可以動手殺我了。」

龍四海鐵掌已向他咽喉切下。

誰來救他?的確沒有人來救他。

大雨滂沱，窗前雨如珠簾下捲。

染香伏在窗前，數著雨珠，等著沈浪。

她也知道自己無論等多久，都是白等的，她有時也會覺得自己很可笑，明知不可能的事，自己爲什麼偏要去做呢？

她第一個承受的男人，是王憐花。

她對王憐花本來也有著一分幻想，但自從見到沈浪後，她便將這分幻想全部轉移到沈浪身上。

她見的男人多了，沈浪卻是第一個能拒絕她引誘的，她覺得沈浪的確和世上所有的男人都不同。

她本來認爲世上大多的男人都可以呼之即來，揮之即去，她想不到世上的男人還有沈浪這一種。

她癡癡的想著，癡癡的笑著。

突然，一雙手自後面掩住了她的眼睛，一張熱烘烘的嘴在她耳畔低聲輕語，帶著笑道：「誰？」

染香的心跳了起來，顫聲道：「沈……沈浪？」

那張嘴在她耳朵上輕輕咬了口，在她耳珠上輕輕舐了舐，笑罵道：「小鬼。」

染香失聲道：「公子……是你。」

王憐花縱經易容，但這輕薄的聲音，這輕薄的動作，染香是絕不會弄錯的。

王憐花大笑：「小鬼，總算被你猜著了。」

一把扳過她的身子，將她那溫暖而柔軟的身子緊貼在他自己身上，就像是兩個已合在一起的樣子。

他拚命吻她，就像是貓捉住了魚，她透不過氣，卻沒有閃避。

然後，他終於放開了她，笑道：「我知道你在想我，這就是我給你的補償。」

染香身子已軟了，咬著嘴唇，道：「鬼要你這樣補償。」

王憐花眯起眼睛，輕聲道：「你不想？」

染香跺腳道：「不想，不想，偏不想。」

王憐花道：「莫非這兩天沈浪已餵飽了你。」

染香的臉居然紅了，啐道：「人家才不像你。」

王憐花大笑道：「我就知道他是個正人君子。」

大笑著又一把抱住了染香，腳步在移向床。

染香明明已討厭死了他，但不知怎地，竟推不開他。

王憐花的嘴就停留在她脖子上。

染香的喘息愈來愈急迫，顫聲道：「我先問你，你……你……怎會來的……嗯……你可見著了沈浪？」

王憐花笑道：「現在不是問話的時候，是麼？」

他的手摸索著，咯咯輕笑道：「我知道你也想的，你也需要的，是麼？」

染香的手立時垂下了，呻吟著道：「我……你……嗯……輕……輕……輕輕的……好麼?……」

她終於崩潰，仰面倒在床上。

但她心上想著的，卻是只有沈浪。

女人的最大奇怪之處，就是當她躺在一個男人懷裡時，心裡還可以去想另外一個男人。

她承受著王憐花的一切，她也在反應著，蠕動著。

但她口中卻仍在呻吟著道：「沈浪，他……他此刻會回來麼？」

王憐花也在喘息著，道：「沈浪，見鬼的沈浪，他此刻不會回來的，我希望他死了最好。」

窗外大雨滂沱，窗內怎會有風？

龍四海鐵掌已擊下。

突然，一人冷冷道，「住手。」

龍四海駭然回首，只見一條頎長枯瘦的黑衣人影，自暴雨下的林木間，幽靈般的飄飄掠出。

龍四海展顏笑道：「原來是獨孤兄，那貓兒已解決了麼？」

獨孤傷道：「哼！」

龍四海道：「那沈浪還等什麼？」

獨孤傷冷冷道：「你不能殺他。」

龍四海失聲道：「爲什麼？」

獨孤傷咬牙道：「要殺沈浪，只有某家親自動手。」

龍四海鬆了口氣，笑道：「既是如此，請。」

他微笑著後退三步，靜等著獨孤傷出手，他確信獨孤傷出手之狠毒殘酷，是萬萬不會在自己之下的。

他確信沈浪在臨死前必定還要受許多摧殘，折磨。

他安心地靜等著來瞧沈浪的痛苦。

他知道獨孤傷總是將別人的痛苦視爲自己的歡樂。

極樂的狂歡，已漸漸趨於平靜。

染香仍在微微喘息著，四肢也仍因方才的狂歡而輕輕顫抖，牙齒輕磨著，像是仍在咀嚼歡樂的餘韻。

此刻，她最需要的就是溫柔。

溫柔的輕撫，溫柔的言語，那怕就是溫柔的一瞥也好。

但王憐花卻已站了起來，就像陌生人般站了起來，方才的一切，他此刻便似已完全忘懷。

染香仰臥在床上，瞧著他。

瞧著他穿衣，著靴……用手指去梳攏頭髮。這就是方才與她契合成一體的人，這人的生命，方才還曾進入她的生命，但此刻卻連瞧都未瞧她一眼。

染香的心裡突然充滿了羞侮、悲哀、憤怒。

她突然對面前這男人恨入刺骨。

王憐花已拉平了衣襟，理好了頭髮，終於回頭瞧了一眼，嘴角掛起了一絲殘酷的，滿足的，得意的微笑。

他微笑著瞧著這似已完全被他征服了的女子，那姿態就像是一個自戰場歸來的征服者。

他瞇著眼笑道：「怎麼樣？你已動不了啦，是麼？我的確和別的男人不同，是麼？不是我這樣的男人，怎能滿足你這樣的蕩婦。」

染香空虛的瞇著眼睛，想用枕頭蓋住臉，但雙手卻因憤恨而顫抖，顫抖得再也無力抓起枕頭。

王憐花瞧著她顫抖的手，笑道：「你還想要麼？現在可不行了，也許……也許晚上，你放心，我不會讓你這小蕩婦等得著急的。」

染香咬緊牙，道：「你要到哪裡去？」

王憐花道：「現在有個人還在等著我……」

他突又笑了，笑得更得意，道：「你永遠想不到她是誰的。」

染香忍不住問道：「誰？」

王憐花挺直了身子，道：「朱七七。」

染香眼睛吃驚地瞪大了，失聲道：「朱七七？她也來了？」

王憐花道：「當然，告訴你，她已嫁給了我。」

染香身子一陣顫抖，道：「嫁……嫁給了你？」

王憐花大笑道：「但你放心，她現在還不能用，我還是會來找你的，你那副蕩樣，有時的確叫人著迷。」

他微笑著彎下身，捻一捻染香的胸膛，瞇著眼笑道：「有時我真不知你這身功夫是從那裡學來的，只可惜沈浪這呆子，居然竟不懂得來享受……」

染香顫聲道：「享受……享受……」

突然瘋狂般跳了起來，去扼王憐花的脖子，嘶聲道：「你這惡魔……惡鬼……」

王憐花反手一個耳光，就將她打得飛了出去，他摸著脖子上被她指甲抓破的一絲血痕，怒道：「你瘋了麼。」

染香「砰」地落在床上，捶手頓足，嘶聲道：「我恨死你……我恨死你了。」

王憐花道：「騷婆娘，你怕我以後不來找你了麼？」

染香大聲道：「你以後再來，我就跟你拚命，我……我再不許你碰我一根手指……我死也不許你再碰我一根手指。」

王憐花獰笑道：「我想要的時候，還是要來的……」

他又重重一捻染香的胸脯，大笑道：「小娼婦，你不許我碰你一根手指麼……小娼婦，我不來找你，你受得了麼？……」

他大笑著，揚長走了出去。

一聲霹靂，震開了窗戶。

染香終於伏在床上，放聲大哭起來。

她放聲哭道：「我是蕩婦……我真是蕩婦麼？沈浪……沈浪，你也說我是蕩婦麼……沈浪，沈浪，你爲什麼還不回來看看我……」

獨孤傷瞪著沈浪，目光冷得像冰。

他這冰冷的目光中，沒有狠毒，也沒有憤怒，只是空虛的冰冷，龍四海從未見過到任何人的目光像他這樣絕對的沒有感情。

他暗中思忖：「這人的眼睛在殺一個人時，和抱一個人時只怕也是完全一樣的，世上只怕再也沒有人知道他心裡想的是什麼？」

他再瞧沈浪，沈浪的臉色居然也沒有什麼改變。

他又不禁暗中思忖：「一個人在即將被殺時候臉色還能保持如此平靜，世上除了沈浪之外，只怕再也難找出第二個。」

他覺得獨孤傷與沈浪實在都是怪人。

現在，一個怪人立刻就要去殺另一個怪人了。

他確信這情況必定有趣得很。

只是，他還是想不出，當獨孤傷的鐵掌擊在沈浪身上時，那雙冰冷的眼睛，是否會有些變化。

他也想像不出，當沈浪身上被獨孤傷鐵掌擊中時，那面容難道還能保持如此平靜麼？

他急著要瞧這一刹那。

王憐花步出門，走入雨中。

他也聽見了染香的哭聲，他心裡充滿了殘酷的滿足。

他喜歡聽別人哭，他喜歡看別人痛苦。

也不知道爲了什麼，他從小就喜歡看別人痛苦，他若瞧見別人歡樂幸福，他自己就會痛苦得受不住。

但他絕不承認自己是在嫉妒別人，當然他更不會承認他自己心底實在充滿了自卑，所以對任何人都懷恨、嫉妒。

在這世上他唯一最害怕的人就是他母親。

他自己對自己說：他對母親是無比的敬愛佩服，死也不會承認他心底實在對他母親在暗暗懷恨著。

別人都有家庭、父兄，為什麼他沒有。

別人的母親都是那麼慈祥和氣，為什麼她不。

這些問題他在很小時也曾想過，但自從七歲以後，他每想起這問題，就立刻將之遠遠拋卻。

他只要見著女人，就要報復。

他喜歡別人也被折磨、羞侮，而失去幸福、自尊，而自卑、自愧，他喜歡別人家庭離散，無父無母。

現在，他行走在雨中，心裡在想著朱七七，他正在想不知該如何才能使朱七七終生痛苦。

他當然也想到沈浪，方才他冷眼旁觀，瞧見朱七七對沈浪的模樣，他就知道朱七七心中還是只有沈浪。

就算朱七七真的嫁給了他，也是忘不了沈浪。

他緊握雙拳，緊咬牙齒，已被這嫉恨折磨得要發狂。

突然間，他瞧見暴雨中的林木間，似有人影閃動，他悄然掠了過去，便瞧見獨孤傷、「熊貓兒」和沈浪。

請續看【武林外史】第五部

古龍精品集 19

武林外史（四）

作者：古龍
發行人：陳曉林
出版所：風雲時代出版股份有限公司
地址：10576台北市民生東路五段178號7樓之3
電話：(02) 2756-0949　　傳真：(02) 2765-3799
封面原圖：明人出警圖（原圖爲國立故宮博物館典藏）
封面影像處理：風雲編輯小組
執行主編：劉宇青
行銷企劃：林安莉
業務總監：張瑋鳳
出版日期：古龍80週年紀念版2019年1月
ISBN：978-986-146-353-7

風雲書網：http://www.eastbooks.com.tw
官方部落格：http://eastbooks.pixnet.net/blog
Facebook：http://www.facebook.com/h7560949
E-mail：h7560949@ms15.hinet.net
劃撥帳號：12043291
戶名：風雲時代出版股份有限公司

風雲發行所：33373桃園市龜山區公西村2鄰復興街304巷96號
電話：(03) 318-1378　　傳真：(03) 318-1378
法律顧問：永然法律事務所 李永然律師
北辰著作權事務所 蕭雄淋律師

行政院新聞局局版台業字第3595號 營利事業統一編號22759935

定價：240元　

國家圖書館出版品預行編目資料

武林外史／古龍作.　--　再版.　--　臺北市：
風雲時代，2007〔民96〕
冊；　公分.
ISBN: 978-986-146-350-6（第1冊：平裝）
ISBN: 978-986-146-351-3（第2冊：平裝）
ISBN: 978-986-146-352-0（第3冊：平裝）
ISBN: 978-986-146-353-7（第4冊：平裝）
ISBN: 978-986-146-354-4（第5冊：平裝）
857.9　　96002016